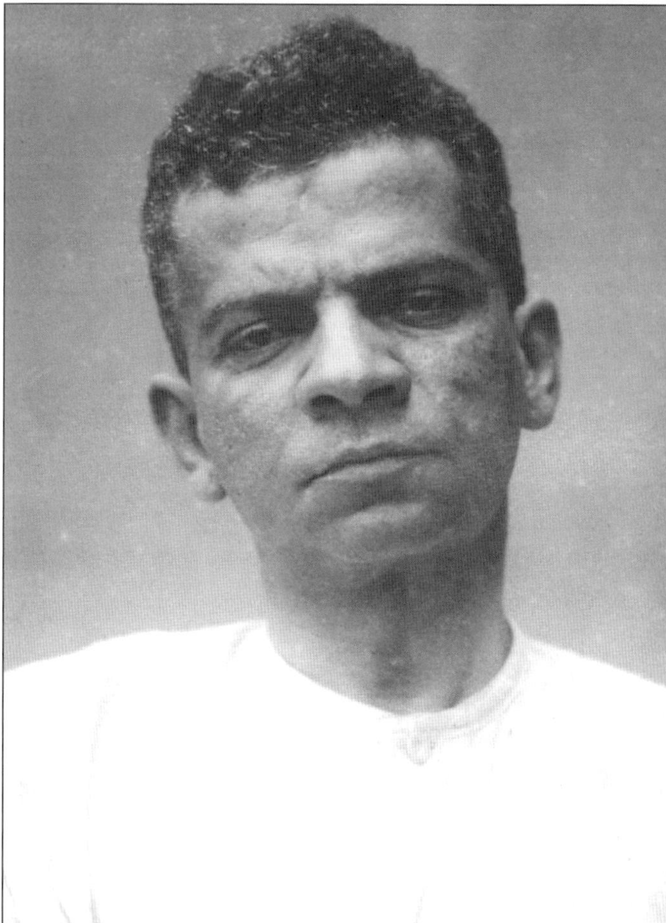

Foto de Lima Barreto em 1919. A edição de *Vida e Morte de M. J. Gonzaga de Sá* é posta a venda em fevereiro de 1919. Em 25 de dezembro deste mesmo ano ele é internado no hospício, ficando lá até 20 de fevereiro de 1920.

Vida e Morte de M. J. Gonzaga de Sá

CLÁSSICOS ATELIÊ

Coordenação

José de Paula Ramos Jr.

Lima Barreto

Vida e Morte de M. J. Gonzaga de Sá

Apresentação e Notas
Marcos Scheffel

Estabelecimento de Texto
Marcos Scheffel
José de Paula Ramos Jr.

Ilustrações
Kaio Romero

Ateliê Editorial

1ª edição, 2017
2ª edição, 2023

Dados Internacionais de Catalogação na Publicação (CIP)
(Câmara Brasileira do Livro, SP, Brasil)

Barreto, Lima, 1881-1922.
Vida e Morte de M. J. Gonzaga de Sá / Lima Barreto; apresentação e notas Marcos Scheffel; estabelecimento de texto Marcos Scheffel, José de Paula Ramos Jr.; ilustrações Kaio Romero. – Cotia, SP: Ateliê Editorial, 2023. – (Coleção Clássicos Ateliê)

ISBN 978-65-5580-095-1
Bibliografia.

1. Romance brasileiro I. Scheffel, Marcos. II. Ramos Júnior, José de Paula. III. Romero, Kaio. V. Título VI. Série.

17-04884 CDD-869.3

Índices para catálogo sistemático:
1. Romances: Literatura brasileira 869.3
Aline Graziele Benitez - Bibliotecária - CRB-1/3129

ATELIÊ EDITORIAL
Estrada da Aldeia de Carapicuíba, 897
06709-300 – Granja Viana – Cotia – SP
Tel.: (11) 4702-5915
www.atelie.com.br
contato@atelie.com.br

Printed in Brazil 2023
Foi feito o depósito legal

Sumário

Vida e Morte de M. J. Gonzaga de Sá Possibilidades Éticas e Estéticas do Romance Moderno Brasileiro[1]

MARCOS SCHEFFEL

Histórico de Publicação

Comparado com outras obras de Lima Barreto, *Vida e Morte de M. J. Gonzaga de Sá* é um livro pouco lido, pouco conhecido e pouco estudado. Os fatores que levaram um dos mais importantes romances do autor a essa situação são complexos e estão ligados às recepções das edições e ao pouco interesse das editoras ao longo das décadas – tudo isso contribuindo para um reduzido número de estudos sobre essa obra (artigos, dissertações, teses).

Vida e Morte de M. J. Gonzaga de Sá teve sua edição de estreia em 1919, mas o projeto de um romance sobre o velho amanuense Gonzaga de Sá data de 1906. Essas anotações iniciais do romance foram coligidas por Francisco de Assis Barbosa – biógrafo e organizador das obras completas de Lima Barreto pela Brasiliense na década de 1950 – no volume *Diário Íntimo*. Nesses primeiros apontamentos, disponibilizados ao final desta edição, percebe-se que muito do romance já estava ali: cenas, cálculos sobre a idade das personagens, diálogos entre Gonzaga e o narrador. Mas há também mu-

1. Uso propositadamente o termo "moderno" para me referir à produção de Lima Barreto por acreditar que o autor acometeu algumas das principais questões ligadas à renovação estética, sempre procurando articulá-las com seu forte compromisso ideológico – fator que o aproxima dos romancistas de 1930.

danças visíveis: suprime-se o sobrenome Bragança do nome completo de Gonzaga de Sá e a morte do velho amanuense é mais dramática nos apontamentos. Também ocorre a supressão de um episódio de racismo relatado por Aleixo Manuel aos seus padrinhos.

Deve-se lembrar que entre esse primeiro projeto e a publicação do romance passaram-se mais de treze anos. Quando iniciara esses esboços, Lima Barreto era um escritor iniciante, que ainda não tinha editado seu primeiro romance (*Recordações do Escrivão Isaías Caminha*, 1909). Era mais um daqueles tantos que frequentavam as rodas de cafés e as livrarias da capital da República fazendo projetos sobre obras por vir, que nem sempre vinham, já que muitos deles "pareciam mais empenhados em deixar anedotas do que obras" (Broca, 2005, p. 77).

No ano de 1907, vemos Lima Barreto publicando a revista *Floreal* com um grupo de amigos, dentre eles Antônio Noronha Santos, a quem *Vida e Morte* seria dedicado anos mais tarde. O periódico chegou apenas ao quarto número, mas foi nele que Lima Barreto apresentou os primeiros capítulos de *Recordações do Escrivão Isaías Caminha*. Motivado pelos comentários positivos do renomado crítico José Veríssimo, Lima Barreto procura um editor para um dos seus projetos literários. Àquela altura, ele possuía dois projetos viáveis: *Recordações do Escrivão Isaías Caminha* e *Vida e Morte de M. J. Gonzaga de Sá*[2]. Lima Barreto resolveu submeter os originais do primeiro para apreciação do editor português A. M. Teixeira. Tal opção é explicada pelo autor em carta a Gonzaga Duque:

2. O livro não tinha ainda esse título como se pode ver nos apontamentos de 1906.

Era um tanto cerebrino, o *Gonzaga de Sá*, muito calmo e solene, pouco acessível, portanto. Mandei as *Recordações do Escrivão Isaías Caminha*, um livro desigual, propositalmente malfeito, brutal por vezes, mas sincero sempre. Espero muito nele para escandalizar e desagradar, e temo não que ele te escandalize, mas que te desagrade. (7 de fevereiro de 1909, *Correspondência Ativa e Passiva*, vol. 1, p. 169.)

O motivo da escolha de *Recordações do Escrivão Isaías Caminha* é evidente: o conteúdo "escandaloso" do livro. A nota de escândalo estava nas duras críticas ao campo literário do período, mostrando como muitas famas da intelectualidade brasileira eram fabricadas na redação dos grandes jornais. Na visão de Lima Barreto, a escrita literária servia para muitos como forma de ascender socialmente e de barrar a ascensão de outros candidatos a escritor. Fora isso, era uma literatura de salão, bem-comportada, sem compromisso algum com as grandes questões sociais da época. Entre os criticados estavam João do Rio, Coelho Neto, Afrânio Peixoto, Figueiredo Pimentel, o gramático Cândido Lago, o proprietário do *Correio da Manhã*, Edmundo Bittencourt, entre outros.

Lima Barreto mexia num vespeiro... A recepção de seu romance foi péssima. Mesmo José Veríssimo, que manifestara entusiasmo ao ler os primeiros capítulos quando publicados na revista *Floreal*, foi categórico e criticou as caricaturas de pessoas influentes da época, prevendo que *Recordações do Escrivão Isaías Caminha* só teria interesse para o tempo presente:

A cópia, a reprodução, mais ou menos exata, mais ou menos caricatural, mas que se não chega a fazer a síntese de tipos, situações e estados d'alma, a fotografia literária da vida, pode agradar à malícia dos contemporâneos que põem um nome sobre cada pseudônimo, mas, escapando à posteridade, não a interessando, fazem efêmero e ocasional o valor das obras. (5 de março de 1910, *Correspondência Ativa e Passiva*, vol. 1, p. 204.)

A previsão de Veríssimo não se confirmou. *Recordações* é um livro revelador tanto nas críticas que faz aos literatos do nosso início de século como na relação entre a imprensa e o poder. Pode-se ler o romance sem as chaves que denunciam os nomes por trás das caricaturas, centrando-se na desilusão do narrador-personagem com a cidade letrada e com a chamada *intelligentsia* brasileira. Ademais, cenas como a do jovem Isaías Caminha sendo interrogado na delegacia como suspeito de um roubo apenas por ser negro têm uma atualidade perturbadora.

– Qual é a sua profissão?

– Estudante.

– Estudante?!

– Sim, senhor, estudante – repeti com firmeza.

– Qual estudante, qual nada!

A sua surpresa deixara-me atônito. Que havia nisso de extraordinário, de impossível? Se havia tanta gente besta e bronca que o era, por que não o podia ser eu? Donde lhe vinha a admiração duvidosa? Quis-lhe dar uma resposta mas as interrogações a mim mesmo me enlevavam. Ele, por sua vez, tomou o meu embaraço como prova de que mentia.

Com o ar de escarninho perguntou:

– Então você é estudante?

Dessa vez tinha-o compreendido, cheio de ódio, cheio de um santo ódio que nunca mais vi chegar em mim. Era mais uma variante daquelas tolas humilhações que eu já sofrera; era o sentimento geral da minha inferioridade, decretada *a priori*, que eu adivinhei na sua pergunta. E afirmei então com a voz transtornada:

– Sou, sim, senhor! (Barreto, 2010, p. 133.)

Ao longo de uma década, Lima Barreto revertera o ostracismo a que fora sujeito após a publicação de *Recordações do Escrivão Isaías Caminha*. Contribuiu para isso sua atuação na imprensa como cronista e, principalmente, o lançamento em 1911 de *Triste Fim de Policarpo Quaresma* no *Jornal do Comércio* e, em livro, em 1915[3].

Deve-se destacar ainda que Lima Barreto era um escritor, conhecido por outros autores Brasil afora, preocupado com a divulgação e com a circulação de suas obras. Era um "marginal" apenas no sentido de suas ideias estarem, quase sempre, na contramão: criticou a derrubada do patrimônio histórico da cidade, quando todos chamavam isso de modernização; teceu severas críticas ao Barão do Rio Branco, quando todos o idolatravam; foi crítico ferrenho do florianismo, quando muitos idealizavam a figura do Marechal de Ferro, a sua importância histórica e o seus métodos; simpatizou com o anarquismo e com o socialismo, quando isso causava arrepios na grande maioria.

Tudo isso, somado aos seus problemas com o alcoolismo, levaram à construção da imagem de escritor marginal, num sentido pejorativo de relapso e pouco preocupado com questões estilísticas, o que não corresponde à sua atuação como um dos principais nomes da ficção brasileira

3. A primeira recepção positiva do *Triste Fim de Policarpo Quaresma* foi de Oliveira Lima. Em resenha publicada em 1916 em *O Estado de S. Paulo*, o crítico apontava Quaresma como uma espécie de Quixote nacional e destacava a desmistificação que o autor promovera em torno da figura do marechal Floriano Peixoto.

e de um autor reconhecido como o porta-voz de um pensamento dissonante. Prova desse reconhecimento é que em 1918 recebeu uma proposta de Monteiro Lobato para publicar um livro:

> A *Revista do Brasil* deseja ardentemente vê-lo entre os seus colaboradores. Ninho de medalhões e perobas, ela clama por gente interessante, que dê coisas que caiam no gosto do público. E Lima Barreto, mais do que nenhum outro, possui o segredo de bem ver e melhor dizer, sem nenhuma dessas preocupaçõezinhas de *toillette* gramatical que inutiliza metade de nossos autores. Queremos contos, romances, o diabo, mas à moda do *Policarpo Quaresma*, da *Bruzundanga*, etc. A confraria é pobre, mas paga, por isso não há razão para Lima Barreto deixar de acudir ao nosso apelo. (2 de setembro de 1918, *Correspondência Ativa e Passiva*, vol. 2, p. 49.)

A carta de Lobato é reveladora de como Lima Barreto já havia angariado uma fama pelo seu estilo – daí o destaque que o autor paulista faz aos modos de *ver* e *dizer* as coisas, únicos em nossa literatura. Lima Barreto não seguiu o caminho da escrita beletrista – antes a combateu com unhas e dentes – e foi um ferrenho crítico dos desmandos de nossos primeiros anos de República: de uma maneira orgânica e sintética em *Triste Fim de Policarpo Quaresma* e de um modo satírico e destruidor em *Os Bruzundangas*.

O fato de receber pela publicação também era positivo, já que recorrera a empréstimos para publicar *Triste Fim de Policarpo Quaresma*. Nesse momento, Lima Barreto retoma *Vida e Morte de M. J. Gonzaga de* Sá e, ao longo de 1918, prepara os originais do livro para remeter ao amigo-editor, sendo que uma parte foi escrita durante sua internação no Hospital Central do Exército. Em dezembro do mesmo ano, aposentou-se por invalidez por "sofrer de epilepsia tóxica". Contava 27 anos.

Ao ler os primeiros capítulos de *Vida e Morte*, que Lima Barreto lhe enviara, o autor de *Urupês* e *Cidades Mortas* sentenciava:

> Recebi as últimas provas, e acabo de rever eu mesmo os primeiros capítulos do teu livro. Que obra preciosa estás a fazer! Mais tarde será nos teus livros e nalguns livros de Machado, mas sobretudo nos teus, que os pósteros poderão "sentir" o Rio atual com todas as mazelas de salão por cima e Sapucaia por baixo. Paisagens e almas, todas, está tudo ali. (28 de dezembro de 1918, *Correspondência Ativa e Passiva*, vol. 2, p. 55.)

Em fevereiro de 1919, sai pela *Revista do Brasil* a primeira edição de *Vida e Morte de M. J. Gonzaga de Sá*. Haveria ainda uma segunda edição ou, nas palavras de Lobato, "um resto da 1ª edição que enfeitei para apressar a saída" (*Correspondência Ativa e Passiva*, vol. 2, p. 80). Estranhamente, apesar de receber um prêmio da Academia Brasileira de Letras, o livro não tem a aceitação esperada e encalha. Lima se frustra por não receber respostas do amigo-editor[4] que, por fim, dá sua versão para o pouco sucesso do livro:

> O teu livro sai pouco, sabe por quê? O título! O título não é psicologicamente comercial. Um bom título é metade do negócio. Ao ler o título do teu romance toda a gente supõe que é a biografia de...

4. Antonio Arnoni Prado analisa a troca de cartas entre os dois autores, concluindo que a partir de determinado momento Lobato age como o editor que fez um mau negócio, daí o seu silêncio e indiferença com Lima Barreto (Prado, 2002, pp. 207-215).

um ilustre desconhecido. (23 de novembro de 1919, *Correspondência Ativa e Passiva*, vol. 2, p. 71.)

Além da recepção negativa do livro, explicada de um ponto de vista editorial e superficial por Monteiro Lobato, o próprio Lima Barreto não parece ter tido o mesmo ânimo que teve na divulgação de seus outros livros. Talvez isso tenha se dado pela saúde já debilitada do autor ou pelo seu envolvimento com outros projetos (*Clara dos Anjos*, *Cemitério dos Vivos*).

Após a morte precoce de Lima Barreto aos 41 anos, em 1922, *Vida e Morte de M. J. Gonzaga de Sá* não mereceu a atenção da crítica e dos leitores. O romance teve duas publicações nos anos 1940, pelas editoras Livro de Bolso (1943) e Mérito (1949). A edição da Mérito trazia um prefácio de Paulo Rónai e vinha acompanhada de dezoito contos ou crônicas.

A partir de 1956, assiste-se à publicação das obras completas de Lima Barreto pela Brasiliense. A coleção, formada por dezessete volumes, foi organizada por Francisco de Assis Barbosa e contava com as colaborações de Antônio Houaiss e M. Cavalcanti Proença. Cada número trazia o texto de um crítico renomado do período – Osmar Pimentel, Lúcia Miguel Pereira, Eugênio Gomes e Astrojildo Pereira, entre outros.

Vida e Morte de M. J. Gonzaga de Sá saiu no quarto volume com texto de apresentação de Alceu Amoroso Lima (Tristão de Ataíde), que praticamente não se refere ao livro prefaciado, preferindo se deter em aspectos gerais da obra de Lima Barreto e citar um artigo seu de 1919 que falava do autor. A edição da Brasiliense segue o mesmo padrão da Mérito, ou seja, com a inclusão de contos e crônicas. A inclusão desses textos parece servir para manter a uniformidade do tamanho dos livros – de outra forma, o livro teria apenas metade do tamanho dos demais volumes da coleção.

O romance continuou a ser publicado pela Brasiliense em edições mais simples, e a editora Ática lançou uma escolar na série Bom Livro nos anos 1990. Houve ainda as edições da Ediouro e da Itatiaia, que hoje se encontram esgotadas, podendo ser encontradas apenas em sebos.

A presente edição tem por objetivo oferecer aos leitores de língua portuguesa um material confiável, anotado e crítico. De um modo geral, as notas da edição explicam as reformas urbanísticas em curso na época, explicitam críticas recorrentes do autor, situam fatos históricos, comentam citações de outros livros, tratam de questões estilísticas e vocabulares e procuram dialogar com outros projetos ficcionais do autor. Cabe destacar que esse trabalho vem sendo desenvolvido desde a defesa de minha tese "Estações de Passagem da Ficção de Lima Barreto", em 2011, na Universidade Federal de Santa Catarina, que se dedicava justamente à análise de *Vida e Morte M. J. Gonzaga de Sá* e sua relação com as crônicas do autor.

Optou-se por publicar apenas o romance, acrescido de imagens do Rio da época e do primeiro esboço da obra. A fixação do texto se deu a partir da comparação da edição príncipe, de 1919, que apresenta alguns problemas de revisão (o livro não teve uma segunda edição corrigida pelo autor)[5], com a edição de 1956 da Brasiliense, que contém alguns er-

5. Um desses erros, que foi repetido nas edições posteriores a 1919, consiste no fato da tia de Gonzaga de Sá, dona Escolástica, ser chamada de irmã. Outro erro ocorre em dois diálogos entre Gonzaga de Sá e Augusto Machado, que tiveram travessões colocados no lugar errado, ficando confusa e incoerente a marcação de quem está falando. Tais correções são apontadas nas notas.

ros na grafia de palavras e problemas no uso de itálicos e aspas. A pontuação autoral foi respeitada, exceto em casos que contrariam o critério sintático atualmente em vigor. No entanto, quando há algum efeito de sentido na pontuação hoje desaconselhada pela gramática, o critério estilístico prevalece sobre o sintático. Algumas palavras em língua estrangeira foram substituídas por equivalentes em português que se tornaram correntes, embora algumas delas tenham sido conservadas nas línguas originais, quando necessário para melhor caracterizar um aspecto típico da linguagem de época, importante para o contexto em que se encontram. Nesses últimos casos, assim como em citações feitas em suas línguas de origem, há traduções nas notas de rodapé. Foi conservada a dupla grafia de dois vocábulos: coisa(s) / cousa(s); frecha / flecha(s). Por último, procedeu-se a uma atualização conforme o Acordo Ortográfico de 1990.

Nas seções seguintes desta apresentação da obra, destaco as concepções históricas do autor, as opções estéticas e as relações de *Vida e Morte* com o restante da produção do autor.

O Cronista e a Cidade

A atuação de Lima Barreto como cronista foi longa e se deu em grande parte em periódicos de menor expressão – o que chamaríamos hoje de imprensa alternativa, como assinala Beatriz Resende:

> Seu caminho será traçado pelo percurso através das pequenas publicações, independentes, ainda que frágeis, em geral de vida breve, silenciadas pela falta de dinheiro de seus diretores ou empasteladas pelo autoritário governo republicano. Só mais tarde chegará às de maior importância e visibilidade, desde que essas estivessem

dispostas a garantir a independência dos seus colaboradores, mesmo os irreverentes. (Resende, 2004, p. 11.)

Suas crônicas transitam por alguns temas típicos do gênero, sejam eles os desmandos da República, o preconceito, a destruição dos marcos históricos da cidade; o registro de uma cena do cotidiano vista do trem, do bonde, no seu bairro ou durante uma caminhada ao melhor estilo do *flâneur*; a inspiração a partir de uma leitura do jornal, de uma revista, de um livro; o registro de uma memória – como a lembrança de ter sido levado pelo seu pai para comemorar a promulgação da Lei Áurea (Lima Barreto fazia sete anos naquele 13 de maio de 1888). Por fim, além do teor crítico, muitas crônicas de Lima Barreto atingem um alto grau de lirismo, aproximando-se da ideia de um poema em prosa. Isso acontece principalmente nas crônicas sobre a cidade do Rio de Janeiro – suas ruas, paisagens, monumentos – e naquelas em que registra pequenos lances do cotidiano.

Um leitor mais atento perceberá que tudo isso se aproxima da matéria e da forma narrativa de *Vida e Morte de M. J. Gonzaga de Sá*. Aliás, olhando para a produção de Lima Barreto como um todo, pode-se perceber que o cronista sempre está presente, atento aos detalhes do cotidiano e pondo-se numa perspectiva dialógica com seus possíveis leitores.

O romance, portanto, é formado por quadros, por cenas do cotidiano: da rua, da repartição pública, da casa de Gonzaga, do funeral no subúrbio (que descreve a arquitetura suburbana), dos cafés, dos correios, do Passeio Público, do interior dos bondes e trens, do interior do teatro etc. Nesse sentido, os capítulos poderiam até ser cambiáveis em sua ordem, já que a única grande revelação do enredo é dada desde o título: a morte de Gonzaga de Sá. Resta ao leitor ver como foi essa morte, como foi a trajetória de vida que conduziu a esse fim. Tal percepção não se dá na perspectiva de uma experiência única, mas a partir de fragmentos que o narrador-personagem, Augusto Machado, pode colher aqui e ali.

Para Antonio Arnoni Prado, o narrador em movimento, recurso que aparece tanto em *Vida e Morte* como em *Recordações do Escrivão Isaías Caminha*, "cria impressões giratórias que fragmentam a imagem pelo acúmulo de frases nominais, tão caras aos modernistas" (1976, p. 53). Essa descida ao cotidiano, como fonte de temas, relacionar-se-ia com "a desmistificação da experiência narrativa, agora contígua ao banal da existência que se exterioriza direta do testemunho, enfatizando o habitual e não o cósmico" (Prado, 1976, pp. 63-64). Nesse importante capítulo de seu estudo, o crítico afirma que algumas das bases ideológico-formais dos jovens de 1922 já se encontravam na escrita de Lima Barreto, como a liberdade total em relação aos modelos propostos pela tradição acadêmica; liberdade de conduta, rebaixamento de *status* que favorece a descida de tom – o que explicaria, por exemplo, a opção pela escolha de temas prosaicos; e a liberdade ideológica (Prado, 1976, p. 53).

Uma cena em especial do romance de Lima Barreto – a do enterro do compadre Romualdo – dimensiona bem o uso da técnica do narrador em movimento, citada por Arnoni Prado:

> Eu me aborrecia e fumava. Afinal, veio a hora do saimento. A aglomeração aumentou na porta. Algumas mulheres choravam. Gonzaga de Sá ia e vinha, tomando as últimas disposições. Fechou-se o caixão. Houve um pequeno ruído, seco, vulgar, exatamente igual ao de qualquer caixa que se fecha... E foi só!
>
> Fomos levando o cadáver pela rua empedrouçada, trôpegos, re-

vezando-nos, aborrecidos e tristes sob o claro e vitorioso olhar de um firme sol de março. Pelo caminho (era de manhã), os transeuntes mecanicamente se descobriam, olhavam as grinaldas, o aspecto do acompanhamento, medindo bem de quem era e de quem não era. Meninas de volta da missa e passeios consequentes, alegres, louçãs, passavam exúberas de vida, contemplavam um pouco o séquito com rápido olhar piedoso e, depois, continuavam a andar o caminho interrompido um instante, indiferentes, descuidosas, casquinando, quase rindo às gargalhadas... E o caixão nos foi pesando até que o descansamos nos bancos da estação. Em breve o trem correu conosco e o morto pelos *rails* afora, velozmente atravessando as paragens suburbanas. (pp. 149-150)

Como não associar essa cena de *Vida e Mor*te com o poema "Momento num Café", de Manuel Bandeira (Bandeira, 1995, p. 87)? No romance, o gesto mecânico dos espectadores; no poema, o gesto maquinal. A desilusão com a vida de um dos homens do café, pressentida pelo eu lírico, dialoga intensamente com a fala de Gonzaga de Sá ao concluir que Romualdo, seu humilde compadre, "morrendo, em nada perturbou a vida das coisas e dos outros" (p. 150), ou então com a constatação de que a passagem de um féretro podia causar duas sensações – indiferença ou desgosto.

No caso do romance de Lima Barreto, o bonde e o trem propiciam a locomoção de suas personagens por inumeráveis pontos da cidade, colocando-as na posição de espectadores das mudanças urbanísticas que se operavam, do crescimento da urbe, dos diferentes extratos históricos visíveis ao observador atento e dos conflitos sociais que esses meios de transportes deixavam latentes. A personagem-passageiro torna-se o leitor curioso do cotidiano, o sociólogo por acaso, o historiador dos incidentes e dos tipos sociais e, em última instância, o criador de cenas carregadas de um lirismo que encontraria, anos mais tarde, desdobramentos entre os autores modernos brasileiros.

Personagens e Narradores-Personagens Negros

Na ficção de Lima Barreto, não é apenas o "autor" negro que escreve. Nas narrativas de primeira pessoa (contos, crônicas e romances), a questão racial é tocada, a origem do narrador é revelada e problematizada, o dado confessional – as inúmeras situações de preconceito vivenciadas por Lima Barreto – é incorporado à narrativa.

Aqui é importante pensar na situação do negro ilustrado, ou seja, aquele que teve acesso a uma educação formal – algo que era um privilégio mesmo para brancos no Brasil no final do século XIX e início do XX. É esse o caso de Lima Barreto: estudou em boas escolas e teve acesso a uma cultura elitizada, branca e europeia, porém viu sua trajetória esbarrar no preconceito, que se acentuara nos primeiros anos da República em decorrência das teorias raciais então vigentes, que consideravam o negro e o mestiço como seres inferiores.

Recordações do Escrivão Isaías Caminha e *Vida e Morte de M. J. Gonzaga de Sá* trazem dois narradores negros: Isaías Caminha e Augusto Machado. O lapso temporal de mais de uma década que separa a publicação desses dois romances trouxe importantes mudanças na forma como Lima Barreto lida com a matéria confessional, em especial com a condição do negro ilustrado.

Isaías Caminha vale-se do seu relato como uma tentativa de comprovar que a culpa por seus projetos pessoais terem falido não está em uma questão genética, que o tornaria inferior aos demais, como apregoavam as teorias raciais, mas no meio hostil que lhe barrara qualquer possibilidade de ascensão por conta do racismo. A percepção do preconceito racial se dá para Caminha apenas quando ele parte de sua cidade natal, no interior do estado, para a capital da República. Antes, o convívio familiar e a escola provinciana não lhe trouxeram essa percepção. Filho de um padre branco com uma mulher negra, sempre preferira ligar-se ao universo paterno, sentindo vergonha de suas origens negras. Sua esperança residia em que um título de doutor pudesse lhe abrir as portas, mas não é isso que acontece. Sua ilustração é ignorada e é como contínuo de um jornal – uma atividade muito inferior à que almejara – que pôde assistir, sem ser percebido pelos demais, os mecanismos do quarto poder (a imprensa).

Deve-se destacar ainda que o tom da narrativa de Isaías Caminha traz a amargura do derrotado que se vale do relato cruel como forma de vingança. A escrita serve como um cutelo e as palavras e as frases são estocadas nos seus inimigos. Um estilo de escrita que aprendeu na própria redação do jornal *O Globo* – com o russo Gregoróvitch[6].

Ora, o narrador de *Vida e Morte M. J. Gonzaga*, Augusto Machado, que também é um escrivão (um amanuense) e afrodescendente, assume um tom diferente. Em primeiro lugar, sua narrativa volta-se sobre outra pessoa, o velho amanuense Gonzaga de Sá – descendente dos fundadores da cidade e admirador de um Rio antigo que aos poucos vai desmoronando diante das obras de modernização da cidade.

6. Desenvolvi essas ideias no artigo intitulado "Isaías Caminha: um Narrador nos Bastidores da Notícia". Disponível em: http://www.uel.br/revistas/uel/index.php/terraroxa/article/view/24912

É esse convívio com Gonzaga que permite a Augusto Machado se ver melhor e entender sua formação, suas origens, sua identidade complexa e mestiça.

A sua condição de afrodescendente, que poderia ser vista como algo negativo, apresenta-se para ele agora como um trunfo diante de uma pequena burguesia branca, letrada e arrivista que dominava a cena dos primeiros anos da República e que procurava associar-se a valores cosmopolitas e modernos. Esses setores sociais emergentes são vistos como estrangeiros, que não vivenciaram na pele tudo aquilo que Augusto Machado e seus antecessores vivenciaram. A ligação do narrador-personagem com a cidade, com sua história, com suas paisagens é orgânica, como na projeção da própria imagem numa palmeira, de pouco mais de vinte anos, que resistira ao mau tempo e agora se elevava às alturas. A conversa preconceituosa, ouvida no trem, causa-lhe raiva; a sensação de estranhamento no Teatro Lírico, desconforto; a conversa com Escolástica, a sensação de que muito ainda deve mudar. Apesar de todos esses obstáculos, Augusto Machado, procura elevar-se, como aquela jovem palmeira. A palmeira serve como símbolo dessa ligação diferenciada com o espaço e da resistência às situações adversas.

Por outro lado, o preconceito racial contra os negros é fortemente denunciado por Gonzaga de Sá, quando narra a história de seu compadre Romualdo. Nesse ponto, aparece um desvio importante nas críticas tecidas por Lima Barreto: a narrativa do preconceito é atribuída a Gonzaga de Sá – branco, ilustrado e humanista. É ele que sente o preconceito como se fosse em sua própria pele, é ele que se sente indignado com a persistência dessa situação e se condói com o destino dos pobres e dos humildes. É Gonzaga quem quer uma literatura brasileira voltada para esses temas.

Há ainda outra personagem em quem Augusto Machado se vê e, por que não dizer, em quem o próprio autor se projeta. Trata-se do menino Manuel Aleixo, que ficara órfão de pai (Romualdo) e de mãe aos oitos anos. Gonzaga se propõe a cuidar do afilhado, assegurando-lhe a melhor educação para fazê-lo brilhar. A posição do narrador em relação a esse projeto de ilustração é ambígua. Será que o menino não sofrerá mais por ter acesso a outra cultura? Será que no futuro isso não lhe trará sofrimento?

Por fim, cabe a Gonzaga de Sá propor um dos pontos mais polêmicos do livro: a República foi prejudicial para os negros no Brasil. No entender do velho funcionário, os novos grupos sociais que ascenderam socialmente com a República não tinham a capacidade de "dialogar" com os afrodescendentes, enquanto os antigos (monarquistas) tinham mais condições de conduzir esse entendimento. A ideia se mostra contraditória em vários pontos, pois o próprio Gonzaga de Sá crítica a estagnação da sociedade brasileira, quando vai ao teatro, ou quando ele reconhece que seus antepassados pareciam carrascos por serem senhores de escravos. Lima Barreto parece indicar que as questões ligadas à nossa herança escravagista eram complexas e traziam vários pontos contraditórios.

Muitos identificaram aí uma suposta simpatia de Lima Barreto pela Monarquia, mas o que ocorreu foi uma profunda desilusão com a República – com todas as promessas que não foram entregues – e com o forte caráter excludente da sociedade.

A exclusão racial nos primeiros anos da República foi baseada não apenas em preconceitos, mas também em conceitos e teorias raciais, difundidos por uma versão simplista do positivismo, que eram socialmente aceitos à época – a cena do trem, em que dois passageiros falam dessas teorias, é um bom exemplo disso. O ambiente burocrático é outro espaço em que muitas dessas tensões sociais se evidenciam.

Relatos da Burocracia

Na ficção brasileira do século XX, figuram inúmeros funcionários públicos como narradores ou como personagens. A partir da década de 1930 isso fica mais evidente, bastando lembrar dois importantes romances do período: *O Amanuense Belmiro* (1937), de Cyro dos Anjos – narrado em primeira pessoa pelo próprio Belmiro; e *Os Ratos* (1935), de Dyonélio Machado – que acompanha 24 horas na vida do pobre-diabo Naziazeno Barbosa, também funcionário público, em busca de dinheiro para saldar uma pequena dívida.

O funcionário público aparece em grande parte dessas narrativas como um decaído ou como um derrotado. De um modo esquemático: Belmiro é o exemplo do decaído; Naziazeno Barbosa, do derrotado. Para o primeiro, o funcionalismo significou ter que se conformar com uma posição inferior àquela que poderia ocupar na sociedade – tendo em vista suas origens, seus estudos, as expectativas criadas em torno de si. Essa decadência acaba sendo objeto de reflexão por parte do narrador. Já para Naziazeno Barbosa, de origem humilde, o funcionalismo público é o horizonte possível, mas que o joga numa posição marginal e periférica em termos sociais. Aqui, o funcionário público é personagem observada de fora e não tem consciência de sua posição.

Lima Barreto pode ser considerado uma espécie de precursor desse tipo de análise na ficção brasileira. Os dois tipos encontram-se em sua ficção de maneira bastante profusa nos contos, crônicas e romances. O interesse de Lima Barreto por esses tipos é explicado por sua condição de funcionário público – entre 1903 e 1918 na Secretaria de Guerra – e por uma situação histórica: a proliferação dos cargos públicos na recém-formada República. A máquina do Estado cresce e necessita de funcionários para vários escalões. Para os escritores, o funcionalismo público também é proveitoso, sem deixar de ser conflituoso, pela garantia de uma renda num país em que se viver de literatura é algo bastante incerto.

Sentado à sua mesa na Secretaria de Guerra, Lima Barreto observa a rotina da autarquia, o comportamento dos colegas, os ritos burocráticos, e faz anotações, como se pode acompanhar nas páginas do *Diário Íntimo*. Assim, não é de se estranhar que boa parte dos protagonistas de seus livros sejam funcionários públicos: Augusto Machado e Gonzaga de Sá; Isaías Caminha – escrivão no interior do Espírito Santo, quando escreve seu livro; Policarpo Quaresma – funcionário do Arsenal de Guerra. Em todos esses romances, o ambiente burocrático é também alvo de observação, análise e crítica. Em todos eles, há uma rica galeria de pequenos funcionários duramente fustigados pelos narradores, caso de Xisto Beldroegas, e também chefes que não sabem como preencher seu tempo ocioso, caso do Barão de Inhangá, que fica o dia inteiro apontando lápis. Tal interesse pelo funcionalismo público acaba por ser assumido pelo próprio narrador de *Vida e Morte* na "Explicação Necessária", que vê a necessidade de "um biógrafo para os ministros e outro para os amanuenses".

É no ambiente burocrático que Augusto Machado conhece Gonzaga de Sá. Uma questão fútil, uma demanda sem utilidade, faz mover toda máquina burocrática e também dá início à amizade entre os dois. Após a morte de Gonzaga, Augusto resolve escrever sobre o amigo, mas essa escrita se dá sobre o nada. A vida de Gonzaga fora improdutiva. Refugiara-se no ambiente medíocre da autarquia e desperdiçara toda sua existência. Poderia ter sido muitas coisas, mas não foi. Filho de uma família influente durante o Segundo Império, preferiu ficar longe das brigas por posições que se instauraram com a República. Nesse sentido, é emblemática a cena em que Gonzaga é avisado sobre a Proclamação. Sua resposta comporta tanto uma crítica ao novo regime – que República era essa, afinal? – como também demonstra seu desinteresse pelos debates do tempo presente.

Aqui é interessante comparar Gonzaga de Sá com outra personagem, também funcionário público: Policarpo Quaresma. Os dois ocupam posições humildes na máquina do governo e ambos têm paixão pelo conhecimento, pelos estudos – fato que gera o riso, o escárnio e a chacota dos colegas de repartição. Ao realizarem o balanço final de suas vidas, as duas personagens acham que suas trajetórias foram em vão, pois foram improdutivas, sáfaras, estéreis. Gonzaga acha que deveria ter agido mais; Quaresma acha que não deveria ter agido[7]. Essa é a conclusão final das duas personagens, mas os narradores dessas histórias, o que acham?

Tanto o narrador em terceira pessoa, de *Triste Fim*, como Augusto Machado, narrador-personagem de *Vida e Morte*, manifestam admiração pelos dois amanuenses. Essa admiração é partilhada com os leitores, que vislumbram a coerência e a honestidade do projeto de ambos. Eles não "venceram"

7. Silviano Santiago analisa a improdutividade dos projetos de Policarpo Quaresma no ensaio "Uma Ferroada no Peito do Pé – Dupla Leitura de *Triste Fim de Policarpo Quaresma*".

dentro do funcionalismo, pois para subir teriam que descer enquanto indivíduos. Assim, o problema não parece residir na opção tomada pelas personagens, mas no meio hostil, competitivo e medíocre em que estavam inseridos. A ascensão para melhores posições é que é condenada pelo narrador, pois ela quase sempre acarreta um verdadeiro apagamento, caso de Xisto Beldroegas que, diante da doença de Gonzaga de Sá, só pensa numa possível promoção.

Nos dois romances, o funcionalismo público serve como um microcosmo dos desmandos dos nossos primeiros anos da República. Além disso, Lima Barreto promove um ataque a "ídolos nacionais" que são alvos de chacota, riso, galhofa – ao melhor estilo das sátiras de *Os Bruzundangas*.

Manipansos Milagrosos, Ídolos Aterradores e Deuses Onipotentes

Em *Vida e Morte*, as críticas diretas a figuras públicas – políticos, jornalistas, escritores – são em menor número que em outros romances de Lima Barreto. Augusto Machado e Gonzaga de Sá dirigem um olhar mais amplo, focalizando espaços representativos da vida social: o café, o teatro, o funcionalismo público, as cenas da vida urbana. Nessa direção, Lima Barreto promoveu o apagamento das críticas que faria ao *Canaã* de Graça Aranha, como se pode ver nos apontamentos do romance.

Essa redução de ataques mais diretos pode ser explicada de várias formas, inclusive pelo teor mais poético do livro, diverso da sátira escrachada típica do autor. Um pouco disso aparece na "Explicação Necessária", quando Augusto Machado ironiza o amanuense Pelino Guedes, o gramático Cândido Lago e o professor Licínio Cardoso. Ao longo dos doze capítulos, a nomeação direta de uma figura pública vai se restringir ao Barão do Rio Branco. Mas o que justificaria tal escolha?

Em crônica publicada no *Correio da Noite*, em 1915, Lima Barreto chamava a atenção para o uso de prédios públicos como residência particular e atribuía a Rio Branco ter dado início a essa prática sem que ninguém o denunciasse, pois ele estaria acima da lei[8]. Quando comparada a ministros de outros países, as atitudes de Rio Branco eram visivelmente antidemocráticas e antirrepublicanas no entender do cronista:

> Rio Branco, que, apesar dos seus grandes serviços, não tinha absolutamente o valor desses homens [Guizot, Soult, Wellington], começou por desobedecer à Constituição, não apresentando relatórios anuais, transformando um edifício público em sua residência, nomeava para os lugares do seu ministério quem entendia, sem obedecer aos artigos da lei, e acabou criando essa excrecência, essa inutilidade que é o lugar de subsecretário das Relações Exteriores.
>
> Esse exemplo foi edificante e depois parece que o governo ficou desmoralizado, sem força, sem autoridade para pôr na rua intrusos que se meteram nos próprios da Nação. (Barreto, 2004, vol. 1, p. 164.)

Para Lima Barreto, o diplomata, aclamado por todos, perpetuara ao longo de seus dez anos à frente do Ministério das Relações Exteriores inúmeros abusos de autoridade sem ser questionado por ninguém. Era um ídolo, um manipanso, um deus onipotente que tinha seus seguidores, assim como o marechal Floriano Peixoto – alvo de duras críticas em *Triste Fim de Policarpo Quaresma*.

8. A crônica é posterior à morte do Barão do Rio Branco, em 1912.

No entanto, deve-se observar que as críticas ao Barão do Rio Branco são feitas por Gonzaga de Sá e não pelo narrador negro, Augusto Machado. Esse desvio é estratégico ao atribuir reflexões e pensamentos muito próximos aos de Lima Barreto em suas crônicas ao velho e ponderado funcionário público. É Gonzaga de Sá, de origem nobre, que pode denunciar a contradição de, em um regime republicano, alguém se valer de um título de barão. Gonzaga de Sá desmonta toda a pompa do Barão ao chamá-lo de forma íntima e debochada de "Juca Paranhos", além de atribuir-lhe o uso de prédios públicos como residência pessoal e de não ter dado os créditos devidos a Joaquim Caetano e Teixeira de Melo na questão do Amapá. Até hoje essas críticas destoam do tom de idolatria em torno do Barão do Rio Branco, que empresta seu nome a ruas, praças, clubes e escolas pelo Brasil afora.

Uma Visão Histórica

Na primeira anotação do *Diário Íntimo*, Lima Barreto propõe um projeto que nunca realizaria: escrever a história da escravidão negra no Brasil. No prefácio do *Diário Íntimo*, o historiador Gilberto Freyre destaca que o grande senso de observação de Lima Barreto e sua imaginação criadora eram importantes, mas não suficientes para que levasse a cabo tal obra – pondo como principal empecilho a desorganização e a boemia do autor fluminense. Essa imagem ainda é muito frequente e parece desconsiderar a extensa produção escrita que Lima Barreto foi capaz de produzir em 41 anos de vida.

É certo que Lima Barreto não produziu essa obra histórica, mas seus romances fornecem visões únicas sobre os primeiros anos de nossa vida republicana e perspectivas contra-hegemônicas em relação às reformas urbanísticas que se processavam no início do século XX no Rio de Janeiro. Tais reformas tinham no pensamento positivista – então muito forte no Brasil – um dos seus principais pilares.

A primeira antipatia de Lima Barreto com o pensamento positivista no Brasil estava relacionada às teorias raciais que estabeleciam os negros como raça inferior. Além desse fator que impedia o autor de aderir ao pensamento positivista, na concepção dessa corrente filosófica e científica, a história se constituiria numa linha reta rumo ao progresso, e a humanidade estaria fadada à evolução, já que a ciência seria capaz de tudo explicar e tudo solucionar, ou seja, a ciência se tornaria a religião da humanidade. A história tomava ares de ciência exata, apropriando-se dos dados estatísticos ligados à tríade meio, raça e momento – condenando o Brasil a uma eterna condição periférica ou a ser dominado por nações superiores.

Era preciso apagar o passado colonial brasileiro e construir uma nova ordem, um novo progresso. Segundo Nicolau Sevcenko (1999, p. 30), a palavra usada para esse apagamento sistematizado foi "regeneração", que teria entre os seus processos a condenação dos hábitos e costumes ligados à sociedade tradicional e colonial (festas populares, eventos religiosos) que pudessem macular a imagem civilizada da metrópole que se erguia sobre os escombros da antiga cidade colonial.

Em termos de escrita histórica, também desagradava a Lima Barreto uma visão meramente documentalista, que não conseguisse articular os pequenos fatos do cotidiano com os grandes acontecimentos. Assim, não bastava ao historiador simplesmente arrolar documentos e datas, pois correria o risco de produzir algo seco e sem vida.

Lima Barreto atribuía ao historiador francês Ernest Renan (1823-1892) o aprendizado desta relação entre imaginação e escrita histórica. Segundo Renan, as nações eram um "princípio espiritual" que unia homens em torno de um legado de lembranças do passado e do desejo presente de continuar a viver junto para partilhar essa herança. O narrador-personagem Augusto Machado admira em Gonzaga de Sá justamente a sua capacidade criativa de recompor a história da cidade:

> Desse modo era um gosto ouvi-lo sobre as coisas velhas da cidade, principalmente os episódios tristes e pequeninos. Com uma memória muito plástica, de uma exatidão relativa mas criadora, ela não tinha securas de foral, de cartas de arrendamento ou sesmaria, nem tinha inclinação por tais documentos; e animava a narração pontilhando-a de graça, de considerações eruditas, de aproximações imprevistas. Era um historiador artista e, ao modo daqueles primevos poetas da Idade Média, fazia história oral, como eles faziam as epopeias. Das coisas, dois ou três aspectos feriam-no intensamente e sobre eles edificava uma outra mais bela e mais viva. (p. 88)

A memória prodigiosa de Gonzaga é mencionada em outras passagens do livro – como na cena em que ele cita os versos declamados à época dos espetáculos de Rosine Stoltz (1815-1903), *mezzo-soprano* da Ópera de Paris com célebre passagem pelo Rio de Janeiro. No entanto, conforme Augusto Machado relata, não era uma memória infalível, mas sim uma memória com uma exatidão relativa, criadora. Era justamente nos seus pontos de falha e esquecimento que se desdobrava a imaginação de Gonzaga, pautada numa cultura erudita e de amplo espectro. A impossibilidade da escrita, sinalizada em "O Inventor e a Aeronave", primeiro capítulo do livro, é compensada pela lembrança das coisas velhas da cidade, de episódios tristes e pequeninos. Gonzaga vê a antiga cidade ruir, as velhas casas, os feios e velhos prédios, todos carregados de recordações, sendo destruídos pelas picaretas regeneradoras:

> Um dia faltou à repartição (contou-me isso mais tarde) para contemplar, ao sol do meio-dia, um casebre do Castelo, visto cinquenta e tantos anos atrás, em hora igual, por ocasião de uma "gazeta" de aula primária. Pobre Gonzaga! A casa tinha ido abaixo. Que dor! Assim vivendo todo dia nos mínimos detalhes da cidade, o meu benévolo amigo conseguiria amá-la por inteiro, exceto os subúrbios, que ele não admitia nem como cidade nem como roça, a que amava também com aquele amor de cousa de arte com que os habitantes dos grandes centros prezam as coisas do campo. (p. 88)

O Morro do Castelo, onde Gonzaga encontrara a casa demolida, foi um ponto estratégico escolhido para o estabelecimento da cidade no século XVI, como assinala Gastão Cruls: "foi ao se fixarem no seu cimo que os colonizadores se enraizaram definitivamente no solo carioca" (1965, p. 14). Nesse morro, em 1567, a cidade inicialmente fundada por Estácio de Sá na entrada da baía da Guanabara, no sopé do morro Cara de Cão (1565), conseguia "descanso vitorioso após meses e mais meses de permanente estado de desassossego e sobressalto, de defesa e luta, contra o francês aventureiro e o tamoio ardiloso" (Cruls, 1965, p. 14). Apesar de ser um marco da fundação da cidade, o morro passou a ser considerado prejudicial à saúde dos cariocas, porque dificultava a circulação dos ventos e por impedir o livre escoamento das águas. Somado a isso, constituía-se num obstáculo para o urbanismo da cidade. A destruição de suas casas, no início do século XX, era somente um prenúncio do que aconteceria em 1921. Nesse ano, o Morro do Castelo foi arrasado durante o governo do prefeito Carlos Sampaio, com a desculpa de ser um espaço de pobreza, repleto de velhos casarões e cortiços e necessário para a montagem da Exposição Comemorativa do Centenário da Independência do Brasil.

A maior parte das obras de urbanização realizadas no início do século na capital tinham como princípio a higiene, a melhora do trânsito e o embelezamento da cidade, seguindo os padrões das reformas de Paris, no século XIX, e as subsequentes reformas em Viena, Antuérpia, Lisboa, Bruxelas e Buenos Aires. Gonzaga relativiza esse conceito de beleza usado como desculpa na destruição do passado colonial:

> Gonzaga de Sá disse-me isto certa vez, no Largo do Paço, olhando o chafariz do Mestre Valentim. Depois continuou:
>
> – Este chafariz é feio, é massudo; mas a esfera armilar que o encima, dá-lhe grandeza, certa majestade... Mas já foi bonito...
>
> – Quando?
>
> – Quando o mar chegava-lhe aos pés. Ele tinha essa moldura, ou melhor: esse *repoussoir* e possuía certa beleza. Eu ainda o conheci assim... (p. 78)

Gonzaga destaca que as mudanças urbanísticas ocorridas na cidade e o aterro de uma parte do mar acabaram prejudicando a visão idealizada por Mestre Valentim, em que o chafariz servia como um *repoussoir*, ou seja, um elemento que direcionava o olhar de quem por ali passava para a paisagem que se descortinava ao fundo.

Esses marcos históricos do tempo do Brasil colonial circunscrevem o movimento de Gonzaga, que guia Augusto

Machado pelo passado da cidade, visível naqueles antigos monumentos e prédios, contrastando-o com as mudanças urbanísticas. Por um lado, as melhorias das estradas e a expansão das linhas de bonde propiciavam o contato com áreas afastadas do centro. Em contrapartida, colocavam esses resquícios do passado em rota de colisão com o desenvolvimento, tornando-os verdadeiros empecilhos a serem superados. O contato entre as diferentes camadas da história da cidade gerava entrançamentos entre passado e presente, como apontava Augusto Machado: "Tudo isso se baralha, confunde-se, mistura-se, e bem não se colhe logo como a população vai se irradiando da via férrea. As épocas se misturam; os anos não são marcados pelas coisas mais duradouras e perceptíveis" (p. 137).

Gonzaga é um guia privilegiado; sua casa, em Santa Teresa, configura-se numa espécie de mirante, de onde quase toda cidade pode ser vista – a Lapa, a Glória, o mar insondável –, cenário do dia de sua morte, servindo seu corpo como *repoussoir* para indicar a paisagem ao fundo. Morte, brevemente narrada, de uma vida que se resumira, nos seus últimos momentos, a procurar fixar as imagens de um espaço que, aos poucos, desaparecia, a exemplo da própria personagem. Como símbolo do passado colonial, Gonzaga tinha que ser destruído. Enquanto isso não acontecia, ele assistia à destruição gradual dos locais que tanto amara:

> Imaginava, ao vê-lo nesses trejeitos, que, pelo correr do dia, lembrava-se do pé para a mão: como estará aquela casa, assim, assim, que eu conheci em 1876? E tocava pelas ruas em fora para de novo contemplar um velho telhado, uma sacada e rever nelas fisionomias que já mais não são objeto... Não me enganei. Gonzaga de Sá vivia da saudade da sua infância gárrula e da sua mocidade

angustiada. Ia em procura de sobrados, das sacadas, dos telhados, para que à vista deles não se lhe morressem de todo na inteligência as várias impressões, noções e conceitos que essas cousas mortas sugeriram durante aquelas épocas de sua vida. (p. 87)

Num esforço agônico, Gonzaga tenta capturar os últimos instantes da antiga cidade colonial. É uma tentativa de registro daqueles espaços ligados à sua história pessoal e de sua família, já que descendia dos antigos fundadores e administradores do Rio de Janeiro. Incapaz da escrita literária, pois "sua inteligência não sabia dar logo um pulo da cabeça para o papel" (p. 68), Gonzaga de Sá precisa do jovem Augusto Machado para lhe confiar suas memórias, suas lembranças, suas visões surpreendentes da história: "É que o Rio não foi edificado segundo o estabelecido na teoria das perpendiculares e oblíquas. Ela sofreu, como todas as cidades espontâneas, o influxo do local em que se edificou e das vicissitudes sociais por que passou, como julgo ter dito já" (pp. 89-90). Para a personagem, o Rio de Janeiro teve seu traçado único desenhado por processos lentos derivados de diversos ciclos econômicos e sociais: a luta com os índios, a defesa contra os corsários, os quilombolas, a descoberta das lavras de Minas. Cidade que circunscrevia a trajetória das personagens e que era circunscrita pela memória criativa de Gonzaga e pelo desdobramento da escrita de Augusto Machado, resumidos na fórmula sintética proposta para Gonzaga: "Vivo nela e ela vive em mim" (p. 65).

Lima Barreto e as Novas Possibilidades do Romance

Ao adotar uma forma fragmentária em *Vida e Morte de M. J. Gonzaga de Sá*, Lima Barreto não abandonou o propósito crítico de sua escrita – o caráter militante, revolucionário e transformador que creditava à literatura (cf. Sevcenko, 1999, pp. 120-127). Antes, essa escolha tinha vínculos com as mudanças sociais e técnicas da virada do século XIX para o XX. Com *Vida e Morte*, o autor conseguiu sintetizar as transformações culturais em curso, relacionando os traços ocultos ou destruídos da antiga cidade colonial aos avanços da técnica, o que resultava na interligação entre os diferentes extratos espaciais e temporais da urbe. Estes avanços da técnica que, de certo modo, impunham a derrubada dos rastros coloniais, poderiam propiciar a um leitor atento e capacitado, caso de Gonzaga de Sá e Augusto Machado (e do próprio autor), uma visão inusitada da história do Rio de Janeiro, questionando de maneira decisiva os setores progressistas de nossa sociedade que queriam inserir o Brasil na nova ordem técnica e científica a todo custo, nem que fosse a golpes de picareta, nem que fosse preciso erigir uma cidade de fachadas.

A posição de espectadores da vida moderna, desempenhada pelos protagonistas de *Vida e Morte*, encontrava paralelos com as novas formas de percepção, valorizando o elemento visual que se apresentava seja pela visão panorâmica propiciada da janela do bonde, seja pelas técnicas da fotografia e, mais tarde, do cinema. As revistas e os jornais brasileiros, daquele início de século XX, também passaram a investir no aspecto visual ao valorizarem as ilustrações e as fotos em detrimento do conteúdo (cf. Dimas, 1983, p. 7).

Numa sociedade marcada pelo ver e ser visto, pelas poses elegantes e afetadas, nada mais normal do que haver uma audiência para estes espetáculos mundanos e esse é, estrategicamente, o foco narrativo proposto por meio de Augusto Machado. Para Lukács (1968), a posição de espectador é típica das personagens dos romances naturalistas e coloca o leitor em lugar semelhante, constituindo-se num índice de alienação[9]; já no romance realista, o leitor participa da ação das personagens que assim tomam consciência de sua posição no mundo. Com essa distinção, o crítico marxista pretende assinalar a diferença entre uma literatura que coloca as personagens e as pessoas na condição de objetos – a naturalista; e outra, praticada por alguns autores realistas do século XIX, que as representam na condição de sujeitos históricos. *Vida e Morte*, todavia, não é um romance naturalista e muito menos segue à risca os pressupostos realistas. É uma experiência romanesca que potencializa as relações do gênero com as transformações técnicas e urbanísticas, fazendo de seus protagonistas observadores posicionados em pontos estratégicos da vida social – as ruas, o bonde, o teatro, o funcionalismo público. A ação é quase nula e se restringe a uma procura das personagens por assuntos e temas da vida moderna, num ir e vir por vários pontos urbanos.

Nesse contexto histórico e estético, abre-se também a possibilidade para um novo leitor que talvez já encontrasse dificuldade com a leitura do romance realista – em que todos os elementos devem se ligar à práxis das personagens (Lukács, 1968) – e que não se sentisse tão incomodado com um romance atravessado pela linguagem corriqueira da crônica. Um novo leitor para quem os capítulos pudessem ser constituídos por quadros aparentemente desconexos, exigindo-lhe o esforço de juntar os fragmentos e de conferir-lhes unidade.

9. O crítico húngaro valoriza romances em que a ação das personagens revelasse seus posicionamentos críticos, cabendo aos leitores perceber e interpretar tais posicionamentos. Isso acontece, por exemplo, em *Triste Fim de Policarpo Quaresma*. Sabemos dos posicionamentos de Quaresma por suas ações.

De certo modo, as novas tecnologias criaram outras formas de percepção e incitaram experimentos no campo da criação literária, impondo o horizonte de "uma história da literatura brasileira que leve em conta suas relações como uma história dos meios e formas de comunicação e que alteram a percepção dos produtores e dos receptores da literatura" (Süssekind, 1987, p. 26).

Não é descabido supor que Lima Barreto vislumbrasse novas experiências romanescas como possíveis e necessárias. Seu último projeto de ficção, *Cemitério dos Vivos*, também trabalha com formas experimentais, mas de caráter confessional. De modo resumido, *Vida e Morte*, o penúltimo romance, potencializa os entrelaçamentos entre a linguagem e os temas da crônica com a forma romanesca, enquanto o último romance explora as relações com o material confessional. Essas duas experiências encontrariam vários desdobramentos na escrita do romance na literatura brasileira, a partir da segunda década do século XX. *Vida e Morte* dá início a um diálogo com os experimentos da prosa poética e telegráfica de *Memórias Sentimentais de João Miramar*, de Oswald de Andrade, e com os romances urbanos da chamada segunda geração do modernismo brasileiro, que narram a vida de pobres-diabos, principalmente pequenos funcionários públicos, perdidos no emaranhado da administração e de uma existência carente de perspectivas na cidade moderna – como os protagonistas de *Os Ratos*, de Dyonélio Machado, e *Angústia*, de Graciliano Ramos. Por sua vez, *Cemitério dos Vivos* aproxima-se das experiências confessionais de Graciliano Ramos em *Memórias do Cárcere*[10].

10. Graciliano Ramos e Lima Barreto encontram muitas afinidades ideológicas, como o caráter militante e crítico de seus romances – a escrita en-

A Linguagem de Lima Barreto em Vida e Morte

Os leitores acostumados com outras obras de Lima Barreto podem estranhar um pouco os planos semântico e sintático, enfim, o estilo deste livro. É visível, por exemplo, um rebuscamento na escolha vocabular. Esse aspecto pode ser percebido na edição pelo grande número de notas com esclarecimentos para palavras como *lobrigar*, *obumbramento*, *gárrula*, *repimpado* e *ferragistas*. No plano sintático, também se percebe o uso da mesóclise e de contrações gramaticais ligadas a uma prescrição normativa mais rigorosa: *lia-se-lhe*, *arrepiaram-se-me*, *vêde-lhe*, *fê-lo matar*.

Não parece ser o mesmo Lima Barreto que produziu uma língua muito próxima do uso brasileiro descontraído do início do século. Um autor que, num período marcado pelo purismo linguístico, optou por uma linguagem por vezes redundante, como assinalou Silviano Santiago, e que fez "a realidade entrar sem máscara no texto literário" (Bosi, 1994, p. 318).

Outro ponto destoante é certa "cultura ilustrada" que revela o horizonte intelectual de Augusto Machado e de Gonzaga de Sá, que corresponde às próprias leituras de Lima Barreto[11]. São citações de escritores, filósofos, historiadores, revistas e jornais que, vez ou outra, saltam das conversas entre os dois amigos. É, sem dúvida, o livro de Lima Barreto em que há um maior número de referências intertextuais explícitas. Em *Recordações do Escrivão Isaías*

quanto uma forma de atuação – e o ceticismo contra o estado nacional, o patriotismo ou qualquer sistema político que propusesse transformações a curto prazo.

11. Todos os livros citados pelas personagens faziam parte da biblioteca de Lima Barreto. O autor catalogou seus livros em vida e essa anotação foi reproduzida por Francisco de Assis Barbosa em *A Vida de Lima Barreto*.

Caminha, por exemplo, há uma passagem no início do capítulo VI em que o narrador revela os autores e livros de sua preferência e que teriam lhe fornecido os subsídios necessários para a escrita das suas recordações (Dostoiévski, Tolstói, Stendhal, Balzac, Flaubert, Renan, Eça, Taine, Bouglé e Ribot). Fora isso, *Isaías Caminha* possui poucas citações diretas de autores e obras admirados pelo narrador-protagonista. As referências ao meio literário brasileiro aparecem nesse livro para ironizar o próprio meio, inclusive na sua tendência a macaquear as modas estrangeiras ou no uso de uma linguagem rebuscada.

Como já assinalamos, o próprio Lima Barreto achava *Vida e Morte de M. J. Gonzaga de Sá* um livro "cerebrino" demais, reconhecendo a diferença que o separava do restante de sua produção. Tudo isso pode ajudar a compreender os motivos pelos quais o romance foi quase ignorado pelas editoras e pela crítica especializada. Trata-se de uma obra com elementos pouco associados à principal imagem que os leitores fazem normalmente de Lima Barreto: a do crítico voraz, do escritor satírico ou a do autor que rompeu com o purismo linguístico do seu tempo. Também não condiz com a imagem do autor relapso e pouco preocupado com questões estilísticas.

Mas o que teria levado Lima Barreto a produzir uma obra com tais características? A resposta para isso pode estar num aspecto pouco percebido em sua produção: a tentativa de experimentar novas possibilidades do gênero romanesco, não ficando preso a uma fórmula previamente adotada. Lima Barreto era contrário a fórmulas e sempre condenava isso em outros autores. Aliás, em *Vida e Morte de M. J. Gonzaga de Sá* aparecem críticas ao regionalismo de Coelho Neto e à Grécia dos parnasianos brasileiros etc. Críticas essas que não ocupam o centro da narrativa – sendo colocadas agora num plano bastante periférico.

Como um romance experimental, *Vida e Morte* é marcado por uma proximidade maior de um registro lírico, evocando memórias do passado, pondo lado a lado o novo e o velho, recorrendo à colagem de outros textos do autor (crônicas, registros da intimidade), sem um centro bem definido e que se vale de uma perspectiva móvel, típica do cinema. É ainda um livro que comporta o elíptico, o não dito, a contradição de ideias. Tudo isso requer uma atenção maior à leitura.

Essa atenção já é requerida a partir do próprio título, que traz na antítese "vida e morte" uma ideia explorada em toda sua potencialidade poética ao longo do romance. A vida que não é vida, mas apagamento (a existência de Gonzaga de Sá); a morte que traz a vida – a partir da escrita sobre uma vida que não foi (Augusto Machado escrevendo a biografia do seu amigo); o desejo de vida que surge no momento menos esperado (o flerte de Augusto Machado com Alcmena durante o funeral de Romualdo); a vida que segue em alta velocidade pelos trilhos do trem que transporta o caixão de Romualdo; a cidade que é "urbanizada", "renovada", sepultando uma antiga cidade que vive apenas na memória daqueles que a amaram tal como ela era.

Todas essas tensões e contradições envolvem os momentos de maior lirismo do livro e as belas evocações das paisagens naturais do Rio de Janeiro. Nesse ponto, percebe-se a capacidade de Lima Barreto para relacionar esses espaços com os sentimentos das personagens, como na cena em que Augusto Machado, ao olhar o mar, refaz todo o percurso de sua formação humana e cultural.

LIMA BARRETO
VIDA E MORTE
DE
M.J. GONZAGA
DE
SÁ

* O desenho da capa da 1ª edição de 1919 é de autoria de José Wasth Rodrigues (São Paulo, 1891 – Rio de Janeiro, 1957). Wasth fez ilustrações para vários livros, incluindo *Urupês*, de Monteiro Lobato, e *Vida e Morte do Bandeirante*, de Alcântara Machado. Lobato sempre abriu espaço para pintores brasileiros divulgarem seus trabalhos na *Revista do Brasil*. O que chama a atenção é como o desenho se relaciona com a trama do livro – o morro do Corcovado (sem o Cristo Redentor), um bonde elétrico dividindo espaço com um carro de boi, os postes de eletricidade e as palmeiras –, suscitando dúvidas se Lima Barreto não teria participado da escolha da ilustração ou mesmo dado alguma sugestão para o ilustrador.

A

ANTÔNIO NORONHA SANTOS[1]

Seul le silence est grand: tout le reste
est faiblesse.
A. De Vigny[1]

La plaie du cœur est le silence.
Bourget[2]

Advertência[1]

Encarregou-me o meu antigo colega de escola e, hoje, de ofício, Augusto Machado, de publicar-lhe esta pequena obra[2]. Antes me havia ele pedido que a revisse. Se bem que nela nada encontrasse para retocar, não me pareceu de rigor a classificação de biografia que o meu amigo Machado lhe deu.

Faltam-lhe, para isso, a rigorosa exatidão de certos dados, a explanação minuciosa de algumas passagens da vida da principal personagem e as datas indispensáveis em trabalho que queira ser classificado de tal forma; e não só por isso, penso assim, como também pelo fato de muito aparecer e, às vezes, sobressair demasiado, a pessoa do autor.

Aqui e ali, Machado trata mais dele do que do seu herói.

Julgando que tão insignificantes defeitos eram de desprezar em presença dos reais méritos de pequeno livro, apressei-me em conseguir a sua publicação, certo de que, com isso, irei animar uma acentuada vocação literária que se manifesta, de modo inequívoco, nas páginas que se seguem.

Abril de 1918.

Lima Barreto.

Explicação Necessária

A IDEIA DE ESCREVER esta monografia nasceu-me da leitura diurna e noturna das biografias do doutor Pelino Guedes[1]. São biografias de ministros, todas elas, e eu entendi fazer as dos escribas ministeriais. Por ora, dou unicamente subsídios para uma; mais tarde, talvez escreva as duas dúzias que planejo.

Não há neste tentâmen[2] nenhuma censura ao ilustre biógrafo, nem tampouco propósito socialista ou revolucionário de qualquer natureza. Absolutamente não! Obedeci, aliás muito inconscientemente em começo, à lei da divisão do trabalho; e, com isso, sem falsa modéstia o digo, fiz uma importante descoberta que o mundo me vai agradecer.

Os sábios, pelas notícias que deles tenho, não tinham dado ainda pela falta de verificação desta lei, nos domínios da biografia.

Entretanto era fácil de ver que, exigindo a ordem obscura do mundo humano um doutor que cure, outro que advogue, forçoso era também que houvesse um biógrafo para os ministros e outro para os amanuenses.

Dessa forma, somos, eu e o doutor Pelino, uma bela prova de plena generalidade desse grande asserto[3] científico da divisão do trabalho; portanto, longe de ser um capricho, a publicação deste opúsculo[4] é manifestação de uma grande e inevitável lei, a que me curvei e me curvo, como a todas as leis, independentemente da minha vontade.

Crendo-me justificado, dou aqui o testemunho público de quanto sou grato àquele escritor; e se, pelo correr do folheto, pus alguma cousa da minha pessoa, a culpa, afora o meu incorrigível e elementar egotismo, cabe-me a mim somente que não soube imitar, no estilo, a concisão telegráfica do modelo que adotei, e, na maneira, a sua superior impersonalidade de relatório ministerial[5].

Contudo, não me julgo com a verdade. Deus me livre de tal coisa! Tanto mais que, tendo-me destinado a atividade bem diversa, não me afiz aos estudos que a literatura reclama. Não sei grego nem latim, não li a gramática do senhor Cândido de Lago[6], nunca pus uma casaca e não consegui até hoje conversar cinco minutos com um diplomata bem-talhado; sigo, entretanto, o exemplo do severo e saudoso lente de Mecânica da Escola Politécnica, doutor Licínio Cardoso[7], que estudou longos anos a alta matemática para curar pela homeopatia.

O seu espetáculo foi-me sempre fecundo. As reprovações que levei foram justas: antes de mim, todos os que passaram, saíam maravilhosamente; depois... oh! então!...

O seu julgamento é um julgamento de Minos[8], inflexível e reto, e que tira a sua inflexibilidade da própria ordem do Cosmos; e se, nos atos de minha vida, alguma vez fui justo, devo-lhe a ele, só e unicamente ao seu exemplo, que tive sempre diante dos olhos, durante a minha adolescência atribulada.

De joelhos, rendo graças à minha estrela, por ter encontrado, na minha carreira, tão raro e modelar exemplo...

Atirando-me aos azares da publicação de um opúsculo aliteratado[9], pode ser que seja feliz, como o meu inestimável lente o foi na homeopatia; pode ser que não e leve algumas descomposturas. Embora desagradáveis, as descalçadeiras[10] dar-me-ão alento para viver, cousa que me vai faltando dentro de mim mesmo.

É um estimulante que procuro, e uma imitação que tento. Plutarco[11] e o doutor Pelino, mestres ambos no gênero, hão de perdoar esse meu plebeu intento, de querer transformar tão excelso gênero de literatura moral – a biografia – em específico[12] de botica.

Perdoem-me!

Augusto Machado

8-10-1906.[13]

I

O Inventor e a Aeronave

NUNCA ME PASSOU pela mente que o meu amigo Gonzaga de Sá se dedicasse a cousas de balões. A não ser que o tal papel, que me deixou entre muitos, queira exprimir outro pensamento; não posso crer, dada amizade que mantínhamos, que ele me fosse ocultar essa digna preocupação de seu espírito. Tive sempre respeito por aquele que quer voar... Enfim!...Contemos a história.

Conheci Gonzaga de Sá quando, certa vez, por dever de ofício, fui mandado à Secretaria dos Cultos. Tratava-se de um caso de salvas devidas a um bispo. O bispo de Tocantins, ao entrar no porto de Belém, a bordo de um "gaiola"[1], recebera da respectiva fortaleza apenas dezessete tiros de salva. Sua Reverendíssima reclamou. Competir-lhe-iam dezoito tiros; e basto cabedal[2] de textos e leis a alta autoridade eclesiástica citou, fundamentando a sua opinião.

A reclamação foi presente[3] ao ministro dos Cultos, cuja secretaria, na longa informação que deu, aludiu à questão das investiduras[4], à dos bispos no tempo do Império e ao direito canônico, ainda por cima, sem nada resolver em definitivo.

Ouviu-se o Ministério do Exterior e o protocolo, carinhosamente interpretado e sabiamente, nada adiantava ao caso. Recorreram, então, ao estabelecido na legislação dos países civilizados ou não.

Os regulamentos da China eram completamente omissos, mas os de Montenegro davam vinte e quatro tiros aos bispos.

Na linda repartição das delicadas cousas internacionais, fizeram sábias transposições de uma religião para outra, de modo a se estabelecer a equivalência das respectivas autoridades.

Foi organizado um quadro, muito bem-feito, bem-riscadinho, em que os nomes dos sacerdotes de cada religião foram escritos, respeitando-se a índole ortográfica de suas línguas próprias.

O catolicismo, o budismo, o judaísmo, o bramanismo e as seitas protestantes encontravam-se e encontravam-se placidamente no terreno das conveniências burocráticas e protocolares.

Imãs, muezins, bispos, lamas, bonzos, dervixes, foram postos ao lado uns dos outros camarariamente[5].

Acreditava-se no Ministério dos Estrangeiros que, desta forma esclarecida a correspondência entre sacerdotes de todas as seitas e religiões, melhor poderia ser interpretada a legislação, relativa ao assunto, de cada país do globo, isto é: as praxes da Birmânia, do Tibete e da Turquia viriam em auxílio da mortificante colisão em que se achava a administração brasileira.

Nada disso, porém, conseguiu decifrar o problema. Buscou-se, então, resolvê-lo com a opinião do Ministério da Guerra, que veio a decidi-lo salomonicamente[6].

Era seu parecer que, para evitar reclamações futuras e satisfazer as partes, de ora em diante devia competir uma salva de dezessete tiros, com canhões de quinze, e um tiro com canhão de sete e meio. Era, além de salomônico, matemático, ou ambas cousas juntas, pois, com dezoitos disparos, se tinham dezessete tiros e meio, sendo, assim, satisfeito o prestígio do governo e os melindres[7] do prelado.

Esta resolução foi tomada, depois de serem ouvidas as grandes repartições técnicas do ministério, cujo saber foi no caso incalculável.

A informação da seção de artilharia recordou por alto a teoria da separação de poderes; a divisão de Justiça, porém, abandonando as leis, os tratadistas, baseou-se em questões teóricas de artilharia, desenvolveu cálculos, para mostrar os fundamentos da queixa de Sua Reverendíssima.

Estava a decidir-se a questão de um modo geral e de vez, quando surge a angustiosa dúvida do Cardeal. Seria Sua Eminência uma autoridade eclesiástica brasileira? Devia receber só salvas de arcebispo ou mais outras? Se era autoridade eclesiástica estrangeira, que salvas devia ter? Se era nacional, quais? etc.

E assim as interrogações se sucediam nas seções do ministério, quando o meu diretor, para evitar delongas[8], resolveu mandar-me à Secretaria dos Cultos, submeter aos competentes a angustiosa questão – cardeal.

Pouca gente conhece a Secretaria dos Cultos e tem notícia dos seus serviços. É de admirar que aconteça isso, porquanto, penso eu, se há secretaria que deva merecer o respeito e a consideração da nossa população é a dos Cultos.

Num país em que, com tanta facilidade, se fabricam manipansos[9] milagrosos, ídolos aterradores e deuses onipotentes, causa pasmo que a Secretaria dos Cultos não seja tão conhecida como a da Viação. Há, entretanto, nela, no seu museu e nos seus registros, muita cousa interessante e digna de exame.

Foi, por ocasião de desempenhar-me da incumbência do meu diretor, que vim a conhecer Gonzaga de Sá, afogado num mar de papéis, na seção de "alfaias, paramentos e imagens", informando muito seriamente a consulta do Vigário de Sumaré, versando sobre o número de setas que devia ter a imagem de São Sebastião.

Era Gonzaga um velho alto, já não de todo grisalho, mas avançado em idade, todo seco, com um longo pescoço de ave, um grande "gogó", certa macieza na voz grave, tendo uns longes de doçura[10] e sofrimento no olhar enérgico. A sua tez era amarelada, quase dessa cera amarela de certos círios.

Tratei com ele cheio do respeito que, acima da beleza, merece a velhice. Ele me pareceu agradecer a deferência, olhando-me com mal disfarçado interesse, por debaixo do *pince-nez*[11], do fundo do abismo da sua banca burocrática.

Vi logo nele um velho inteligente, de amplo campo visual a abranger um grande setor da vida; entendi-o ilustrado e de uma recalcada bondade. Não sei também por que adivinhei que tinha um bom nascimento e a antiguidade do aparecimento dos seus antepassados nestas terras não datava da República nem do encilhamento[12].

O meu julgamento não era errado, porque, mais tarde, indo por causa ainda dos "tiros" a um bispo à Cultos, perguntei-lhe, em meio do negócio:

– Senhor Gonzaga, não é casado?

– Não.

– Nem quis casar?

– Duas vezes: uma, com a filha de um visconde, em baile de um marquês.

– E a outra?

– Filho, você parece que ficou com inveja?

– Talvez – acudi eu prestamente à sua interrogação.

– Pois saiba: a outra foi com a minha lavadeira.

A adivinhação de sua mocidade fiz eu por essa resposta.

Além disso era cético, regalista, voltairiano[13]. Usava, como vim a verificar mais tarde, para estar em dia com o seu Deus, dele, frequentar as cerimônias religiosas; e não, como a burguesia republicana, para firmar-se nos frades, padres, freiras e irmãs de caridade e enriquecer-se ignobilmente, criminosamente, cinicamente, sem caridade e amor, senão aquelas de aparato. Era antimonástico, mas não maçom[14].

Para se compreender bem um homem não se procure saber como oficialmente viveu. É saber como ele morreu; como ele teve o doce prazer de abraçar a Morte e como Ela o abraçou. Depois de contar este grande fato da vida de um amigo, decifrar-lhe-ei os gestos íntimos e os seus atos insignificantes exporei. Não há erro, penso, procedendo assim.

A vida oficial de Lord Bacon[15] é abjeta e cheia de vilania; mas vêde-lhe as obras, as suas reflexões e, sobretudo, a sua morte – como são belas e como eclipsam a sua vida outra!

Tendo imaginado subitamente que a neve podia preservar as carnes da putrefação, Bacon desceu da sua carruagem em dia de muito frio, já velho era, e entrou em uma palhoça para fazer a experiência. Comprou um frango, fê-lo matar e ele mesmo, com as suas próprias mãos, o encheu de gelo. Resfriou-se e, pouco depois – em casa estranha, pois nem mais forças teve para atingir de carruagem a sua –, morreu o ousado inovador, o filósofo do método experimental, o autor da grandeza científica e industrial de nossos dias.

De Gonzaga de Sá, vou contar-lhes as suas cousas íntimas e dizer-lhes, antes de tudo, como morreu, para fazer bem ressaltar certos trechos e particulares que serão mais tarde contados, de sua bela obscuridade. Narremos os fatos.

Nós tínhamos tratado encontrarmo-nos no terraço do Passeio Público[16], para ver certo matiz verde que o céu toma, às vezes, ao entardecer. Fui esperá-lo com pressa de conversar com ele e admirá-lo. Pouco olho o céu, quase nunca a lua, mas sempre o mar. Embora o não encontrasse logo, o espetáculo do mar distraiu-me. Mas contemos as cousas por miúdo[17].

Quando cheguei ao terraço do Passeio, já os morros de Jurujuba[18] e de Niterói haviam perdido o violeta com que eu os vinha vendo cobertos pela viagem de bonde afora; sobre a Armação, porém, pairava ainda o jorro de densas nuvens luminosas, por onde, nas oleografias devotas, acostumamos a ver surgir os santos e anjos da nossa fé.

Fazia uma tarde dúbia[19], de luz irregular e ameaçando tempestade; mas, a minha secreta correspondência com o meio[20] avisara-me que não choveria. Chegado que fui, sentei-me a um banco embutido no muro, bem defronte a uma das novas escadarias que levam à gabada Avenida "Beira-Mar"[21]. Em seguida puxei um cigarro e pus-me a fumá-lo com paixão, olhando as montanhas do fundo, afogadas em nuvens de chumbo; e, engastado na barra de anil, um farrapo de púrpura, que se estendia por sobre os ilhotes de fora da baía.

Considerei também a calma face da Guanabara, ligeiramente crispada, mantendo certo sorriso simpático na conversa que entabulara com a grave austeridade das serras graníticas, naquela hora de efusão e confidência.

Villegagnon[22] boiava na placidez das águas, com seus muros brancos e suas árvores solitárias.

Notei então o acordo entre o mar e as serras. O negro costão do Pão de Açúcar[23] dissolvia-se nas mansas ondas da enseada; e da mágoa insondável do mar, se fazia a tristeza da Boa Viagem[24].

Transmutavam-se naturalmente e tocavam-se amigavelmente.

O mar espelhejante e móvel realçava a majestade e a firmeza da serrania e, em face de sua suntuosidade, por vezes

Avenida Beira-Mar na altura do Passeio Público, 27/10/1906, Rio de Janeiro. [Crédito: Augusto Malta / Acervo Instituto Moreira Sales.]

conselheiral, o sorriso complacente do golfo tinha uma segurança divina.

O poeta tinha razão: era realmente a grandiosa Guanabara que eu via!

A Glória, do alto do outeiro[25], com o seu séquito de palmeiras pensativas, provocou-me pensar e rememorar minha vida, cujo desenvolvimento – conforme o voto que os meus exprimiram no meu batismo – se devia operar sob a alta proteção de Nossa Senhora da Glória. E, quando alguma cousa nos recorda essa apagada e augusta cerimônia, vêm à lembrança fatos passados, cuja memória vamos perdendo.

Claro é que não tentei ver se tinha já atingido à altura em que plana minha sagrada Madrinha. Era de esperar que estivesse mais próximo e, se ainda não estou, nem a milésimo do caminho, nunca mais lá chegarei... Não tive desgosto; dei como um desvio de sentimento, procurando ver como minha vida desenvolvera, segundo as obscuras determinações do fragmento do planeta, em que nascera. Durante meia hora, fiz um detido exame dos meus atos passados e fui colhendo as suas analogias com o meu ambiente pátrio.

Tinha sido vário em seus aspectos e descuidoso como a irregularidade do meu solo natal. Sorrira com a baía, entre triste e alegre; e tive debaixo desse sorriso uma réstia da energia daquelas rochas antiquíssimas.

Diante da Serra dos Órgãos[26], cujo grandioso anseio de viver em Deus fui sentindo desde menino, aprendi a desprezar as fofas[27] cousas da gente de consideração e a não ver senão a grandeza de suas inabaláveis agulhas que esmagam a todos nós.

Fui bom e tolerante como o mar da Guanabara, que recebe o bote, a canoa, a galera e o couraçado; e, como ela, tranquila sob a proteção de montanhas amigas, fiz-me seguro à sombra de desinteressadas amizades.

Quis viver muito, tive ímpetos e desejos, nas suas manhãs claras de maio, mas o sol causticante do seu verão ensinou-me (antes que M. Barrès[28] mo dissesse) a sofrer com resignação e a me curvar aos ditames das cousas, sempre boas, e dos homens, às vezes maus.

Saturei-me daquela melancolia tangível, que é o sentimento primordial da minha cidade. Vivo nela e ela vive em mim!

E, assim, fui sentindo com orgulho que as condições de meu nascimento e o movimento de minha vida se harmonizavam – umas supunham o outro que se continha nelas; e também foi com orgulho que verifiquei nada ter perdido das aquisições dos meus avós, desde que se desprenderam de Portugal e da África. Era já o esboço do que havia de ser, de hoje a anos, o homem criação deste lugar. Por isso, já me apoio nas cousas que me cercam, familiarmente, e a paisagem que me rodeia não me é mais inédita: conta-me a história comum da cidade e a longa elegia das dores que ela presenciou nos segmentos de vida que precederam e deram origem à minha.

Que me importavam os germanos e os gregos![29] O Estado e a arte! Outras gentes que não compreendo, nem os seus sonhos que resultaram nestas duas tiranias!

Sonho também, por minha conta, ao jeito dos meus mortos; e os meus sonhos são mais belos porque são imponderáveis e fugaces...[30]

A esse tempo, passava, olhando tudo com aquele olhar que os guias[31] uniformizaram, um bando de ingleses, carregando ramos de arbustos – vis folhas que um jequitibá[32] não contempla!

Tive ímpetos de exclamar: doidos! Pensam que levam o tumulto luxuriante da minha mata, nessa folhagem de jardim!

Façam como eu: sofram durante quatro séculos, em vidas separadas, o clima e o eito, para que possam sentir nas mais baixas células do organismo a beleza da senhora – a desordenada e delirante natureza do trópico de Capricórnio!... E vão-se, que isto é meu![33]

Logo me recordei, porém, dos meus autores – de Taine, de Renan, de M. Barrès, de France, de Swift, e Flaubert[34] – todos de lá, mais ou menos da terra daquela gente! Lembrei-me gratamente de que alguns deles me deram a sagrada sabedoria de me conhecer a mim mesmo, de poder assistir ao raro espetáculo das minhas emoções e dos meus pensamentos.

Houve em mim, por essa ocasião, um indizível reconhecimento sem limites... Olhei com veneração aquela parva gente, em homenagem aos de seu sangue que me educaram e me fizeram saber que eu, burro ou genial, sábio ou néscio, influo poderosamente no mecanismo da vida e do mundo.

Humilhado, abaixei a cabeça... O meu velho amigo chegava; a tarde, porém, não nos fora favorável e não nos dera o espetáculo que esperávamos.

Ficamos, durante algum tempo, a conversar no terraço do tradicional jardim público.

Gonzaga me disse, ao ver passar ainda outro bando de britânicos:

– Não posso suportar esses ingleses! Que pressa têm em andar! A tarde assim mesmo não está de afugentar... Andem devagar, devagarinho... Não se corre nem para a morte a quem amo... Vamos jantar em casa, embora minha tia não esteja em casa.

Eu tinha vinte anos e um louco sonho de ser diretor. Arrepiaram-se-me os cabelos diante daquela invocação da morte...

Aceitei o convite, apesar de tudo.

– Vamos a pé e pelo caminho mais longo.

Dirigimo-nos pelos Barbonos para aquelas veneráveis azinhagas[35] de aldeola italiana, que levam a Santa Teresa. Nada me dizia; pouco depois, porém, passamos diante de um casarão brutal. Gonzaga me perguntou, apontando o convento de Santa Teresa[36]:

– Sabe quem mora ali?

– Freiras.

– Mora também um conde, e creio que princesas.

– Mortas?

Sim, mortos! Vês lá o sinal da morte?

– Não; está sorridente e alegre.

– E este casarão ali?

– Está aqui, está desabando.

– Morto, não é? Sabes por quê? Porque não guarda nenhum morto.

Continuamos a subir.

Ao chegar ao jardim de sua casa, que olhava para Lapa, para a Glória, para a Armação[37], para Niterói, contemplou o mar insondável, abaixou-se para colher uma flor que me oferecera, mas caiu, e morreu. Foi assim. Dias depois da morte do meu amigo, com título de "O Inventor e a Aeronave", entre os papéis desencontrados que ele me legou com os seus livros, encontrei uma folha de almaço, escrita de um lado e de outro. Li-a e verifiquei que se tratava de uma narração completa. Embora não dê ela toda a medida do espírito e da concepção do mundo do meu saudoso amigo, eu a publico para que aqueles que não o conheceram possam de algum modo apreciar o meu camarada intelectual e mestre, cujos julgamentos e opiniões sobre os homens e as coisas muito influíram para a escolha dos caminhos que a minha atividade mental tem trilhado.

Gonzaga era desses homens cujo pensamento se transmite mal pelo escrever ou por outro instrumento qualquer de comunicação criado pela nossa humanidade. A sua inteligência não sabia dar logo um pulo da cabeça para o papel; e só a sua palavra viva, assim mesmo em palestra camarária, era capaz de dizer dele tudo o que lhe era próprio e profundamente seu.

Contudo, como já disse, vou publicar a página de almaço encontrada por mim, entre os papéis que ele me deixou, no fito[38] de dar uma módica ideia do que verdadeiramente era o meu velho Gonzaga de Sá, oficial da Secretaria dos Cultos. Ei-la:

"Desde dez anos não havia segundo em que ele não pensasse na máquina. Às vezes, sobre as folhas do Canson[39], tanto se demorava a riscar e a traçar que chegava bem a compreender como passara da treva da noite para a claridade da manhã. Folhas e folhas de papel, outras vezes, amontoava com cerradas equações e outras expressões algébricas; e, nas horas de descanso, passeando os olhos distraídos por elas, apareciam-lhe diante deles, com as suas rebarbativas[40] letras gregas – os "fi", os "mi", os "gama", os "pi", aqueles minúsculos caracteres ligeiros e de curvas sutis, como pelotões de tênues pensamentos que as "integrais" faziam avançar em fileiras disciplinadas, marchando para frente, para frente... Consultava revistas, tratados, compêndios; folheava-os bem e, noites e noites, com os pés n'água para afastar o sono, ficava sobre as suas páginas a ler, a comparar um com outro, a cotejá-los inteiramente absorvido no ensino deles, a meditar, a adivinhar neles os impossíveis para o seu aparelho e a perscrutar[41] os obstáculos que devia vencer, e as leis a que se devia curvar.

"Afinal, um belo dia, depois de um longo trabalho de horas a fio, ele apareceu no papel, maravilhosamente desenhado a cores; e, ali, o inventor o remirou muitas vezes, alongou mais uma linha, amaciou mais uma aresta ou uma ligação e, por fim, teve a máquina completa, perfeita, tal e qual a ideia que trazia em mente e se fora fazendo em poucos, dia a dia, durante uma gestação de vinte anos.

"Descansou nesse dia feliz e sem igual.

"Pode dormir um largo e profundo sono reparador e tranquilo; mas, já no dia seguinte, meditava sobre os materiais com que devia construí-la. Considerou a resistência de cada um, o peso específico, o custo – tudo ele levou em linha de conta com sagacidade e sapiência.

"Combinou uns com os outros, considerando as suas qualidades, as suas vantagens e defeitos, tendo sempre em mira o efeito que desejava; escolheu motores, delicados engenhos de força e pequenez; e partiu, com todo esse pensamento meticuloso e sério, para a oficina onde ia construir o seu aparelho de voar.

"Nem um momento das horas de trabalho arredou o pé de junto aos operários; de cada peça, seguiu todas as operações de sua construção; de quando em quando as pesava e ordenava limar, poli-las mais, para que tivessem exatamente o peso calculado, com a aproximação de miligramas. Não havia parafuso que ele não visse bem o passo, de modo que uma diferença maior ou menor não fosse perturbar a rigidez do sistema e fazer falhar o que esperava do seu intento. Ficou pronto, e lindo, e alígero[42] que nem uma libélula.

"Iria subir, iria remontar os ares, transmontar cordilheiras, alçar-se longe do solo, viver algum tempo quase fora da fatalidade da terra, inebriar-se de azul e de sonhos celestes, nas altas camadas rarefeitas...

"A experiência seria de manhã e, à noite toda, não dormiu como se, no dia seguinte, fosse se encontrar com o amor que sonhou e, para realizá-lo agora, tinha aguardado muitos anos de angústia e de esperança.

"Veio a aurora e ele a viu, pela primeira vez, com um interessado olhar de paixão e de encantamento. Deu a última demão, acionou manivelas, fez funcionar o motor, tomou o lugar próprio... Esperou... A máquina não subiu."

Eis o que havia na folha amarelecida de almaço encontrada por mim, no ano passado, entre os papéis que Gonzaga me deixou.

Não compreendi imediatamente a significação dessa fantasia; mas, referindo-a a este e aquele aspecto de sua vida, entendi bem que ele queria dizer que o Acaso, mais do que outro qualquer Deus, é capaz de perturbar imprevistamente os mais sábios planos que tenhamos traçado e zombar da nossa ciência e da nossa vontade. E o Acaso não tem predileções...

II

Primeiras Informações

MANUEL JOAQUIM GONZAGA DE SÁ[1] era bacharel em Letras pelo antigo Imperial Colégio Dom Pedro II[2]. Possuía boas luzes[3] e teve sólidos princípios de educação e instrução. Conhecia psicologia clássica e a metafísica de todos os tempos. Comparava opiniões do Visconde de Araguaia com as do Senhor Teixeira Mendes[4].

Sua história sentimental é limitada. Não foi casado, esqueceu-se disso; embora tivesse amado duas vezes: a primeira, à filha de um visconde, num baile de um marquês; a outra, uma sua lavadeira, não sabe em que ocasião.

Ele mesmo mo disse, como devem estar lembrados.

Seguindo o seu favorito método introspectivo, analisou detidamente as duas emoções e, ao cabo de detalhada análise, achou-as idênticas em si mesmas e nas aparências.

Aliava a tudo isso uma estoica[5] despreocupação da notoriedade, ou melhor, da posição fácil e barulhenta. Filho de um general titular do Império, podia ser "muita coisa"; não quis. Era preciso ser doutor, formar-se, exames, pistolões, hipocrisias, solenidades... Um aborrecimento, enfim... Não quis; fez-se praticante[6] e foi indo. Foi empregado assíduo e razoável trabalhador. A República veio encontrá-lo quase só na seção, redigindo um decreto do Defensor Perpétuo e, ao lhe avisarem:

– "Seu" Gonzaga, hoje não se trabalha; o Deodoro, de manhã, proclamou a República no Campo de Santana[7].

– Mas qual? – perguntou.

As suas reminiscências de história não lhe davam de pronto a ideia nítida do que fosse república. Sabia de tantas e tão diferentes, que a sua pergunta não foi afetada. Contou-me ele que, na própria manhã de 15 de novembro, estivera lendo o seu Fustel de Coulanges[8], justamente no ponto referente à significação aristocrática do tratamento cidadão.

Deve causar surpresa a quem ler estas linhas, o fato de Gonzaga de Sá, oficial da Secretaria dos Cultos, ter comércio com[9] autores dessa ordem.

Há muita gente que, sem queda especial para médico, advogado ou engenheiro, tem outras aptidões intelectuais, que a vulgaridade do público brasileiro ainda não sabe apreciar, animar e manter. São filósofos, ensaístas, estudiosos dos problemas sociais e de outros departamentos da inteligência, para os quais a nossa gente que lê não se voltou e de que são amadores poucos da elite, e sem eco na nação, em virtude dessa pasmosa diferença de nível, que há entre a inteligência dos grandes homens do Brasil e da sua massa legente[10].

Certos de que as suas aptidões não lhes darão um meio de vida, os que nascem tão desgraçadamente dotados, se pobres, procuram o funcionalismo, fugindo ao nosso imbecil e botafogano doutorado[11]. Não são muitos; são raros em cada repartição, mas consideráveis em todo funcionalismo federal.

Em começo, procuram-no com o fim de manter a integridade do seu pensamento, de fazê-lo produzir, a coberto[12] das primeiras necessidades da vida; mas o enfado, a depressão mental do ambiente, o afastamento dos seus iguais e o estúpido desdém com que são tratados, tudo isso, aos poucos, lhes vai crestando o viço[13], a coragem e mesmo o ânimo de estudar. Com os anos, esfriam, não leem mais, embotam-se e desandam a conversar.

Eu me dei com um escriturário que conhecia o zende[14], o hebraico, além de outros conhecimentos mais ou menos comuns.

Seu pai, que tivera fortuna, mandou-o para a Europa muito moço, pelos quatorze anos.

Lá, onde se demorara perto de dez anos, apaixonou-se pela crítica religiosa e estudou com afinco estas antigas línguas sagradas. Perdendo a fortuna, voltou e viu-se, com tão inestimável sabedoria, nas ruas do Rio de Janeiro, sem saber o que fizesse dela.

Nesse tempo, o folhetim estava na moda, e a repetição de umas cousas vulgares de matemática.

O futuro escriturário não dava para o rodapé[15]; declarou-se "besta", e fez um concursozinho de amanuense, e foi indo.

Ficou, como um escolar que sabe geometria, a viver numa aldeia de gafanhotos; e, quinze anos depois, veio a morrer, deixando grandes saudades na sua repartição. Coitado, diziam, tinha tão boa letra![16]

Gonzaga de Sá não possuía qualquer sabedoria excepcional, mas tinha em compensação vistas suas e próprias; e, demais, sobre o tal escriturário, apresentou-se com maior força de inteligência, tendo resistido à depressão mental do ambiente da Secretaria dos Cultos, à qual, como à de todas as secretarias, poucos resistem.

Certa vez, ele me explicava, de um modo qualquer, algumas considerações suas, a respeito do sentido da civilização na América do Sul, e eu lhe perguntei:

– Por que o senhor não publica isso?

Ainda o tratava por senhor, e só muito mais tarde, creio que um ano depois, vim a tratá-lo por você e tu.

– Deus me livre! E os jornais?

Não acreditei fosse esse temor pueril que lhe obstava[17] de publicar-se; devia haver outro motivo mais profundo e significativo.

A sua ânsia e a sua febre de conhecimentos, tais como via nele, sempre a par do movimento intelectual do mundo, fazendo árduas leituras difíceis, deviam procurar transformar-se em obra própria, tanto mais que não era um repetidor e sabia ver fatos e comentar casos a seu modo.

Creio que fizera os seus planos, pois que, apesar de remediado[18] e seguro do emprego, não se deixou cevar[19], pensou sempre e o seu pensamento estava sempre vivo e ágil, embora, quando o conheci, já tivesse passado dos sessenta. Não ruminava[20].

Ao contrário, nunca cessou de aumentar a sua instrução, limando-a, polindo-a, estendendo-a a campos longínquos e áridos. Para que seria esse trabalho senão para criar?

É verdade que se podia atribuir ao seu gosto pessoal, perfeitamente desinteressado nas cousas de pensamento, sem objetivo ou tenção[21] de obra ou lucro de qualquer natureza.

Mais tarde, porém, fiquei perfeitamente certo de que era só curiosidade intelectual que o animava e mantinha nas suas leituras árduas, mesmo porque não se podia encontrar outra espécie de explicação, à vista da obscuridade a que se havia voluntariamente imposto[22].

Ele, como Mérimée[23], não tinha a quem oferecer colares de pérolas. Gonzaga, solitário, sem filhos, membro de família a extinguir-se, a quem iria dar a sua glória?

Deixando de seguir um curso profissional qualquer, foi como se fugisse aos programas, para ler com mais ordem e método os autores, ao jeito de quem vai escrever uma memória ou um Félix Alcan[24], de sete francos e cinquenta. Fez o seu curso à antiga, em matérias isoladas, abandonando o seriado das universidades medievas, tradição que, dominando nas nossas faculdades, faz estabelecer os mais absurdos encadeamentos de matérias e disciplinas nos seus anos ou séries[25].

Gostava Gonzaga de Sá muito de revistas. A variada instrução que recebeu, e o seu gosto policrômico permitiam-lhe seguir, sem esforço, a anarquia dos seus artigos. Assinava a *Revue*, o *Mercure*, a *Revue Philosophique*; mas, de todas, a *Revue des Deux Mondes*[26] é a que mais queria e citava.

Não apreciava as nossas, muito chiques, disse-me ele[27]. Abria, entretanto, exceção para as obscuras e para os jornais ilustrados meteóricos. Havemos de saber mais tarde a sua opinião a respeito.

Pelo livro, acompanha o movimento das letras pátrias, com vivo interesse, mas sem paixão.

Lia o *Figaro*[28] e repetia, em francês e de cor, várias pilhérias do *Masque de Fer*[29].

Nos meus primeiros encontros e com ajuda de informações daqui e dali, foi o que logo percebi em Gonzaga de Sá. Durante meses tive dele esse croqui[30]; mais tarde as linhas se foram firmando, o perfil ressaltando, e obtive, segundo creio, um razoável retrato.

Não convém, porém, deixar de contar as primeiras *boutades*[31] que ouvi dele.

Contá-las-ei ao correr deste despretensioso esboço de sua biografia.

Contudo, vou narrar uma delas que me pareceu engraçada.

III

Emblemas Públicos

– A NOSSA INSUFICIÊNCIA nas artes do desenho é manifesta. Não pecará tanto quanto à execução, mas no que toca à imaginação criadora é cousa que não se discute. As armas dos nossos estados, das nossas cidades, o cunho das nossas moedas, são uma prova disso.

Não posso abrir o Almanaque Garnier[1] e ver-lhe os mapas das nossas províncias, com os respectivos emblemas heráldicos, que não fique horripilado com aqueles bonecos que ladeiam escudos estrambóticos[2], cheios de montanhas e letreiros, além de arvoredos e papagaios – tudo o que pode vir de mais extravagante e hediondo à cabeça de um sujeito doido e menos artista deste mundo.

As armas da República então! – são de uma inépcia[3] estonteadora. Aquele espadagão! Aquele fitão! Que coisa, meu Deus!

A não ser o brasão de armas da cidade do Rio de Janeiro, que é de fato elegante, bem proporcionado, heráldico, significando a cidade, poucos dos nossos emblemas públicos se podem salvar de um inteiro naufrágio na fealdade e na mais completa cretinice.

Como são diferentes dos coloniais! Basta a esfera armilar, atravessada pela cruz de Malta – símbolo do Reino do Brasil – outorgado por não sei que rei de Portugal, para mostrar como naqueles tempos havia mais gosto do que hoje, nas altas regiões.

Gonzaga de Sá disse-me isto certa vez, no Largo do Paço[4], olhando o chafariz do Mestre Valentim[5]. Depois continuou:

– Esse chafariz é feio; é massudo; mas a esfera armilar que o encima, dá-lhe certa grandeza, certa majestade... Mas já foi bonito...

– Quando?

– Quando o mar chegava-lhe aos pés. Ele tinha essa moldura, ou melhor, esse *repoussoir*[6], e possuía certa beleza. Eu ainda o conheci assim...

Vinha a noite e ela caiu toda negra sobre nós.

Nós, então, sentimos as nossas almas inteiramente mergulhadas na sombra e os nossos corpos a pedir amor. Calamo-nos e olhamos um pouco as estrelas no céu escuro.

O jardim ia-se povoando de marítimos cansados e as mulheres, raparigas de condição modesta e íntima passavam apressadas e desconfiadas.

– Por que razão, Machado, todas as mulheres nesta terra têm medo dos homens? – perguntou-me Gonzaga.

– É por que os homens não são bons.

– Eu creio que sim. Aqui, não é a mulher que quer enganar o homem; é este que quer enganar a mulher.

– Penso como o senhor, e a prova está no noticiário dos jornais. São os amantes que roubam às amantes; são os maridos que fazem passar para as suas algibeiras[7] os dotes das mulheres; são os pais que fraudam as "legítimas"[8] das filhas; são os irmãos que furtam as joias das irmãs; e é o que vem à tona!

– À vista disto, o adultério não vale nada. Vamo-nos.

Saímos do jardim e tratei de ir para a casa escrever umas cartas aos parentes, em Minas; e, quando, ao dia seguinte, para enviá-las, entrei no correio, precisando endireitar o endereço, fui a uma das mesinhas, onde se encontram grossas penas e tinta rala. Todas estavam tomadas; fiquei então à espera junto a uma delas. Reparando melhor, verifiquei que o ocupante era Gonzaga de Sá. Não escrevia, olhava alguns selos espalhados sobre a mesa.

– Oh! Senhor Gonzaga de Sá, ande!

– Tu!

– À sua espera.

– Já viste os novos selos? Não te falei ontem em emblemas? Viste?

– Alguns.

– É bom ver. Tenho aqui de dez réis, vinte, cinquenta, cem, duzentos e quatrocentos.

– O senhor faz coleção?

– Não. Amo os homens ilustres e os selos trazem as efígies de alguns deles. Temos aqui: Aristides Lobo, Benjamin Constant, Pedro Álvares, Wandenkolk, Deodoro e Prudente[9].

– Ideia feliz!

– Pena é que, ao lado, não tragam alguns dados biográficos, para que os pósteros saibam quem foram; e boas sentenças morais, para edificação dos contemporâneos e dos pósteros.

– A ideia é excelente.

–Teríamos, assim, um *Plutarco Brasileiro* em franquias postais. Embora sem isso, provocam reflexões estes selos. Quando olhares em Aristides Lobo, dez réis, dirás lá contigo: está aí um homem que nasceu para dez réis – o que não aconteceu com o Benjamin, que chegou a vintém. Felizardo! Vá que recebes uma carta urbana. Lá vem um Wandenkolk, cor de telha, cem réis. Pensarás de ti para ti – como foi longe! E não é tudo... Se ao mesmo tempo tivermos um Deodoro, verdoengo, duzentos réis, um Prudente, acinzentado, quatrocentos réis, e um Pedro Álvares, só cinquenta réis; e os outros? Eis aí como estava a pensar sobre os selos, e pensar sobre selos é um dos mais modestos propósitos intelectuais. Não te parece?

– De fato.

– Bem! Escreve a tua carta[10].

IV

Petrópolis

Gonzaga de Sá dizia-me:

– A mais estúpida mania dos brasileiros, a mais estulta[1] e lorpa[2], é a da aristocracia. Abre aí um jornaleco, desses de bonecos[3], e logo atrás dás com uns clichês[4] muito negros... Olha que ninguém quer ser negro no Brasil!... Dás com uns clichês muito negros encimados pelos títulos: "Enlace Sousa e Fernandes", ou "Enlace Costa e Alves". Julgas que se trata de grandes famílias nobres? Nada disso. São doutores arrivistas[5], que se casam muito naturalmente com filhas de portugueses enriquecidos. Eles descendem de fazendeiros arrebentados, sem nenhuma nobreza e os avós da noiva ainda estão à rabiça[6] do arado na velha gleba[7] do Minho e doidos pelo caldo de unto[8] à tarde. Sabes bem que não tenho superstição de raça, de cor, de sangue, de casta, de coisa alguma. Para mim, só há indivíduos e eu, mais do que ninguém, pois descendo dos Sás que fundaram esta minha cidade, podia tê-las. Mas sei o que era necessário para tê-las. Precisava, para me considerar nobre, que meus avós tivessem obedecido a todas as regras da nobreza. Eles se casaram em toda a parte, eles nunca se importaram com os seus forais[9], agora vou eu tolamente gritar por aí, pela Rua do Ouvidor[10]: eu sou Sá, nobre, fidalgo, escudeiro etc., pois descendo de Salvador de Sá etc. Isto digo eu que sou Sá!...[11] Agora imagina tu um Fernandes aí qualquer com tais prosápias![12] Uma instituição só é válida quando é mantida com as suas leis – os nobres aqui degradaram-se porque não respeitaram as regras da linhagem... Sabes bem o que quer dizer "degradar" nos códigos da nobreza?

– Sei! É voltar, por inobservância de disposições deles, ao terceiro estado, onde, para a verdadeira nobreza, está incluída a burguesia. Os Colberts[13], os antepassados dos grandes ministros...

– Degradaram-se voluntariamente, para ser tapeceiros em Lyon, creio eu – concluiu meu amigo.

Eram quatro horas e nós tínhamos vindo por deleite até ao Pedregulho[14]. Ao olhar, lá para as bandas do Jóquei[15], a estação da Leopoldina[16], Gonzaga lembrou:

– Vamos ao Engenho da Penha?[17]

– Onde é?

– Vocês só conhecem a Tijuca e o Botafogo. O Rio tem mais coisas belas... É ali.

E apontou para o lado dos Órgãos[18]. Continuou depois:

– Fica à margem de um canal, de cerca de duas milhas, que separa a Ilha do Governador da terra firme. Parece um rio quando se o vê escorrer mansamente, por entre as terras próximas, singrado[19] de botes, de "perus"[20], de canoas, de faluas[21], cujas velas a viração enfuna amorosamente e os impele devagar... Defronte, fica o Galeão[22], da Ilha do Governador, e o Fundão, uma outra ilha, povoados ambos os lugares de mangueiras maravilhosas... Imagina tu que, afora as que o raio pôs abaixo, as do Galeão são algumas dezenas em quadrilátero e viram Dom João VI...[23] A enfermaria de loucos que elas ensombram majestosamente, foi casa de residência do rei simplório e infeliz... Vamos!

Tomamos o trem. Era um dos de Petrópolis. Ia cheio dos tais de que me falava ainda havia pouco Gonzaga. Compramos primeira classe para Bonsucesso[24], mas passamos logo para a segunda. O meu amigo adquiriu um jornal e pôs-se a ler. Fiquei olhando a paisagem de mangues, desoladora, desanimadora.

Chegamos. Saltamos, fomos a um botequim, servimo-nos de cerveja e Gonzaga intimou-me:

– Tens que andar um pouco a pé... Lá diz La Fontaine[25]: *Aucun chemin de fleurs ne conduit à la gloire...*[26]

– Vamos! – disse eu.

Um pouco longe do botequim, ele me fez parar e falou assim:

– Fugi dessa gente de Petrópolis, porque, para mim, eles são estrangeiros, invasores, as mais das vezes sem nenhuma cultura e sempre rapinantes, sejam nacionais ou estrangeiros. Eu sou Sá, sou o Rio de Janeiro, com seus tamoios, seus negros, seus mulatos, seus cafuzos e seus "galegos" também...

Continuamos a andar e logo depois retomou a palavra com a doçura habitual.

– Já reparaste que não há nada mais cediço[27] que as notícias de Petrópolis?

– Quase não as leio – respondi.

– Fazes mal; é preciso que nos preocupemos com as culminâncias de nós mesmos... Não te patenteias? Interessa-te por Petrópolis, homem!... Insignificantes, embora, merecem atenção as notícias de lá... É só quem "sobe" quem "desce", não há dúvida!... Não censuro um cronista mundano que se preocupa com quem "sobe", mas com quem "desce"! Não é lá muito seu ofício; deixe isso para irmã Paula... É só isso! O pior é que são notícias iguais às de qualquer lugar, vulgares, chatas... Que pobreza!...

– Que espécies de notícias queria o senhor?

– Eu?

– Escândalos mundanos?

– Qual! É vulgar! Queria reformas, revoluções, inversões nos valores chiques.

– Como?

– Imagina tu que um ousado filósofo do *Manual da Civilidade* – espécie zoológica que deve florescer na bela cidade da serra – lembra-se de inverter o consagrado no *Don't*; e, que, aceitando as suas audazes ideias, a sociedade petropolitana se obriga a nos vir dizer, com grave escândalo para a Cidade Nova e Catumbi, a seguinte delícia: agora, em Petrópolis, come-se com a faca e os casamentos são feitos em "pijama". Oh! gozo! Demais, tudo tem sido invertido, baralhado, passado do branco para o preto, só o *savoir-vivre*[28] mantém-se no mesmo!... Não é possível! Exige-se uma inversão em tão transcendentes regras, não achas?

– É certo; mas a culpa então não é do noticiarista; é de Petrópolis.

– Por quê?

– Não tem história e pouca fantasia.

– Gente feliz!

Por esse tempo desembocávamos diante do mar. Tínhamos atravessado pequenas plantações de aipim, batata doce, abóbora; a estrada era aqui, ali ladeada de capinzais e cercas de maricá. No alto de um morro, lavravam e quem guiava os bois era uma rapariga portuguesa, que tinha um grande chapéu de palha de coco e um lenço vermelho de alcobaça[29]. O mar...

Parecia mesmo um rio. Na frente, margem esquerda, o manicômio com a suas vetustas[30] mangueiras joaninas e o seu campo liso e arenoso. Um ilhote ficava no meio do canal e tinha ainda em pé as paredes de um sobrado. Perguntei o que era aquilo a Gonzaga.

– É o Cambambe[31]. Aquelas paredes foram de um sobrado em cujo andar térreo havia uma venda.

– Ali? Para quê?

– Antes das estradas de ferro, as comunicações com o interior se faziam pelo fundo da baía, por Inhomirim, porto da Estrela[32], hoje tapera; e daí até ao cais dos Mineiros, em faluas que passavam por aqui. Os tripulantes destas é que sustentavam a venda que existiu há cinquenta anos naquele ilhéu sem uma árvore.

Gonzaga lembrou-me depois que Estácio de Sá viera a morrer do ferimento por frecha, recebido em combate, naquela Ilha do Governador, que estava ali, na minha frente.

Olhei o canal, segui com o olhar as mangueiras centenárias do Galeão, demorei-o sobre as paredes enegrecidas do ilhote; e, quando pousei os olhos nas águas mansas do canal, como que vi as canoas de Estácio de Sá com os seus frecheiros e mosqueteiros deslizarem, levando o conquistador para a morte...[33]

V

O Passeador

O QUE ME MARAVILHAVA em Gonzaga de Sá era o abuso que fazia da faculdade de locomoção[1]. Encontrava-o em toda parte, e nas horas mais adiantadas. Uma vez, ia eu de trem, vi-o pelas tristes ruas que marginam o início da Central; outra vez, era um domingo, encontrei-o na Praia das Flechas, em Niterói[2]. Nas ruas da cidade, já não me causava surpresa vê-lo. Era em todas, pela manhã e pela tarde. Segui-o uma vez. Gonzaga de Sá andava metros, parava em frente a um sobrado, olhava, olhava e continuava. Subia morros, descia ladeiras, devagar sempre, e fumando voluptuosamente, com as mãos atrás das costas, agarrando a bengala. Imaginava, ao vê-lo nesses trejeitos, que, pelo correr do dia, lembrava-se do pé para a mão[3]: como estará aquela casa assim, assim, que eu conheci em 1876? E tocava pelas ruas em fora para de novo contemplar um velho telhado, uma sacada e rever nelas fisionomias que já mais não são objeto... Não me enganei. Gonzaga de Sá vivia da saudade da sua infância gárrula[4] e da sua mocidade angustiada. Ia em procura de sobrados, das sacadas, dos telhados, para que à vista deles não se lhe morressem de todo na inteligência as várias impressões, noções e conceitos que essas cousas mortas sugeriram durante aquelas épocas de sua vida. Entendi que havia nele uma parada de sentimento e que o volumoso caudal, de encontro ao dique incógnito, crescera com os meses, com os anos, subira muito, e se extravasara pelas cousas, pelo total de vivo e de morto que lhe assistia viver. Um dia faltou à repartição (contou-me isso mais tarde) para contemplar, ao sol do meio-dia, um casebre do Castelo[5], visto cinquenta e tantos anos atrás, em hora igual, por ocasião de uma gazeta[6] da aula primária. Pobre Gonzaga! A casa tinha ido abaixo. Que dor! Assim, vivendo todo o dia nos mínimos detalhes da cidade, o meu benévolo amigo conseguira amá-la por inteiro, exceto os subúrbios, que ele não admitia como cidade nem como roça, a que amava também com aquele amor de cousa de arte com que os habitantes dos grandes centros prezam as coisas do campo. Desse modo, era um gosto ouvi-lo sobre as coisas velhas da cidade, principalmente os episódios tristes e pequeninos. Com uma memória muito plástica, de uma exatidão relativa mas criadora, ele não tinha securas de foral, de cartas de arrendamento ou sesmaria, nem tinha inclinação por tais documentos; e animava a narração pontilhando-a de graça, de considerações eruditas, de aproximações imprevistas. Era um historiador artista e, ao modo daqueles primevos poetas da Idade Média, fazia história oral, como eles faziam as epopeias. Das coisas, dois ou três aspectos feriam-no intensamente e sobre eles edificava uma outra mais bela e mais viva. Certa vez, não sei a que propósito, lembrei-me de observar ao meu amigo o seguinte.

– Este Rio é muito estrambótico[7]. Estende-se pra aqui, pra ali; as partes não se unem bem, vivem tão segregadas que, por mais que aumente a população, nunca apresentará o aspecto de uma grande capital, movimentada densamente.

Ele me ouviu calado e depois me disse com aquela pausa de que dispunha certas vezes:

– Pense que toda a cidade deve ter sua fisionomia própria. Isso de todas se parecerem é gosto dos Estados Unidos;

e Deus me livre que tal peste venha a pegar-nos. O Rio, meu caro Machado, é lógico com ele mesmo, como a sua baía o é com ela mesma, por ser um vale submerso. A baía é bela por isso; e o Rio o é também porque está de acordo com o local em que se assentou. Reflitamos um pouco.

"Se considerarmos a topografia do Rio, havemos de ver que as condições do meio físico justificam o que digo. As montanhas e as colinas afastam e separam as partes componentes da cidade. É verdade que mesmo com os nossos atuais meios rápidos de locomoção pública ainda é difícil e demorado ir-se do Méier a Copacabana: gastam-se quase duas horas. Mesmo do Rio Comprido às Laranjeiras, lugares tão próximos na planta, o dispêndio não será muito menor. São Cristóvão é quase nos antípodas[8] de Botafogo; e a Saúde, a Gamboa, a Prainha, graças àquele delgado cordão de colinas graníticas – Providência, Pinto, Nheco –, ficam muito distantes do Campo de Santana, que está na vertente oposta; mas com o aperfeiçoamento da viação, abertura de túneis etc., todos os inconvenientes ficarão sanados.

"Esse enxamear de colina, esse salpicar de morros e o espinhaço da serra da Tijuca, com os seus contrafortes cheios de vários nomes, dão à cidade a fisionomia de muitas cidades que se ligam por estreitas passagens. A *city*[9], núcleo do nosso glorioso Rio de Janeiro, comunica-se com Botafogo, Catete, Real Grandeza, Gávea e Jardim Botânico, tão somente pela estreita vereda que se aperta entre o mar e Santa Teresa. Se quiséssemos fazer o levantamento da cidade com mais detalhes, seria fácil mostrar que há meia dúzia de linhas de comunicação entre os arrabaldes e o centro efetivo da cidade.

"É que o Rio de Janeiro não foi edificado segundo o estabelecido na teoria das perpendiculares e oblíquas. Ela sofreu, como todas as cidades espontâneas, o influxo do local em que se edificou e das vicissitudes[10] sociais por que passou, como julgo ter dito já.

"Se não é regular com a estreita geometria de um agrimensor, é, entretanto, com as colinas que a distinguem e fazem-na ela mesma.

"Ao nascer, no topo do Castelo, não foi mais do que um escolho[11] branco surgindo num revolto mar de bosques e brejos. Aumentando, desceu pela venerável colina abaixo; coleou-se pelas várzeas em ruas estreitas. A necessidade da defesa externa, de alguma forma, obrigou-as a ser assim e a polícia[12] recíproca dos habitantes contra malfeitores prováveis fê-las continuar do mesmo modo, quando, de piratas, pouco se tinha a temer.

O quilombola e o corsário projetaram um pouco a cidade; e, surpreendida com a descoberta das lavras de Minas, de que foi escoadouro, a velha São Sebastião[13] aterrou apressada alguns brejos, para aumentar e espraiar-se, e todo material foi-lhe útil para tal fim.

"A população, preguiçosa de subir, construiu sobre um solo de cisco; e creio que Dom João veio descobrir praias e arredores cheios de encanto, cuja existência ela ignorava ingenuamente. Uma cousa compensou a outra logo que a Corte quis firmar-se e tomar ares solenes...

"Quem observa uma planta do Rio tem de sua antiga topografia modestas notícias, define perfeitamente as preguiçosas sinuosidades de suas ruas e as imprevistas dilatações que elas oferecem.

"Ali, uma ponta de montanhas empurrou-as; aqui, um alagadiço dividiu-as em duas azinhagas simétricas, deixando-o intacto à espera de um lento aterro.

"Vamos às casas e aos bairros. Um observador perspicaz não precisa ler, ao alto, entre os ornatos de estuque[14], para

Vista do Rio de Janeiro do alto do Morro do Corcovado, 1906, Rio de Janeiro. [Crédito: Augusto Malta / Coleção Brascan Cem Anos no Brasil / Acervo Instituto Moreira Sales.]

saber quando uma delas foi edificada. Esse casarão que contemplamos a custo na Rua da Alfândega ou General Câmara é dos primeiros anos da nossa vida independente.

"Vêde-lhe a segurança ostensiva, como que quer parecer mais seguro que uma catedral gótica; a força demasiada das paredes, a espessura das portas... Quem a fez, saía das lutas da Independência, do Primeiro Reinado e vinha seguro de possuir uma terra sua para viver a vida eterna da descendência.

"O tráfico de escravos imprimiu ao Valongo e aos morros da Saúde[15] alguma cousa de aringa[16] africana; e a melancolia do cais dos Mineiros é a saudade das ricas faluas, pejadas de mercadorias, que não lhe chegam mais de Inhomirim e da Estrela.

"*C'est le triste retour...*[17]

"O bonde, porém, perturbou essa metódica distribuição de camadas. Hoje (ponho de parte os melhoramentos), o geólogo de cidades atormenta-se com o aspecto transtornado dos bairros. Não há terrenos mais ou menos paralelos; as estratificações misturam-se; os depósitos baralham-se; e a divisão da riqueza e novas instituições sociais ajudam o bonde nesse trabalho plutônico[18].

"No entanto, esse veículo alastra a cidade; mas serve aos caprichos de cada um, de forma a fazer o rico morar num bairro pobre e o pobre morar num bairro rico.

"O mal é o isolamento entre eles; é a falta de penetração mútua, fazendo que sejam verdadeiras cidades próximas, pedindo, portanto, órgãos próprios para levarem até aos ouvidos das autoridades as suas necessidades e os seus anseios, mas o aperfeiçoamento da viação sanará tudo isto.

"Mas, se a sua topografia criou essas dificuldades, deu à nossa cidade essa moldura de poesia, de sonho e de grandeza. É o bastante!"[19]

Não tive senão que lhe dizer que tinha toda a razão.

VI

O Barão, as Costureiras e Outras Coisas

TENDO ACONCHEGADO BEM no duro banco os seus vastos anos cheios de meditações e cisma, Gonzaga de Sá noticiou-me:

– O Barão hoje de manhã recebeu um poeta.

– E daí?

– O poeta, extraordinariamente inquieto, visivelmente embaraçado, foi-lhe perguntar se devia grafar amor com maiúscula.

– E o Rio Branco?

Que não era conveniente no meio do verso; mas, no começo, quase se impunha.

– Tenho satisfação em ver de que modo superior vai o Barão influindo nas nossas letras.

– E com espírito!... Ah! o Barão![1]

Gonzaga de Sá não pôde deixar-se ficar no êxtase que esse título lhe provocava, apesar de achar o Paranhos, como ele chamava às vezes o ministro, uma mediocridade supimpa[2], fora do seu tempo, sempre com o ideal voltado para as tolices diplomáticas e não com a inteligência dirigida para a sua época. Era um atrasado, que a ganância das gazetas sagrou[3] e a bobagem da multidão fez um Deus. O que Gonzaga admirava era o título dado pelo imperador. Por essa ocasião, ao pensar eu nisto, repimpado[4] em luxuoso automóvel de capota arriada[5], passou, com o ventre proeminente atraído pelos astros, o poderoso ministro de Estrangeiros. Ao ver através das grades do jardim passar o Barão, desdenhoso e enjoado, Gonzaga de Sá me disse:

– Este Juca Paranhos (era outro modo dele tratar o Barão do Rio Branco) faz do Rio de Janeiro a sua chácara... Não dá satisfação a ninguém... Julga-se acima da Constituição e das leis... Distribui o dinheiro do Tesouro como bem entende... É uma espécie de Roberto Walpole...[6] O seu sistema de governo é a corrupção... Mora em um palácio do Estado, sem autorização legal; salta por cima de todas as leis e regulamentos para prover nos cargos de seu ministério os bonifrates[7] que lhe caem em graça[8]. Em falta de complicações diplomáticas, ele as arma, para mostrar o seu atilamento[9] de Talleyrand[10], ou a sua astúcia bismarckiana[11]. É um autocrata, um Quediva[12], porque "isto" é bem um futuro Egito... Ele estudou – é verdade – as nossas questões de limites, mas nunca falou no Joaquim Caetano, nem no velho Teixeira de Melo[13]. Propositadamente, esqueceu-os; e fez que as gazetas os esquecessem também... Quando o imperador leu o *L'Oyapock et l'Amazone* de Joaquim Caetano, disse que o livro valia um exército de seiscentos mil homens. Ganha Juca a questão do Amapá, recebe dotação, pensão, e os filhos também; entretanto, a filha de Joaquim Caetano vive miseravelmente... É isto! Este Rio Branco é egoísta, vaidoso e ingrato... O seu ideal de estadista não é fazer a vida fácil e cômoda a todos; é o aparato, a filigrana[14] dourada, a solenidade cortesã das velhas monarquias europeias – é a figuração teatral, a imponência de um cerimonial chinês, é a observância das regras de precedência e outras vetustas tolices versalhesas[15]. Não é bem com Luís XIV[16] que tem pontos de contato; ele imita Dom João V[17], sem Odivelas[18], talvez, mas o imita. Tivemos um cardeal por muito dinheiro. Foi uma espécie de sino monstro de Mafra[19], que era o orgulho do rei português.

Nós estávamos sentados num banco no Campo de Santana. Tínhamos marcado o encontro ali, para que ele me mostrasse onde ficava exatamente o "Teatro Provisório"[20]. Depois de ter cumprido a promessa, deixamo-nos ficar sentados, apreciando a tarde e conversando.

Em dado momento surgiu, na nossa frente, uma "menina bonita", acompanhada da notável complacência das velhas mães das "meninas bonitas". Aqueles visitantes do Campo de Santana nos surpreenderam; e a "menina bonita", lentamente, passou diante de nós, catando olhares nos escassos frequentadores daquele parque abandonado. Era ovelha tresmalhada; não pertencia ao grupo das que são vistas às vezes naquele jardim[21]. Cheirava à Rua do Ouvidor e ao balcão (bar) de Botafogo[22]. Contudo, nem mesmo ao olhar decrépito de Gonzaga de Sá e ao meu, estonteante de plebeísmo, ela perdoou. Levou-os para casa, quando desfilou diante de nós vagarosamente. Fiquei-lhe agradecido do fundo do coração...

– Até o dia de hoje – disse-me Gonzaga de Sá, ao perder as duas mulheres de vista –, em que já vou contando mais de sessenta anos de existência, eu me lastimo de não ter tido uma longa e perfeita intimidade com alguma costureira.

Eu, a quem a convivência com tão precioso e excepcional superior hierárquico permitira que se me penetrasse um pouco do seu feitio mental, pus-me doidamente a tirar conclusões daquele seu pequeno desgosto:

– Era de fato bastante instrutivo, pois ficarias – já o tratava por tu e você – admiravelmente apto para julgar a correção do corte dos vestidos das grandes damas, com o que obterias um critério inerrável[23] para estabelecer a escala de

suas almas. De mais a mais, as condições do ofício devem dar às moças das oficinas uma forma de espírito especial e rara. Inconscientemente, hão de comparar a nudez das ancas e a frugalidade dos braços nus das suas ricas freguesas com o fascinador, retumbante[24] e fornido aspecto que toma o corpo delas sob fazendas caras com acolchoados hábeis; hão de observar também a iníqua[25] natureza dual das paixões que elas e as freguesas inspiram aos homens... Que influência maravilhosa, meu Deus!, exerce a cassa[26] sobre os nossos sentimentos! Está aí uma pura questão de tecelagem, que provoca curiosas reações psíquicas! Tudo isso – continuei a dizer, com certo entusiasmo – há de romper em excelentes sarcasmos dignos do ouvido de uma alma magoada.

– Tens razão, menino. Com a tesoura do seu humilde ofício, criam a beleza das profissionais, donde: orgulho, que se choca com a percepção da sua real situação. Daí, o sarcasmo.

A mim surpreendera-me o jeito matemático que Gonzaga de Sá dava ao resumo das minhas palavras, mas bem cedo percebi que troçava, quando me disse com aquele seu meio sorriso cético:

– Estamos, pelo que vejo, fazendo uma pretenciosa meditação sobre a costureira. E não é sem importância – acrescentou logo o meu dorido amigo –, na nossa sociedade vestida, uma meditação sobre tão curioso agente, infinitesimal[27] e ignorado, da grandeza e da majestade das altas camadas representativas. Para se verificar quanto a ação desses pálidos infusórios da sociedade é benéfica, alta e fecunda, basta supor por um instante todas as grandes damas dos *upper ten thousand*[28], malvestidas, simplesmente ajambradas[29] ou nuas. Reduzida ao mínimo ou a nada, a sua beleza obumbrante[30], por inferência iríamos examinar os fundamentos da grandeza dirigente de seus maridos e pais. A crítica, com tal estímulo, estender-se-ia e a massa, por contágio, impregnada de um irrespeito[31] anárquico e desmoralizante, faria a sociedade naufragar. De resto, não são precisas tantas justificativas; a ciência de hoje faz a corte aos infinitesimais, ao pequeninos... Está aí um ponto de contato entre os políticos de sufrágio universal e os homens de laboratório.

– Ponto de contato sobremodo honroso para ambos – disse eu então.

– Não era bem disso que eu queria falar – emendou Gonzaga de Sá com aquela sua voz pausada, cheia de mansuetude e bondade. Eu lastimava não ter tido uma longa e perfeita intimidade com alguma costureira, pela razão de ter ficado até hoje ignorante dos atavios[32], das rendas, dos gêneros, espécies, raças e variedades dos chapéus e dos vestidos. Darwin[33] sentiu durante toda a vida não ter aprendido álgebra; eu lastimo não conhecer a técnica da *Notre Dame*[34].

Ao me dizer Gonzaga de Sá que ignorava completamente tão transcendente departamento da vida; que não tinha as menores noções de conhecimento tão útil à filosofia das paixões, à ciência dos costumes e à análise das cristalizações sociais, diminuiu-se-me a admiração que eu lhe tinha e tão tumultuária[35] se mostrava desde o início das nossas relações.

Gonzaga de Sá estava rebaixado aos meus olhos. Platão[36] não conhecer o vestuário das damas de Atenas – era possível?[37] Como se saberão ao certo os fortes motivos da custosa nomeação de tal delegado ao Congresso de Repressão da Vadiagem dos Cães, na Itália, se não se souber com exatidão de que fazenda[38] era a saia de *mademoiselle*[39] Zedolin que dançou num baile chique e partiu para Europa pouco antes daquela nomeação?[40] Um vestido possui sempre um imenso poder vibratório na nossa sociedade; é um estado de alma; é uma manifestação do insondável mistério de nossa natureza, a provocar outras em outros. E como Gonzaga de Sá, um sábio, um pensador, um sutil anotador da vida, não lhe tinha estudado a história natural?

– Enfim – disse-me ele –, pode parecer que naquela procura de fazendas, de rendas, naquele ajustamento torturado de panos às carnes, há o anseio de um ideal de plástica superior, etérea, imponderável, acima da grosseria dos nossos corpos terrestres; que há em tudo aquilo alguma coisa de desinteressado, de espontâneo, dela para ela; mas qual! Sabes para que aquilo tudo?

– Para quê?

– Para arranjar um casamento, quatro filhos e criar um cavador[41] a mais, malcriado, feroz e exigente. Ignóbil! Algumas, ainda por cima, aprendem violino...

Foi então que me arrependi de ter julgado o meu excelente e arguto amigo. Ele não parava nos detalhes; talvez mesmo não soubesse o que era *voile*, *nanzouk*, "escocês", *soutache*[42], e outras sabenças de costureira; mas atingira a lei básica, a filosofia primeira do vestiário feminino e – quem sabe? – masculino. Uma única objeção poderia surgir a ela. Por que se vestirão bem as damas fáceis? Tudo se resume, para manter o seu rigor generalizante, em modificar um pouco, na noção de casamento, o dado de sua duração. Feito isso, a lei Gonzaga de Sá é perfeitamente rigorosa e verdadeira. Mas aquele olhar que a "menina bonita", por misericórdia, deitou-me, decididamente me enterneceu. Eu me pus de repente a favor das damas contra a elegante indelicadeza de Gonzaga de Sá:

– Oh! Gonzaga! Que perversidade! Não te apiedas, vais esmagando...

– Não; absolutamente não. Os indivíduos me enternecem; isto é, o ente isolado a sofrer; e é só! Essas criações abstratas, classes, povos, raças, não me tocam... Se efetivamente não existem!? E, pelo conceito literário, filosófico, sociológico e religioso – mulheres – tenho até uma grande afeição de ordem puramente intelectual – bem entendido! – para que não haja contradição.

– Afeição?

– Na verdade; e é infinita e absorvente.

– Espantas-me.

– Não me acuses de inconsequência. Apieda-me o indivíduo a sofrer – já to disse; mas certas criações intelectuais nossas, incapazes de me provocar o sentimento profundo que posso nutrir por uma pessoa, são contudo bem reais para me despertar, às vezes, simpatia ou indiferença no campo abstrato que lhes é próprio. Detesto a antropologia e amo a crítica religiosa. Foi meu anseio, quando moço, logo ao ler Renan[43], partir para a Europa e estudar o hebraico, o sânscrito e o zende, mas... não me foi possível. É que algumas criações da inteligência humana são orgânicas, articuladas e perfeitas; não resultam de aproximações, da escolha de certos dados e abandono de outros, arbitrariamente; não provêm de médias guerreiras. Deves ter reparado que o recurso aritmético da média tudo avassalou. É um recurso poderoso e razoável para certos aspectos da nossa atividade; mas perfeitamente impróprio para dar a feição sentimental de uma classe, de um povo, ou mesmo traduzir as suas determinantes da inteligência e caráter. Por sua própria natureza, a inteligência, o caráter, e os aspectos sentimentais, com o suporem a sociedade, são tiranicamente individuais. O gênio é Rousseau[44], não são os suíços... Poderias dizer: na média, no Rio de Janeiro, por ano, nascem tantas pessoas, pois trata-se aí de números; mas errarias grosseiramente, se dissesses que na média os cariocas são felizes. A felicidade, sensação tão volátil, instável, irredutível de homem a homem, é cousa diferente, e não consente média a abranger centenas, milhares e milhões de seres humanos. Imaginas tu que *madame* Belasman, de Petrópolis, tem um grande joanete[45], um defeito hediondo, com o qual sobremaneira sofre; e o operário Felismino, da mortona[46], orgulha-se em possuir um filho com talento. Madame Belasman vive acabrunhada[47] com a exuberância de seu joanete. Passou a meninice a sofrer por ele, a adolescência foi-lhe uma angústia; e tão insignificante aumento do seu pé, na sua consciência, reflete-se duradouramente, continuadamente, com as manifestações mais inacreditáveis e aterrorizantes; entretanto, Felismino, quando bate rebites, sorri e antegoza o estrondo que uma parcela do seu sangue vai causar na sociedade. Os companheiros acreditam-no doido, e já porque uma vez ele se tenha referido entusiasticamente às brilhantes qualidades do filho, criou, para este, dois ou três inimigos. Está sagrado! Quem é mais feliz – pergunto – madame Belasman ou o senhor Felismino? E, à vista disso, poderás dizer que todas as damas de Petrópolis são felizes e os operários de fundição são desgraçados? Há média possível para a felicidade das classes? Nós, os modernos, nos vamos esquecendo que essas histórias de classe, de povos, de raças, são tipos de gabinetes, fabricados para as necessidade de certos edifícios lógicos, mas que fora deles desaparecem completamente: – Não são? Não existem. Compreende-se a "esfera", o "cubo", o "quadrado", em geometria; mas, fora daí, é em vão querer obtê-los. E de tal modo este engano está agitando a nossa opinião, que, parece-me, vai ressurgir o famoso debate escolástico dos "universais". Tu o conheces, não é?

– Mal.

– Encheu a Idade Média a pergunta: certas ideias gerais são uma realidade? Existem, de fato, ou não, fora dos indivíduos que as concebem? Por séculos a opinião se dividiu, o debate se alongou; e houve entre os sábios partidários apaixonados – realistas e nominalistas[48] – como hoje, nos nossos "cavalinhos", entre seus juvenis frequentadores, há azuis e verdes. O moderno debate ainda não se estabeleceu; embora isso, eu sou "conceitualista", como Abélard[49]; e, por sê-lo, é que tenho pena de madame Belasman em face do orgulho do Felismino da fundição da mortona...

A noite caía rapidamente. A tarde, dúbia, apressara-lhe a queda e não nos dera senão um monocrômico crepúsculo de chumbo, com bambolinas[50] de teatro. Por nós uma caleça[51] descoberta, suja e feia, passou, sopesando um par gordíssimo, que parecia não temer a tempestade que se anunciava. Tínhamos deixado o parque e descemos pachorrentamente[52] a Rua da Constituição, sem medo também do aspecto torvo da tarde. Depois da caleça estalou uma leve charrete[53], cuja passagem pôs alguma coisa de alado, de independente e petulante, naquele ambiente taciturno. Nós dois, por minutos, quando no Largo do Rossio[54], estivemos sem nada dizer, parados, olhando para um lado e outro, até que Gonzaga me disse:

– Vamos ainda ao Garnier[55], pois quero comprar o Poincaré – *La Science et l'Hypothèse*[56]. Depois iremos jantar umas petisqueiras.

Descemos a avenida em direção à Rua do Ouvidor.

VII

Pleno Contato

QUANDO FUI À Secretaria dos Cultos tratar da questão do cardeal, falei em primeiro lugar, como era natural, com o diretor geral dos cultos católicos, o Barão de Inhangá[1]. Era um velho funcionário do tempo do Império que se fizera diretor e barão, graças ao seu nascimento e à sua antiguidade de funcionário[2]. Homem inteligente, mas vadio, nunca entendera daquilo nem de coisa alguma. Entrara como chefe de seção e durante as horas de expediente o seu máximo trabalho era abrir e fechar a gaveta da sua secretária. Foi feito diretor e, logo que se repimpou[3] no cargo, tratou de arranjar outra atividade. Em falta de qualquer mais útil aos interesses da pátria, o barão fazia a toda hora e a todo instante a ponta no lápis. Era um gasto de lápis que nunca mais se acabava; mas o Brasil é rico e aprecia o serviço de seus filhos. Quando completou vinte e cinco anos de serviço, foi feito barão. Como dizia, falei-lhe em primeiro lugar e ele me mandou ao chefe da seção de "Alfaias e Paramentos". Logo que entrei na sala, feriu-me o destaque original de Gonzaga de Sá. O chefe da seção era uma mediocridade das mais banais; mas senti em Gonzaga muita naturalidade, muita força nas suas maneiras e um forte ar de segurança no seu alto semblante, em "v". Depois de expor ao diretor da seção o objeto da minha visita, ele tomou o "papel" que eu levava e escreveu ao alto de uma das folhas:

"Ao Senhor Gonzaga de Sá para informar e dizer a respeito."

Fomos, eu e o contínuo que me acompanhava, até o oficial designado e tive verdadeira alegria em verificar que era aquele de quem me afeiçoara ao entrar. Reparei que, antes de escrever, o magnífico chefe das "Alfaias e Paramentos" meneou a caneta ao jeito de um esgrimista e pareceu-me que a tinta lhe ia pingando do nariz tímido e vermelho. O seu cursivo, ao fim de minutos, naquelas minguadas letras, surgiu caprichoso, floreado e abundante de uma respeitabilidade de escritura caldaica[4]. Segui o "papel" até a mesa de Gonzaga de Sá, a quem expus a atroz dificuldade. À luz da leitura vagarosa do processo, o simpático informante considerou bem o caso; e, em breve, sorrindo com a sua úmida boca de moça, perguntou-me:

– Por que não se ouve a Secretaria da Propaganda, em Roma?

Logo, porém, tomando da pena, num "papagaio"[5], pôs-se a informar com a solenidade requerida. Fora tão brusca a passagem de uma atitude à outra, e os gestos revelaram-me tão bem as suas duas pessoas, que senti, imediatamente, como se escondia sob aquelas formalidades passageiras a palpitação moça de uma inteligência livre, que se adaptara superiormente ao feitio espiritual de sua terra e à sua própria fraqueza de gênio prático. Foi verdadeiramente daí que nasceram as nossas relações. Por meses seguidos, nós nos encontramos rapidamente, cumprimentando-nos com as maiores "arras"[6] de simpatia. Insensivelmente, esses encontros demoraram-se e, portanto, melhor eu pude ir percebendo que se ocultava, sob o seu azedume habitual, uma grande alma compassiva. Em começo, pareceu-me que ele sistematizara o ressaibo[7] amargo de alguns pequenos desgostos, para formar um temperamento original; mas, com o tempo, verifiquei que não havia em todas as suas manifestações nada de buscado, de procurado – tudo nele era estrutural e as suas originalidades lhe tinham vindo naturalmente e foram-se fazendo com o lento trabalho sedimentar do tempo, do isolamento, da bondade e do íntimo sofrimento. Então, desconfiei que uma grande mágoa lhe turvara a mocidade, e que essa mágoa, por não a ter nunca confessado, por não lho consentir a sua reserva, ficou-lhe imprecisa, vaga e fugidia. Procurei decifrá-la e concebi hipóteses. Não vinha de amor; seria vulgar demais para Gonzaga de Sá. Entretanto, não afianço...[8] No meu amável amigo, a crítica precedia qualquer ato; e assim o amor não faz males. Enfim... Teria tido sempre esse gênio? Ele mesmo me confessara que, a bem dizer, se esquecera de casar; e só lhe passara isso pela ideia nas duas vezes já aludidas. Seria de alguma delas que lhe vinha a mágoa? Não sei; contudo, uma ou outra vez, surpreendi-lhe certos gestos estranhos.

Ao entrar de manhã na seção dos paramentos, vi de longe que Gonzaga de Sá desenhava; e quando deu comigo, escondeu grosseiramente o papel. Não era um tal movimento da sua educação e eu pude ver, de relance, que se tratava de uma fisionomia humana. Uma tarde, num botequim em Copacabana, fui dar com o meu velho amigo a rabiscar a carteira. Tomava notas, disse-me, e eu acreditei.

Afora tais gestos, nada me revelava que houvesse nele qualquer mossa[9] de um brusco choque com a vida. Poder-se-ia, para arranjar uma explicação do seu estado de alma, admitir que a mágoa lhe andava esparsa na desigualdade de sua natureza, na variedade de suas aptidões, sem uma preponderante e vitoriosa, na sua amarga e dorida[10] visão da vida e no seu anelo[11] de absoluto. Havia nele um drama de organização e inteligência ou o que havia?

Fiz, como verão, todas as hipóteses, mas nunca nenhuma me satisfez; entretanto, para não cansar o leitor, eu lembrarei como Poe[12] (creio eu) que a verdade está sempre nas hipóteses mais simples, ao que Comte[13] ajunta: a mais simpática. Cada um que faça a sua de acordo com esses conselhos.

* * *

Por uma tarde clara de quinta-feira, foram me lembrando tais cousas, enquanto palmilhava o caminho que ia ter à casa do meu amado amigo. Acompanhava-me por ele afora, de envolta com essas agradáveis recordações, uma grande e exuberante alegria na alma. O contato ia ser pleno e a visita dar-nos-ia o perfeito enlace das nossas almas. Caminhava como para um quarto de núpcias... Mais do que o jantar e as águas-fortes[14] que ele me convidara a folhear, levavam-me à sua casa a simpática curiosidade de viver o interior e o desejo de saborear a sua inteligente palestra, paradoxal e um tanto sentenciosa. Na nossa terra de submissão antecipada, o paradoxo encanta, mesmo sob o aspecto sentencioso. Subi devagar uma rua em ladeira, pelas bandas da Candelária; e bati palmas, com respeito, no portão do jardim de sua velha casa, lá quase no alto de Santa Teresa. Veio-me abrir a porta um preto velho, da raça daqueles pretos velhos que sofreram paternalmente os caprichos das nossas anteriores gerações[15].

– Senhor Gonzaga de Sá?

– Nhonhô?[16]

– Sim, meu velho.

Entrei para a sala principal da casa, da qual mestre Gonzaga de Sá fizera a sua de estudos. Tinha o teto em tronco de pirâmide retangular e estucado, e as estantes, a não ser nos vãos das janelas e portas, eram pequenas, da altura do peitoril da janela, e guarneciam a sala em toda a extensão das quatro faces. Por cima delas, ao jeito de um longo consolo[17], havia bustos, quadrinhos e minerais insignificantes; e, nas paredes, além de dois ou três pequenos quadros a óleo, uma reprodução de "Primavera" de Botticelli[18] e um Rouget de Lisle[19], cantando pela primeira vez a "Marselhesa". Havia também sobre a secretária um busto de Júlio César[20] e, pregado à parede em que ele se encostava, bem alto, um magnífico retrato do Dante[21], enquadrado em moldura vulgar, lia-se-lhe embaixo, em letras góticas, este verso do "Inferno": *Amor, che a nullo amato amar perdona*[22]. Pairava por toda a sala o olhar transcendente de um mocho[23] de bronze, empoleirado na "bandeira"[24] da porta de entrada. Com isso, tudo em muita ordem e sem luxo; havia desordem só na grande mesa do centro, em que livros, revistas, papéis se baralhavam familiarmente. Uma cadeira de balanço destinava-se às longas meditações vadias; à direita da mesa, uma cegonha de pescoço esticado, naquele meneio arisco de cabeça tão característico desse pernalta, presidia com elegância e desconfiança ao laboratório das cismas e dos pensares de Gonzaga de Sá.

Vasos com pequenas palmeiras e avencas[25] estavam espalhados por entre tudo isso. Recebeu-me de pé, com um pequeno jornal na mão.

– Pontual. Cinco horas.

– Pensei não te encontrar ainda. Foste visitar o compadre aos subúrbios?

– Fui. Pobre compadre! Vai mal; depois da viuvez piorou muito...

Gonzaga de Sá baixou um tanto a cabeça e, depois, bruscamente, como quem quer afastar uma ideia triste, acrescentou:

– Fui. Cada vez mais interessantes, os subúrbios. Sobremodo namoradores e feministas...

– Feministas?

– Feministas! Como não? A atividade intelectual naquela parte da cidade, ao se entrar no trem, parece estar entregue às moças... Tal é o número das que trazem livros, violinos, rolos de música, que a gente se põe a pensar: estamos no reino da *Grã-Duquesa*? Conheces a *Grã-Duquesa*?

– Não.

– É uma opereta de Offenbach[26] em que as mulheres são homens, fazem guerra, têm exército... Eu a vi pelo Vasques... Que graça tinha esse ladrão! Dizia muito bem, com muita malícia – se o nenê chorar, quem há de lhe dar de mamar? – Ah! o Vasques!... Que saudade!... Nos subúrbios, dá vontade de perguntar – quem há de dar de mamar aos futuros filhos dessas meninas?

– Não há perigo algum – disse-lhe eu. – Quando vier o casamento, fecham as gramáticas, queimam as músicas, e começarão a repetir a história igual e enfadonha de todos os casamentos burgueses ou não.

– Há de ser assim mesmo, pois a eternidade de nossa espécie parece repousar sobre bases sólidas. Que achas?

– De pleno acordo – repliquei eu. – Basta que as mulheres, sejam quais forem as condições delas, não pensem em outra coisa, e queiram-na de qualquer modo até o ponto de fazer a raça humana a mais perfeitamente desgraçada de todas as raças, espécies, gêneros e variedades animais e vegetais do planeta. Eu as acuso![27]

– Às vezes penso dessa maneira, sem dúvida de natureza alguma; mas, depois, surge cada coisa que... Há duas horas, na estação da Piedade... Mas... Vênus[28] é uma deusa vingativa, dizem[29].

Eu me tinha sentado no divã, junto à porta de entrada e mestre Gonzaga de Sá na cadeira de balanço. Entre nós, em todo o seu comprimento, havia a grande mesa do centro. O meu amigo tinha-a ao alcance da mão, enquanto eu estava um pouco afastado. Pelas janelas abertas entrava a branda viração da tarde, e as emanações do jardim eram trazidas por ela e se dissolviam pelo ambiente todo. Olhando as deliciosas figuras do melancólico Sandro[30], discorria o meu generoso amigo:

– Há duas horas, na estação da Piedade, esperava eu o trem. Afinal, foi ele anunciado. Daí a instantes apontou, ao tempo em que um homem atravessava a linha um pouco a montante da estação. Avisos... gritos... gestos... O trem apita. O homem entontece, atarantа-se e é apanhado – mas de que maneira, meu Deus?! O limpa-trilhos[31] levanta-o, atira-o sobre aquela espécie de plataforma-proa – sabes? O animal agarra-se a um ferro e a locomotiva acaba parando, bem junto à estação, trazendo o pobre homem de cabeça partida, humilhado, ensanguentado, mas vivo, vivinho, aparvalhado[32], sucumbido, completamente esmagado de terror diante daquela besta paleontológica que ele mesmo inventara. A eternidade de nossa espécie repousa sobre bases sólidas, Machado.

Ouvindo uma voz na sala, voltei-me.

– Machado: minha tia Escolástica – apresentou-me Gonzaga de Sá.

Que linda figura de velha era a dela. Muito clara, com uns olhinhos verdes e um miúdo perfil de criança. Tudo era candura e simpatia naquela velha solteirona. A alvura de seu casaco ressaltava extraordinariamente, imaculada, e seus cabelos brancos, já com aquele tom amarelo da grande velhice, eram apanhados em bandós[33], com uma rede de linha preta. Não me pude demorar mais, vendo-lhe a fisionomia de septuagenária. Gonzaga de Sá pediu licença e foi com ela ao interior da casa dar uma providência. Voltou logo. Houve tempo, porém, para que eu, indiscretamente pudesse ver sobre a mesa uma folha de papel rabiscado. Havia oito ou dez narizes desenhados sucessivamente e por mão inábil que se esforça em vazar uma forma que viu ou já ouviu e ainda tem em mente. Que singular mania, meu Deus.

– Não imaginas – disse-me ao entrar – como estes pombos dão trabalho.

– Crias pombos?

– Crio. Gosto das aves, especialmente dos pombos, do seu voo, das irisadas[34] penas do seu pescoço, da sua graça, da sua natureza intermediária de ave de terreiro e de voo... O brutamontes do meu gato mete-lhes medo; mas os pobrezinhos voam para o sol... Já tens fome?

– Não.

– Mandei trazer um pouco de vinho Bucelas[35] branco. Gostas?

– É delicioso.

Dentro em pouco o velho preto Inácio entrou com os copos e a garrafa numa bandeja.

– Deixa aí, Inácio.

Embora Gonzaga de Sá falasse com toda a brandura, o pobre velho quase deixou cair a garrafa.

– Não imaginas, menino, que tesouro de dedicação há nesse homem. Eu não sei donde ele a tira e de que maneira argamassou tão grandes sentimentos. Nasceu escravo, uns dias antes de mim; meu pai o libertou na pia[36], por isso. A mim me acompanha desde os primeiros dias do nascimento. É um irmão de leite[37]. Viu-me nas atitudes mais humildes, apreciou-me em propósitos repugnantes; assistiu ao desmoronamento da grandeza da minha casa familiar; entretanto, não sendo, como parece a todos, destituído de inteligência crítica, sou para ele o mesmo, o mesmíssimo, cuja representação se lhe fez na consciência, no correr dos seus primeiros lustros de vida. Eu não o chego absolutamente a compreender. Acho-o obscuro; mas me deslumbra – é grandioso!... Às vezes, confesso, me parece uma subalterna dedicação animal; às vezes, também confesso, me parece um sentimento divino... Eu não sei, mas amo-o.

Não fora sem comoção que Gonzaga de Sá me dissera isso; houve como um ligeiro trêmulo na sua voz e, talvez para disfarçar foi que pegou de um pequeno jornal de província, passando o olhar ligeiramente por ele.

– Lês a *Gazeta de Uberaba*? – indaguei.

– Leio. Um amigo, político lá, manda-me.

– Que ele te mande, não é de admirar; mas que a leias!...

– Leio. Gosto dos jornais obscuros, dos jornais dos que iniciam. Gosto dos começos, da obscura luta entre a inteligência e a palavra, das singularidades, das extravagâncias, da livre ou buscada invenção dos principiantes.

– Estás como o meu amigo Domingos Ribeiro Filho[38], que diz: "todo o vitorioso é banal".

– Concordo com ele, mas unicamente no meu estreito ponto de vista pessoal.

– Decerto.

– Eu assino a *Pesquisa*, de Cascadura. Está ali um exemplar. Tira. – E apontou-me uma estante junto de mim.

– Esta?

– Sim. Lê o sumário.

Tinha em mãos a *Pesquisa*, de Cascadura, em cuja capa, feia e suja, a envolver uma má brochura de sessenta páginas, li vagarosamente: "Literatura Subjacente; Teixeira de Sousa, o Estilista e o Romancista", por Gualberto Marques; "Halos", poesia por Beltrando F. de Sousa; "O Pintor Manuel da Cunha e os Coloristas Fluminenses do Século XVIII", por Aimbiré Salvatore; "O

Temperamento na Ciência", por I. K.; "A Matemática dos Árabes e Hindus e o Cálculo Diferencial em Face da Geometria Grega", por Karl von Walposky da Costa; "Da Necessidade de Corromper a Língua Portuguesa Falada no Brasil", por Bruno Uricuri Furtado; "A Desassociação da Matéria e o Inabalável Científico", por Frederico Balspoff de Mello; "Os Casos do Mês e os Seus Comentários", crônica por Baldônio Flaron[39].

Em seguida pus-me a folhear, lendo aqui e ali as páginas da suburbana publicação mensal. Não o fiz sem surpresa. Causava admiração que em tão detratado subúrbio, se agitassem tantas ideias diferentes e novas. Gonzaga manteve-se calado, sem perder um só dos meus gestos. Gozava...

– Cascadura dando a nota, hein?

– É verdade.

– À vista dos nossos jornais e revistas catitas[40], a *Pesquisa*, de Cascadura, é uma bela publicação intelectual.

Folheei ainda uma vez a brochura; li trechos aqui e ali e depois disse:

– Curioso é que haja tanta gente obscura capaz de escrever sobre assuntos tão elevados. Conheces algum?

– Nenhum; mas o que te surpreende?!... Há entre nós muito talento. O que não há é publicidade, ou antes, a publicidade que há é humilhante, além de completamente destituída de vistas superiores.

– Como?

– Muito simplesmente... Analisemos: quais são os meios de publicidade?

– O jornal e a revista.

– ... e o livro – concluiu Gonzaga de Sá.

– O livro também.

– Um jornal, dos grandes, tu bem sabes o que é: uma empresa de gente poderosa, que se quer ser adulada e só tem

certeza naquelas inteligências já firmadas, registradas, carimbadas etc. etc. Demais, o ponto de vista limitado e restrito dessas empresas não permite senão publicações para os leitores medianos, que querem política e assassinatos. Os seus proprietários fazem muito bem, dão o que lhes pede o público... Se não consultam as médias, têm que lisonjear os potentados[41], os graúdos, porem-se a serviço deles – gente, em geral, perfeitamente estranha ao tênue espírito brasileiro e que não quer saber de coisas do pensamento desinteressado... Além disso, são necessárias mil curvaturas, para chegar até eles, os grandes jornais; e, quando se chega, para não escandalizar a média e a grande burguesia, onde eles têm a sua clientela, é preciso atirar fora o que se tem de melhor na cachola.

– E as revistas?

– São a mesma coisa, tendo a mais as fotografias. Não há entre nós – continuou ele – aquela procura que estimula a argúcia dos editores e empresários de publicidade do estrangeiro: a da inteligência viva e nova. Qual o quê! Satisfazem-se os nossos negociantes de livros e jornais com o ramerrão[42] e para variar mandam buscar a novidade em Portugal. Sofreiam[43] o nosso pensamento, porque quem não aparece no jornal não aparecerá nem no livro, nem no palco, nem em parte alguma – morrerá. É uma ditadura.

– Você deve dividir a culpa... E o público? E os autores?

– O público é maleável, é dirigível; os autores, estes sim, têm culpa. Entretanto, eu achei um meio de travar conhecimento com a jovem inteligência de minha terra: leio as revistas obscuras e alguns jornais de província. Se a dor da rima e do metro aumentam a beleza da poesia, a escassez do espaço dá um grande realce aos artigos das pequenas revistas. Adivinha-se muito do que os autores não puderam dizer; inventando-se também muito do que nem sequer lhes passou pela mente... Sugere?[44]

– É possível que tenhas raras emoções na leitura das pequenas revistas, mas nos jornais de província – tão cheios de política e intriga!

– Engano! Este número da *Gazeta de Uberaba* é um desmentido perfeito ao que asseveras.

– Ora! Questiúnculas![45]

– Questiúnculas! Homessa![46] Altas questões sociais, meu amigo! Cuida da indústria pastoril e diplomacia!

Ao dizer isto, Gonzaga de Sá foi-se levantando aos poucos, pondo-se afinal de pé e fazendo menção de ler, com o jornal à altura dos olhos.

Olhei um instante à janela. As nuvens esgarçavam-se nas cumeadas[47] das montanhas e cobriam-se diversamente à luz macia do poente. Aqui, era laranja; ali, púrpura, ouro, anil, cinzento; ora, franjavam-se; ora, em novelos; ora, em fitas, em barras, tomando as mais caprichosas e instáveis formas, com as mais belas cores dos belos céus.

Gonzaga de Sá não teve tempo de pronunciar uma palavra. Iluminada, com uma luz de retábulo[48], na porta de comunicação, dona Escolástica, a tia, apareceu, convidando:

– Venham jantar.

Fomos. Gonzaga de Sá levou o jornal.

VIII

O Jantar

DONA ESCOLÁSTICA obrigara-me a passar diante dela e Gonzaga de Sá seguira-me com o jornal na mão. Penetramos na sala contígua, onde parei um bocado, a ver os retratos de família. O mestre não rompera com a tradição, que os quer na sala de visitas. Aí os tinha e não no seu gabinete de trabalho. Havia uma galeria de mais de seis veneráveis retratos de homens de outros tempos, agaloados[1], uns, e cheios de veneras[2], todos; e de algumas senhoras. Sem bigodes, de barbas em colar, com um olhar imperioso e sobrecenho carregado, um deles me pareceu que ia erguer o braço de sob a moldura dourada, para sublinhar uma ordem que me dizia respeito. Cri que ia ordenar: "Metam-lhe o bacalhau"[3]. Virei o rosto e fui pousar o olhar na figura impalpável de uma moça com um alto penteado cheio de grandes pentes[4], muito branca, num traje rico de baile alto de outros tempos.

– Quem é? – perguntei.

– Minha avó, em moça, mãe de meu pai. Viveu em França, assistiu à Revolução[5].

Demorei-me olhando o retrato e os meus sentimentos já eram outros. A fisionomia benévola da moça, terna, irresistivelmente meiga, fizera-me esquecer a carranca do velho de barba em colar.

– Gostaste? Tem alguma coisa da Escolástica, não achas?

– Parecem-se.

– Quando moça, era exatamente, dizia meu pai, exceto os olhos que, em Escolástica, puxam para o verde e, nela, eram profundamente azuis, de Minerva[6]. Não parece nada com os outros meus avós, cujas fisionomias dão a entender que tinham da vida uma visão de carrasco.

– Você tem cada propósito, Manuel. Pareces doido... Ele foi sempre assim. Nunca se o pode entender – disse para mim a velha tia.

– Não há desrespeito nenhum... Cada um na sua época – refletiu Gonzaga. – Por mais que não queira, homem do meio, o meu retrato para os pósteros deve ter alguma cousa de parecido com o homem do prego[7]. O onzenário[8], sob este ou aquele disfarce, é o homem representativo da época...

E seguimos para sala de jantar, não sem que eu deitasse um longo olhar sobre aqueles velhos móveis de jacarandá, tão amplos e fortes que se diria feitos para outra raça de homens que não a nossa, aquela que vemos por aí nas ruas, nos teatros, nas regatas, nas corridas, mesquinha e sórdida.

Dona Escolástica sentou-se à esquerda; Gonzaga de Sá, à cabeceira, e eu, à sua direita. Pela janela, nas duas extremidades da sala, fiquei vendo o exterior. Desciam pelo flanco, bruscamente claro da pedreira, pequeninos negrumes de gente; à esquerda, na chapada do morro, uma palmeira adelgaçava-se pelos ares.

– Gostaste da casa?

– Gostei.

– Foi de meu pai... Que sacrifícios para ficar com ela! Não queiras nada com a justiça, pois quase sempre é a única herdeira. Felizmente conservei-a.

– Foi a única vez que te vi ativo – refletiu dona Escolástica.

– Pudera! Eu amava o ambiente, as vistas, o teto, as paredes...

– Quase não mudou nada – observou a tia.

– Alguma coisa. Aquela palmeira, por exemplo – explicou Gonzaga de Sá, apontando a janela –, é nova.

– Nova! Tem mais de vinte anos – fez dona Escolástica.

– Nova, sim! Se não nos viu nascer...

Olhei ainda uma vez a altiva elegância da árvore, lá muito no alto, pairando sobre toda a cidade, e a beijar as nuvens radiantes. Há mais de vinte anos sofria a violência inconstante dos ventos; há mais de vinte anos escapava à raiva traiçoeira do raio; há mais de vinte anos suportava o rugido inofensivo do trovão... Todas essas negações, e as outras vindas da terra dura, granítica e pobre, fizeram-na maior, mais airosa, deram-lhe mais orgulho e atiraram-na aos ares altos. Hoje, plana sobre tudo, sobre a cidade, sobre a ingratidão do granito, e olhará compassiva e desdenhosa as pobres e cuidadas árvores que enfeitam as ruas. O jantar começou a ser servido por um copeiro dos seus dezoito anos. Acabando de tomar a sopa, Gonzaga de Sá, que tinha o pequeno jornal na mão, disse-me:

– Eu não quero adiar o prazer que te prometi.

– Qual?

– A leitura destas lindas crônicas da *Gazeta de Uberaba*.

– Vamos ver.

– Trata-se da chegada a Uberaba de...

– Alguns poetas?

– Não.

– De naturalistas?

– Não. Trata-se da chegada de reprodutores zebus. O jornal ocupa-se com o fato em três colunas e começa assim: "Ainda uma vez Uberaba teve o ensejo de constatar o quanto pode a iniciativa dos seus filhos etc. etc."

Continuou a ler e em outro ponto, disse-me:

– Guarda esta frase: "batedores de uma nova cruzada etc."

Emendou a leitura e, em dado momento, chamou-me a atenção:

– Olha este pedaço: "embora o adiantado da hora, grande massa de povo, calculada em cerca de quinhentas pessoas etc." Que multidão! Hein?

Reencetou[9] a leitura e não tardou a interrompê-la para sublinhar certo trecho.

– Nota que houve música: "então" (quando chegaram os touros e as vacas) "a banda Santa Cecília, rompeu brilhante dobrado e nutridas aclamações se fizeram ouvir". Vivam as vacas! – acrescentou Gonzaga de Sá.

Seguiu por diante a sua leitura e, em certo ponto, disse-me:

– Observa este pedacinho: "vieram alguns indivíduos nelore... destacando-se um, pelo belo porte e excepcional beleza..."

Abaixou o jornal e considerou:

– Imagina tu quantas vacas amorosas não o esperavam em Uberaba.

A tia, a esse tempo, repreendeu-o:

– Que é isso, Manuel, acaba de jantar!

O jantar daí por diante correu calmamente, sem a intervenção do gado zebu. Aproveitando o incidente, dona Escolástica pôs-se a narrar a estranheza da vida do sobrinho. Não parecia um velho, não tinha horas para nada, não tinha método algum. Comia a toda a hora; levantava-se alta noite e saía; passava dias fora de casa, com um e com outro. Parecia verdadeiramente um cigano, desses que vivem ao deus-dará.

– Não sei ainda como vives – rematou dona Escolástica com aquele seu ar natural e untuoso[10].

– Ora! – fez ele.

– Há dias que ele me chega aqui – continuou dona Escolástica para mim – à meia-noite... E sem jantar! Não sei onde anda... Chega cansado... E não é tudo: há noite que passa em claro, a ler, a ler...

Admirou-me muito o interesse afetuoso com que ela seguia a vida do sobrinho.

Revelava um desvelo diário, minuto a minuto, de dia e de noite...

– Tu não me compreendes, Escolástica, apesar de teres me criado.

– Sim, decerto; essas maluquices... Essas tuas vagabundagens...

E o diálogo continuou assim, com uma frescura juvenil de amuo entre irmãos de vinte e poucos anos.

– É verdade que o Manuel sempre foi extravagante. Uma vez – ela se pôs a contar –, meu irmão, o pai, foi agarrá-lo na janela do sótão. "Desce, Manuel, desce! Que fazes aí?" O senhor sabe o que ele respondeu?

– !...

– Quero voar, papai.

– Meu irmão repreendeu-o muito e Manuel chorou o resto da tarde.

– Era bem meu pai – lembrou Gonzaga de Sá. – Alto, meticuloso, muito grave e solene, conheceste?

– Não; nem podia.

– É verdade.

– Esteve no Paraguai?

– Não. Já não podia. Depois da guerra contra Rosas[11], em 1852, ficou no magistério, como lente da Escola Central – explicou-me Gonzaga de Sá. – Estava já muito alquebrado[12], em 1865, quando rebentou a guerra contra López[13].

– Tiveste um irmão que morreu na campanha?

– Tive; o Januário, o mais velho.

– E os outros?

– Todos morreram sem descendentes. Só uma irmã, a Maria da Glória, que vive ainda na Bahia, onde o marido é desembargador aposentado, é que teve filhos, quatro penso eu, que já lhe devem ter dado netos. Não a vejo há trinta anos e não lhe escrevo há cinco.

– É a mais moça?

– Não; sou eu. Ela é mais velha do que eu um ano e pouco.

– E tua mãe, morreu muito moça?

– Não; em boa idade. Deixou-me com oito anos. Quem me criou foi Escolástica.

Ao dizer tais palavras, houve na voz do meu amigo um pequeno tremor; entretanto, era banal o fato que a frase lembrava e o jantar chegou à sobremesa, entremeado por esse diálogo. O café foi servido na sala de visitas, com as janelas abertas para as bandas de Niterói que começava a iluminar-se. A sala ainda não tinha luzes e havia uma grande paz no exterior. Casas do morro começavam a iluminar-se e todas pareciam contemplar-nos com simpatia. A palmeira, em pé, muito firme, adormecera. Uma cigarra estridulou[14] no jardim e mais depressa nos vieram as cismas. A cigarra calou-se. Fumávamos, eu e Gonzaga, e olhávamos o morro, enxergando pouco.

– Como estará o Romualdo?

– Como vai ele? – perguntou dona Escolástica.

– Muito mal. E o Aleixo Manuel, aos oito anos, tão vivo, tão excepcional... Coitado! Sem as doçuras maternas já; agora o pai... Como vai ser sempre a sua alma cheia de arestas...

– Ele tem ido ao colégio, Manuel? – fez-lhe a tia.

– Vai. É uma criança extraordinária, muito mesmo; já lê desembaraçadamente e calcula... Ah! se for o gênio esperado!... Quem dera!?

Gonzaga pôs-se a olhar interrogativamente. A sala estava quase em treva completa e, na indecisão dos traços de sua cabeça, eu só via o seu grande olhar que me envolvia todo, respirando vaticínios de simpatia. Dona Escolástica ergueu-se da cadeira, olhou um pouco a janela, depois voltou-se e disse, destacando palavra por palavra:

– Está escuro. Acende as luzes, Manuel.

E os bicos de gás foram acesos vagarosamente. O velho piano Érard, de cauda, monstruoso, muito grande, surgiu todo inteiro na sala iluminada, como um animal fantástico. Mal as luzes brilharam, a paz externa quebrou-se. Houve um pequeno sussurro e a vida das coisas continuou.

– Dona Escolástica não toca?

Esta pergunta eu lhe fiz por mera polidez, visto que a sua avançada idade já a devia ter separado do velho instrumento.

– Há trinta e tantos anos que não.

– Desgostou-se?

– Desde que ouvi Gottschalk[15] não tive mais ânimo de me sentar ao piano. Só quem o não ouviu!... Era macio, que cousa! Tinha não sei o que nas mãos...

E a velha senhora queria achar palavras, modismos que transmitissem a grande impressão que lhe fizera o pianista e suas músicas; e, com o esforço, o seu olhar de esmeralda tomou mais brilho, correndo por ele uns lampejos de mocidade breve apagados.

– Nunca ouviste peças dele? – perguntou-me Gonzaga de Sá.

– Uma ou outra.

– Merecia ouvi-las. São bem diferentes da música dos mestres europeus – seca, cerebral, sem raízes na nossa sensibilidade americana. O Gottschalk era fantástico, dolente, impetuoso... Aqui, ele provocou um delírio geral.

– Gostavas muito, não era, Manuel? Lembro que foste a todos os concertos com teu pai. Falavas muito na "Morta", no "Poeta"...

– ... na "Savana", na "Bamboula", nos "Olhos Crioulos" – concluiu Gonzaga de Sá. – Que entusiasmo gerou! E estávamos em guerra com o Paraguai... Não foste, Escolástica, ao concerto-monstro?[16]

– Não; mas fui ao benefício da Stoltz[17]. Nunca houve aqui um benefício como o dela. Manuel era menino; tinha onze ou doze anos. Eu fui. Hoje, quando me recordo, me parece estar vendo a sala do Provisório[18] repleta e linda de senhoras e moças. Depois da ária "Oh! mio Fernando!", da *Favorita*[19], houve um estrépito de palmas, flores, brindes. A duquesa de Abrantes, sobre uma almofada por ela própria bordada, manda-lhe uma coroa. A sala delirou: "coroai-vos! coroai-vos!" Flores, gritos, flores, gritos... A Stoltz hesita, afinal põe o emblema na cabeça. Que mulher! Nem que fosse uma rainha!

E eu refletia comigo mesmo sobre a ingenuidade daquela sociedade; e dona Escolástica continuava:

– Parecia uma palma só; todas ao mesmo tempo...

– Meses depois, vinham as descomposturas, as perlengas[20] parlamentares, os epigramas; não foi, Escolástica? – observou Gonzaga.

– É verdade. Tudo aqui é assim: muita festa, muita festa, depois...

– Houve até uns versinhos – continuou Gonzaga – que ficaram famosos. Diziam-nos do Francisco Otaviano[21]:

Que importa que digam que é velha, que é feia
Que pinta os cabelos, que enfeita o carão.

Gonzaga de Sá tinha lágrimas nos olhos e a tia olhava para o teto cheia de beatitude. Admirei-me e disse:

– Como te lembras!

– Ora!... A cidade os soube de cor durante dez anos.

– O Lírico foi sempre o nosso fraco – refleti.

– Influência do Império. O Provisório custou rios de dinheiro. Precisava-se de um salão, de um lugar de encontro para a grande gente. Nós não tínhamos palácios, não havia educação mundana... Acrescia a falta de cultura das altas classes. Sem que, em geral, tivessem recebido um forte preparo na mocidade, a gente rica, os plantadores, os grandes negociantes, e mesmo os políticos, só podia compreender a música e a ópera, no teatro, lugar em que pouco se fala. Era preciso uma casa elegante para poli-los com o auxílio da arte. A ópera tem essa vantagem, é fácil, compreensível, popular, por mais que os magnatas queiram-na fazer transcendente. Quem, durante vinte, trinta anos, esteve fora das cousas da inteligência pode compreendê-la do pé para a mão, sem esforço. A ideia do imperador, ao iniciar uma aristocracia, foi aproveitar essa música, para reuni-la, obrigá-la a se encontrar, se falar, e se casar entre si. Falhou. A nobreza não se fez e o Lírico degenerou em moda idiota, sempre com o mesmo espírito curto, mas sempre em roda de tolos. Procura por exemplo, hoje, na sala do Lírico, os grandes nomes de 52[22]. Onde estão? Onde param os filhos, os netos? Não se sabe...

Dona Escolástica nada dizia. Naturalmente, nada compreendia daquelas ilações[23] do sobrinho. Eu fiquei surpreso, embora Gonzaga de Sá já me tivesse habituado a tudo. Pelas oito horas despedi-me e vim descendo a ladeira devagar. Tinha penetrado no passado, no passado vivo, na tradição. Em presença daqueles velhos bons que me falavam das coisas brilhantes de sua mocidade, tive instantaneamente a percepção nítida dos sentimentos e das ideias das gerações que me precederam. Em torno daquele legendário "Provisório", grotesco e formalista, que eles evocaram, pude ver os trabalhos e as virtudes dos antepassados e, também, seus erros e seus crimes. Vim descendo... Lançara mais uma raiz; estava mais firme contra as pressões externas, senti que sorvera também uma gota de veneno. Tomei o elétrico[24]. No primeiro banco sentei-me, e me pus a mastigar ideias. Atravessei a Rua do Catete e, muito animado, o rococó Largo da Glória[25]. Vi o velho Passeio regurgitando. Tinha mastigado ideias... Não há civilização isenta de crimes e de erros – concluí. Estava na estação. Saltei.

IX

O Padrinho

Uma tarde no Café Papagaio[1], vendo passar pela Rua Gonçalves Dias afora, de baixo para cima, de um lado para o outro, grandes mulheres estrangeiras, cheias de joias, com espaventosos[2] chapéus de altas plumas, ao jeito de velas enfunadas ao vento, impelindo grandes cascos; vendo-as passar a pé, de carro, abarrotadas de pedrarias, e ouro, e sedas roçagantes[3], centralizando os olhares do juiz, do deputado, do grave pai de família, das senhoras honestas e das meninas irrepreensíveis, eu me lembrei de uma frase de Gonzaga de Sá: a dama fácil é o eixo da vida. Recordei que aquelas mulheres todas tinham vindo vazias, com alguns vestidos de segunda mão e muitas malas ocas, mas chegavam com a sua alvura polar, com as faces rubras, com seus estranhos olhos azuis e o prestígio das velhas raças de que se originavam. Saíam de Bordeaux ou do Havre, *comme un vol de gerfauts*[4]; chegavam com a estranha fisionomia dos mármores que os séculos consagraram; e seus cabelos dourados faziam estremecer os ares, as casas, as almas da cidade. As próprias pedras do cais sentiam-nas, tornavam-se macias a seus pés e a mica[5] do granito procurava ter faiscações de diamante. E daí, iam transtornando tudo pelas ruas em fora. O vetusto[6] palácio vice-real apurava-se, queria ser airoso, e, todo gamenho[7], se punha a remexer escaninhos em esquecidos aposentos ocultos, para descobrir riquezas. O bronze da estátua, ao sol, tinha uns longes de ouro; e as mulheres paravam a ver o fascinante brilho. Na Rua Primeiro de Março, as montras[8] dos cambistas, ao perfume estrangeiro das recém-vindas, quase se desventram e se abrem prodigamente a lhes dar moedas e notas, muitas e muitas. Elas seguem... É a Rua do Ouvidor. Então é a vertigem; todas as almas e corpos são arrebatados e sacudidos pelo vórtice. Há uma energia poderosíssima nelas todas e nas coisas de que se vestem; há atração, fascinação para esquecimento de nós mesmos e apagamento da nossa personalidade na luminosidade dos seus olhos. É mágico e sobrenatural. Esvaziam-se os pecúlios pacientemente acumulados; vão-se as heranças que tantas dores resumem, e os cofres das repartições e dos bancos sangram... As inteligências trabalham, as imaginações associam elementos para estelionatos, peculatos e concussões...[9] E tudo acaba nelas; é para elas que se encaminham as riquezas ancestrais, em terras longínquas, em gado nédio[10] e plantações virentes[11]. São para elas que se drenam os ordenados, os subsídios; é a elas também que vão ter o fruto dos roubos e os ganhos das tavolagens[12]. É uma população, um país inteiro que converge para aqueles seres de corpos lassos[13]. E elas continuam a passar muito grandes, bojudas, como cascos antigos rebocados pelos grandes chapéus de altas plumas, ao jeito de velas enfunadas ao vento. Passavam às duas, às quatro, como frotas, aquelas frotas de outros tempos, esquadras de naus, de caravelas, de galeões que vinham às Américas buscar prata de Potosí[14] e ouro do coração do Brasil. E a civilização se faz por meios tão vários e obscuros que me pareceu que elas, como os veneráveis galeões que evocavam, traziam às praias do Brasil as grandes conquistas da atividade europeia, o resultado do difícil e lento evolver[15] dos milênios. Lembrei-me então duma frase de Gonzaga de Sá. Disse-me ele uma vez na Colombo[16]:

– Estás vendo estas mulheres?

– Estou – respondi.

– Estão se dando ao trabalho de nos polir.

De fato, elas nos traziam as modas, os últimos tiques do *boulevard*[17], o andar *dernier cri*[18], o *pendeloque*[19] da moda – coisas fúteis, com certeza, mas que a ninguém é dado calcular as reações que podem operar na inteligência nacional. A sua missão era afinar a nossa sociedade, tirar as asperezas que tinham ficado da gente dada à chatinagem[20] e à veniaga[21] dos escravos soturnos que nos formaram; era trazer aos intelectuais as emoções dos traços corretos apesar de tudo, das fisionomias regulares e clássicas daquela Grécia de receita com que eles sonham. Quantas delas não inspirariam belos versos e quantas não viviam nos períodos arredondados deles! Não era só. Os maridos que as frequentassem, levariam aos lares, ao conselho daquelas estrangeiras, o sainete[22] mais moderno, o *bibelot*[23] última moda, e o móvel, e o tecido, e o chapéu, e a renda. Assim, ateariam o comércio e estimulariam o contato entre a nossa terra e os grandes centros do mundo, requintando o gosto e o luxo. Voltariam com o ouro, as que escapassem aos flibusteiros[24]; mas espalhariam no Brasil sob o aspecto malévolo, é de crer, – mas espalhariam...[25] E a civilização se faz por tantos modos diferentes, vários e obscuros, que me parecem ver naquelas francesas, húngaras, espanholas, italianas, polacas bojudas, muito grandes, com espaventosos chapéus, ao jeito de velas enfunadas ao vento, continuadoras de algum modo da missão dos conquistadores. A alguns dos nossos amigos, de costume, encontrava naquele café. Como fossem chegando, lentamente afastei-me desses pensamentos, para atender aos assuntos que lhes era agradável e que lhes ocorria falar. Ao café, vínhamos conversar. As palestras variavam e eram instáveis. Ocasiões havia em que, começando pelo comentário do último rolo do Cassino[26], acabávamos examinando as vantagens de uma grande reforma social. Todos nós éramos reformadores. Pretendíamos reformar a moral e a literatura, com escalas pelo vestuário feminino e as botinas de abotoar. Nesse dia, na primeira mesa perto à porta de entrada, aos poucos, reunimo-nos quatro: o Amorim, o Domingos, o Rangel e eu. Quase completo o "Esplendor dos Amanuenses"[27], pois assim denominávamos as nossas reuniões, em vista da profissão da maioria dos convivas – amanuenses, que tinham as suas grandes horas de satisfação e jucundo[28] prazer ali, em torno daquela mesa e com uma orgia regada a café, entre o enfado da repartição e as agruras de lares difíceis. O Rangel, aquarelista do futuro, mas na atualidade genial pintor para o gasto das etiquetas das casas comerciais, chegara por último. Continuava na *Tragédia,* uma peça de teatro japonês de sua invenção, interminável, com uma centena de atos, que ia sempre acabar na Rua da Carioca, no Zé dos Bifes[29], um luculesco[30] hoteleiro, meigo e bom, que dava jantares por seiscentos réis, árduos de procurar e obter. O Pedreira passou, com o seu conhecido fraque de abas esvoaçantes e um longo pescoço de galináceo, misto de "tesoura" ao sabor do vento e de galo que come o milho aos grãos. Rangel quis ir-se, mal chegou, mas instado, ficou ouvindo as nossas palestras superempíreas[31].

– Lá vai o lorde Max...

– Vocês sabem donde lhe vem a mania de inglês? – fez Amorim.

– Não – disse alguém.

– Ele traduzia para os seus alunos, em Cruz Alta, o *Graduated*[32], com uma lista de significados nos punhos.

– Não sei – observou o Rangel –: impa![33]

– Um super-homem! – considerou o invejoso Domingos.

– Que diabo chamam vocês de super-homem? – pergunta o Rangel.

– Um cidadão que fica além do Bem e do Mal[34]; é simples.

Rangel ficou satisfeito com a explicação e ficou a ouvir o Domingos, que falava, movimentando a avelhantada fisionomia de romano antigo, fisionomia desgostosa de Sêneca[35] que não tivesse sido preceptor de príncipe. Dizia ele:

– Em meu parecer, esse negócio de amor o que vale são os preliminares, os estados de alma preambulares[36], a agonia da esperança de obter ou não o objeto amado. Mas, quando se o toca...

– Fura-se a bolhão de sabão – concluiu o Amorim.

Não pudemos ir além no desenvolvimento desse velhíssimo tema que, não sabemos como, havia ocorrido na nossa conversa. Inesperadamente, o meu querido amigo Gonzaga de Sá entrava no café. A chegada do velho funcionário à nossa ruidosa roda causou-me surpresa. Não tinha aquele ódio fingido pelos cafés, que é de hábito encontrar-se em todo o sabichão estéril e infalível. Por certa conversa que tive com ele, concluí que Gonzaga de Sá os achava indispensáveis à revelação dos obscuros, à troca de ideias, ao entrelaçamento das inteligências, enfim, formadores de uma sociedade para os que não têm uma à sua altura, já pela origem, já pelas condições de fortuna, ou para os que não se sentem bem em nenhuma. A sua velhice tolerante e refletida compreendia que eu lá fosse, mas a sua misantropia[37] de velho não lhe permitia tomar parte direta no seu ruído. Gonzaga de Sá trajava rigorosamente de preto, conforme seu hábito, mas, em vez de paletó-saco, trazia a grave sobrecasaca. Era a primeira vez que eu o via com esse traje, tão querido dos doutores e comendadores; e o meu despretensioso amigo aparecia-me, assim, com a respeitabilidade precoce de um jovem ministro. Os seus grandes olhos, macios e lentos, nas órbitas de uma curvatura regular e suave, estavam vermelhos. O resto da fisionomia era calma e os seus gestos não apresentavam modificação sensível. Ao aparecer o venerável velho, os meus amigos calaram-se e, a todos, a sua austera figura impressionou. Levantei-me e falei-lhe à parte. Ele me disse:

– O compadre acaba de morrer... Vim tratar do enterro... Preciso de ti para carregar o caixão... Vem, Machado... Vem, Machado; espero esse serviço da tua piedade...

Fui, como me impunha a amizade e a admiração que eu tinha por aquele velho. E ambos, par a par, fomos andando pela rua em fora. O meu amigo, calado, de quando em quando sustinha um grande ofego... Eu já via o cadáver, na nudez estúpida de coisa e, apesar dela, com uma interrogação a que ninguém até hoje respondeu com segurança – o que vamos ser depois "disto"?

Vi-o sair de casa, no caixão, as grinaldas, o coche[38], os soluços sinceros, os pêsames, as condolências dos profissionais de cerimônias fúnebres; depois, a cova e o trabalho misterioso da decomposição... E pareceu-me que a sua voz; que as doces cousas que ela exprimira e mesmo as más; que as noções, as ideias, os sentimentos que aquela inteligência adquirira em vida, se tinham agrupado em uma existência imperceptível para fugir daquela massa a desfazer-se... E as mulheres passavam, moças ou velhas, feias ou bonitas, de todas as cores, roçavam-me, e nunca em seus olhos, nunca em suas faces eu vi tanto brilho, nunca as vi com aquele estranho fulgor, com aquela fascinação, com aquela força de absorção... A luz tinha mais doçura, as fachadas mais beleza, o calçamento não era áspero... E eu ia ver um morto!

Tomamos o bonde no Largo de São Francisco[39]. O veículo ia cheio. Viajei comprimido com volúpia, sofrendo aquele contato humano; dando-me bem ao absorver a maior porção de calor vital do meu semelhante próximo. Não estava só no mundo e toda aquela gente tinha que morrer, como eu...

O trem, também cheio. Na fila ao lado, em *vis à vis*[40], sentaram-se quatro sujeitos. Havia, entre eles, um gordo senhor, com uma calva de sábio e uma barriga comercial e financeira. Era o mais tagarela. Não se cansava de falar, de criticar, de maldizer a polícia, o governo, os gastos deste, a vadiação dos deputados, dos funcionários públicos e a desonestidade dos juízes. Quando o trem se pôs em movimento, ele, dirigindo-se ao companheiro de defronte, pediu:

– Dá-me a tua *A Notícia*[41].

O outro respondeu, certo de que fazia espírito.

– Queres dar-me duzentos réis por ela?

O vizinho ao lado do sábio comendador, por aí, tirou o mesmo jornal do bolso e passou-lho.

– Obrigado – agradeceu o de barriga de comendador e calva de sábio. – Não preciso mais da tua – continuou ele para o tal dos duzentos réis. – De outra vez, quando viajar contigo, hei de ter a precaução de trazer sempre dinheiro trocado... Não me fio em gazeteiros...[42]

E, sem que ninguém esperasse, sem que houvesse o mínimo motivo, todos os quatro romperam numa gostosa gargalhada.

Gente fácil de rir-se, pensei eu . Enfim, o riso brota de acordo com a inteligência de cada um. O “subúrbio” já estava em movimento. Deixei de observar os quatro curiosos personagens, virei o rosto e, pela portinhola, pus-me a ver a paisagem, os morros altos e azulados, o verde-claro das campinas, o verde-escuro das encostas, as fagulhas de luz, as hastilhas[43] de alegria no ar, as palmeiras melancólicas... um dia viria que tudo isso havia de fugir dos meus olhos... Por que não sou assim como aquele barrigudo senhor, inconscientemente animalesco, que não pensa nos fins, nas restrições e nas limitações? Longe de me confortar a educação que recebi, só me exacerba, só fabrica desejos que me fazem desgraçado, dando-me ódios e, talvez, despeitos! Por que ma deram? Para eu ficar na vida sem amor, sem parentes e, porventura, sem amigos? Ah! se eu pudesse apagá-la do cérebro! Varreria uma por uma as noções, as teorias, as sentenças, as leis que me fizeram absorver; e ficaria sem a tentação danada da analogia, sem o veneno da análise. Então, encher-me-ia de respeito por tudo e por todos, só sabendo que devia viver de qualquer modo... Mas... era impossível, impossível! Era tarde e os culpados do que eu sofria não eram a minha educação nem a minha instrução. Era eu mesmo; era o meu gênio; era o meu orgulho aliado a um estúpido medo. Arrependi-me da maldição e reconciliei-me comigo mesmo. Havia de curar-me. Gonzaga de Sá não me falava, mas eu sentia que a metade daqueles pensamentos eram dele. A nossa amizade era tão perfeita, que dispensava palavras. Entre nós havia aquele aperfeiçoamento de comunicação que Wells[44] tanto encomia[45] nos marcianos: mal emitia um pensamento, um dos nossos cérebros, ia ele logo ao outro, sem intermediário algum, por via telepática. Depois da estação do Rocha[46], quando aquela obtusa vizinhança desembarcou, e se veio sentar no banco ao lado um jovem par de namorados, os vizinhos em frente se puseram a conversar. A princípio, não ouvi bem o que diziam; mas, por fim, entendi que discutiam a grande tese das raças. Dizia um com um grande anel simbólico[47] no indicador:

– Tem a capacidade mental, intelectual, limitada; a ciência já mostrou isso.

E o outro, mais moço, ouvia religiosamente tão transcendente senhor. As ferragens do comboio faziam ruído de ensurdecer; nada mais escutei. Chegamos ao Engenho Novo[48]. O trem parou. O mais moço então perguntou, olhando os fios de transmissão elétrica:

– Por que será que os passarinhos tocam nos fios e não são fulminados?

– É que de dia a comunicação está fechada.

E se não fossem os graves pensamentos que me assoberbavam naquela hora, ter-me-ia rido daquele sábio de capacidade intelectual ilimitada[49].

Ao lado, os namorados continuavam balbuciando. Havia um unto, uma alegria, um não sei quê de meloso nos seus olhares, que irritou a minha capacidade namoradeira.

– Já namoraste? – perguntou-me Gonzaga de Sá, baixinho.

– Uma vez, aos dezesseis anos...

– Deves namorar, filho. Quando te vier a velhice hás de te arrepender, se não o fizeres em tempo. Vênus é uma deusa vingativa, dizem.

– Qual! O namoro é a negação do amor... Não me arrependerei...

– Garanto-te. Será uma emoção que te ficou por provar... Experimente já, enquanto é tempo...

E o trem continuava a correr. Na estação de nosso destino, saltamos, tendo trocado com o meu companheiro, durante a viagem, somente aquelas escassas palavras.

Nós fomos subindo a rua devagar, por entre curiosos exemplares de uns pais de família. Graves homens de fisionomia triste, curvados ao peso da vida, sobraçando[50] alongados embrulhos de pão, caminhavam ao nosso lado com o passo tardo, e econômico, poupado, de velhos bois de carro. A estrada da vida era má; areenta, aqui; encharcada, ali; e, mais além, íngreme e empedrouçada... Só a paciência deles, só aquela rija musculatura que se gastava às gotas, só ela poderia levar avante o carro da mulher e dos filhos. Com o jornal debaixo do braço, iam ruminando grandes combinações de tostões, com certeza, com o mesmo gasto de energia nervosa que um banqueiro qualquer empregaria ao delinear uma grande especulação aladroada sobre os fundos de duas ou três potências. Insensivelmente, alinhavam-se em fila e fui vendo, à esquerda e à direita, longas teorias[51] daqueles curiosos exemplares de nossa humanidade. Na minha meninice, nos arredores do Rio, eu tinha visto espetáculo que agora a imaginação associava a este. Era por aquela hora dourada da tarde, mais cedo um pouco, mas já as montanhas se tinham adelgaçado para sofrer a carícia imaterial de um céu rarefeito. Uma longa fila de carros de bois, cheios de verduras, carvão e lenha, desfilava pela estrada. Os carreiros gritavam de quando em quando; os bois mastigavam o passo; por vezes, alongavam a língua, um inclinando-se sobre o outro, a fim, talvez, de melhor dividir o esforço de tração... Oh! a solidariedade da carga!

Aos poucos venciam os óbices[52] e chegavam ao porto, à praia risonha da ilha... Nem sabiam, aqueles animais, de sua força; nem suspeitavam que toda uma cidade esperara aquelas úteis ou saborosas coisas que só a sua paciência e a sua força poderiam arrastar por sobre aqueles caminhos instáveis. A estrada me veio em mente: arenosa, de solo fugidio e móvel, mas guardando, indelevelmente, o trilho paralelo dos carros, com os maricás, as pitangueiras, nas bordas, salpicadas de frutas vermelhas, e, de quando em quando, também uma árvore de mais vulto, um cajueiro, uma figueira – toda ela, ao passarem os carros, envolvida na poeira que o sol, no poente, avermelhava e dava faiscações de ouro. Aqueles homens, pacientes e tardos, que eu via naquele ambiente de vila, eram o esteio[53], a base, a grossa pedra alicerçal da sociedade... Operários e pequenos burgueses, eram eles que formavam a trama da nossa vida social, trama imortal, depósito sagrado, fonte de onde saem e sairão os grandes exemplares da pátria, e também os ruins para excitar e fermentar a vida do nosso agrupamento e não deixá-lo enlanguescer... Quiçá[54] não soubessem disso e, se o soubessem, não se consolariam do duro fardo de viver... Viviam sob o aguilhão[55] dos deveres e com a vaga esperança consoladora da afeição eterna dos filhos.

– É ali – disse-me Gonzaga de Sá, apontando para um amontoado de casas.

Tomamos uma rua transversal e fomos indo quase sós, por ela afora. Eu ainda não tinha visto a casa, embora Gonzaga ma tivesse apontado. O arruamento do subúrbio é delirante[56]. Uma rua começa larga, ampla, reta; vamos lhe seguindo o alinhamento, satisfeitos, a imaginar os grandes palácios que a bordarão daqui a anos, de repente estrangula-se, bifurca-se, subdivide-se num feixe de travessas, que se vão perder em outras muitas que se multiplicam e oferecem os mais transtornados aspectos. Há o capinzal, o arremedo de pomar, alguns canteiros de horta; há a casinha acaçapada[57], saudosa da toca troglodita; há a velha casa senhorial de fazenda com as suas colunas heterodoxas; há as novas edificações burguesas, com ornatos de gesso, cimalha e compoteira[58], varanda ao lado e gradil de ferro em roda. Tudo isso se baralha, confunde-se, mistura-se, e bem não se colhe logo como a população vai-se irradiando da via férrea. As épocas se misturam; os anos não são marcados pelas coisas mais duradouras e perceptíveis. Depois de um velho "pouso"[59] dos tempos das cangalhas, depois de bamboleantes casas roceiras, andam-se cem, duzentos metros e vamos encontrar um palacete estilo Botafogo. O chalé, porém, é a expressão arquitetônica do subúrbio[60]. Alguns proprietários, poupando a platibanda[61] e os lambrequins[62], não esquecem de dar ao telhado do edifício o jeito característico e de rematar as duas extremidades da cumeeira com as flechas denunciativas. Em dias de névoa, em dias frios, se olhamos um trecho do alto, é como se estivéssemos na Suíça ou na Holanda... Afinal dei com a casa do compadre de Gonzaga de Sá. Era um chalé. De longe, tinha o aspecto de burguês médio; quando cheguei, porém, vi-o separado em duas habitações, tendo ambas, na frente, uma faixa de terreno com alguns crótons tristes. Da rua, avistei logo o caixão, o vulto confuso do cadáver dentro dele e o falso brilho dos círios aos pés e à cabeceira. Na porta, curiosos da vizinhança... As crianças brincavam na rua inocentemente. Entramos. Uma velha senhora de cor veio nos receber. Gonzaga de Sá me falara dela. Dona Gabriela tinha um vago parentesco com a mulher de seu compadre; era viúva e mãe de quatro filhos.

– Já está tudo arranjado, amanhã, às nove horas, o enterro sai.

– O caixão chegou agora mesmo; nós tratamos logo de pôr o corpo lá dentro.

– Fizeram bem – disse Gonzaga de Sá. – Quedê[63] o Frederico, seu filho?

– Saiu a buscar um pouco de pão.

– Quando vier, diga-lhe que eu quero falar-lhe.

– Sim, senhor.

Fui vendo a sala, não havia muita gente; mas que variedade de tipos e de cores; encontravam-se quase todos do espectro humano... Muito concentrados, os circunstantes[64], se falavam era baixinho, e, se lhes aflorava um sorriso aos lábios, logo o abafavam. Sentei-me também numa cadeira. E afinal pude olhar o cadáver, a cor faraônica do rosto, meio oculto no lenço ao queixo e pelas pétalas de flores espalhadas ao redor. Pouco conhecera aquele homem. Encontrara-o algumas vezes, no serviço, na Secretaria de Cultos, onde era servente. Sabia-o compadre de Gonzaga e chamar-se Romualdo de Araújo. A amizade entre aqueles dois homens, tão diferentes de condição e educação, era forte e profunda. Conquanto não tivessem nunca chegado à completa intimidade, eles se amavam de um modo especial, distante, é certo, mas que permitia a duração eterna da afeição. Dona Gabriela, alta, muda, com a sua misteriosa pele parda, ia e vinha, espevitava[65] as velas, endireitava um buquê, tudo muito calmamente, sem vacilação, sem terror, familiarizada com o ato. Seu filho chegou com o pão. Era um magnífico exemplar de mulato, de mulato robusto, ousado de olhar e figura, mas leve, vivaz, flexível, sem ressumar[66] peso nem lentidão nos modos. Gonzaga de Sá recomendou-lhe qualquer coisa e, daí a instantes, fomos jantar. A noite veio e mais pessoas chegaram.

Eu a vi cair da sala de jantar, apreciando o crepúsculo por uma janela. Fiquei, durante todo ele, a olhar, nas montanhas longínquas do ocidente, a barra de nuvens douradas, e, enquanto ele durou, mantive-me calado, fumando, e toda a minha atividade cerebral girou em torno da morte. Veio a noite completa. Tinha pensado muito – é verdade; mas sem ter concluído coisa alguma. Nada me ficou palpável na inteligência; tudo era fugidio, escapava-me como se tivesse a cabeça furada. Evaporou-se tudo e eu só sabia dizer: a Morte! a Morte! Era o que restava da longa meditação... Gonzaga de Sá, de onde em onde, vinha até a sala de jantar. Pouco falava.

Voltava para junto do cadáver. A sua fisionomia não revelava a mínima dor e os seus olhos macios e lentos já tinham o brilho normal. Eu me levantei e fui até ao quintal. Fora dos meus hábitos, olhei o céu muito estrelado que tinha a beleza de todos os dias. Quando voltei para junto da janela, estava sentada uma moça. Não a tinha visto entrar.

– Quer o seu lugar? – fez-me ela ao ver-me.

– A gosto, minha senhora. Há aqui muitas cadeiras.

Sentei-me imediatamente, como um velho conhecimento de anos comecei a conversar, e ela a me responder como um velho conhecimento.

– A tarde refrescou; não acha?

– É verdade, mas na sala faz ainda muito calor – disse-me ela.

– É verdade que aqui é muito quente? A senhora deve saber, não mora aqui?

– Há poucos anos, dois creio.

– Gosta?

– Alguma cousa; mas tenho saudades da cidade[67]. Morei muitos anos lá. É outra cousa. Que movimento! Carros, jardins para passear...

– Mas tudo isso de que vale? Vem a morte...

– De fato, mas enquanto se vive a gente deve procurar as coisas bonitas, os teatros... O senhor já foi ao Bar?[68]

– Nunca!

– Deve ser bonito!

– Não gosto de Botafogo. É Buenos Aires, supercivilizado...

– Eu gosto muito. Quem me dera ter uma casa lá.

– Um marido, também? Não é, dona...

– Alcmena, uma sua criada. Queria: mas lhe garanto que valia mais um carro...

– Mas se todas essas coisas vão-se acabar...

– Quando?

– Quando alguns homens generosos tiverem feito toda a humanidade trabalhar de um mesmo modo e ganhar a mesma coisa...

– São maus, esses homens!

– São bons, pelo contrário; como não podem dar tudo a todos, tiram muita coisa de alguns.

– Para quê!... Antes esses continuem a existir com as suas riquezas, porque a gente tem ao menos a esperança...[69]

– A senhora há de tê-las, com esses seus belos olhos...

– Ora!... – fez ela alongando o busto por sobre o espaldar da cadeira até poder ver o céu pela janela que lhe ficava à vista.

Pousei o meu olhar nos seus olhos revirados, e segui deles até uma estrela que brilhava muito próxima de nossas cabeças. Nessa rápida postura, a moça atraía fortemente. Seus seios pareciam intumescidos, o pescoço, longo e roliço, saída todo do corpete, e as formas miúdas desenhavam-na com relevo por entre as dobras do vestido. Aquela desenvoltura tão longe da Rua do Ouvidor! Compreendia-se? Ainda lhe vi a tez macia, os cabelos castanhos, as mãos longas e bonitas, um pouco estragadas pelo trabalho doméstico... Depois, nasceram-me coisas obscenas; vagos e indefinidos desejos cresceram em tumulto, de roldão; borbulhavam, subiam e desciam dentro de mim; encontravam-se, faziam-se outros a exigir satisfações, carícias, estados enervados e deliciosos...

Conversamos muito ainda, esquecidos do defunto, inebriados um do outro como se estivéssemos em um baile.

– A vida é cruel – disse-lhe em certa ocasião. – Tudo acaba na morte.

– É. Mas há nela certas passagens que talvez a morte não apague.

– Que instantes dessa natureza teria tido o Romualdo?

– Ele lá sabia... Cada um sabe quando é feliz e não pode dizer a ninguém, nem mesmo que queira... A coisa fica vivendo dentro de nós e só a lembrança dela nos alegra de novo... O senhor era amigo dele?

– Apenas o conheci...

– Fomos vizinhos dois anos... Habituei-me a vê-lo, a estimar-lhe o filho e sinto... Quando a gente está alegre dá vontade de dançar, de cantar, não é? Parece que dentro de nós há muita coisa de mais, molas, um mecanismo que nos empurra... Quando fico triste, também me vem a mesma vontade... É curioso!...

– Em outros tempos, houve danças fúnebres; e os selvagens dançam ainda por essas ocasiões.

– Eles têm razão. Não é a gente que quer; é coisa cá dentro...

Dona Alcmena levantou devagar um braço e apanhou, com seus longos dedos abertos em leque, alguns cabelos que lhe caíam pela testa. Ainda conversamos algum tempo e eu, inebriado pelo capitoso[70] da moça, fascinado pela sua estranheza, esqueci-me, muito inocentemente, de que era inimigo do namoro.

Alcmena levantou-se e me apertou a mão demoradamente[71], para sair.

Por momentos, fiquei só, mas cheio dela. O seu vulto me enchia e as suas palavras, que não sei onde as fora buscar, dançavam-me nos ouvidos.

A impressão, em seguida, foi-se apagando, e a lembrança do cadáver me veio. Quando me pus a pensar fortemente nele, o vulto da moça, mais firmemente, voltou-me aos

olhos, alto, fino, com seus olhos negros e as curvas transcendentes do seu corpo.

Depois de associar mais de uma vez estas duas imagens, tal fato me apareceu como uma profanação, um sacrilégio. Tive remorsos do que fizera. Mas fora uma mola, um mecanismo, como dizia a moça! Que culpa tinha eu?! Até as palavras doces, os galanteios que me vieram, a mim tão canhestro[72] com as damas! Fora automático... Que culpa tinha eu?

Demais, senti também, era o cadáver que me impelia, que me empurrava para a moça; era sua mudez de fim que me ditava o único ato da minha vida capaz de fugir à lei a que ele se curvara. Vivente, tinha vivido, pois tanto é forte em nós viver, que só em nós mesmos encontramos a razão e o fim da vida, sabendo todos nós que devemos continuá-la a todo transe, custe o que custar, em nós mesmos e nos nossos descendentes.

Tive ainda uma ponta de arrependimento, apesar de tudo, pois não sei o que me dizia que fora longe demais...

Gonzaga de Sá entrou, sentou-se na cadeira em que estivera a moça. Recostou-se e disse-me olhando o céu:

– Como está belo o céu! Hein? Para ele não há dores... Os que vivem que lhe apreciem a beleza: os que morrem que deixem aos outros o cuidado de apreciá-lo...

Calou-se um pouco e depois acrescentou *ex abrupto*[73]:

– Essa continuidade é imposta por tudo. As folhas que caem adubam as raízes das árvores onde nasceram, para fazerem nascer outras novas e belas.

A observação não era nova: mas sobressaltou-me, ao lembrar que podia ter ouvido a minha conversa com a moça. Ainda mais acrescentou:

– Tens estado pouco na sala.

– Está muito quente...

– Deves ir, não só porque é conveniente à tua mocidade o espetáculo da morte, como também dá campo para se ver como os etnólogos são falsos e maus.

Ele tirou uma longa fumaça do cigarro e continuou:

– Ultimamente, disseram que os feitios de sentir eram tão diferentes em cada raça humana, que era o bastante para fazer não se entendessem elas... Que há, de fato, mais de um sentir, de um pensar para cada raça etc. etc. Ora, em face do nosso povo, tão variado, eu tenho reparado que nada há que as separe profundamente. E nós nos entenderíamos e preencheríamos facilmente o nosso destino, se não fora a perturbação que trazem os diplomatas viajados, acovardados diante da opinião americana, querendo deitar esconjuros e exorcismos...

Continuou:

– Tu bem sabes que é difícil dizer onde começa o real e onde acaba. O homem é um animal conceitualista, isto é, capaz de tirar de pequenos dados do mundo uma representação mental, uma imagem, estendê-la, desdobrá-la e convencer o outro que aquilo tudo existe fora de nós... Tu sabes? Ora, a Europa, as universidades, que por má-fé ou por desconhecimento primitivo não direi do real, mas do fato bruto colhido pelos sentidos, deram agora para fazer teorias sobre raça, sobre espécies humanas etc. etc. A coisa se estende, os interessados não são ouvidos, pois não têm uma cultura seguida, porque se a tivessem, poderiam ter chegado a resultados opostos. Que acontece? A coisa pega como certa, cava dissensões, e os sábios diplomatas, para fazer bonito, adotam e escrevem artigos nos jornais e peroram[74] burrices repetidas. Se, no século XVII, o que separava os homens das raças várias era o conceito religioso, há de ser o científico que as separará daqui a tempos... A benéfica ciência!... Enfim, a ocasião não é propícia para uma conferência. Vamos prestar homenagens a esse meu infeliz e humilde amigo...

Havia na sala umas trinta pessoas, mais da metade mulheres. Sobre uma velha cômoda, um lampião mal iluminava; os círios bruxuleavam. Gonzaga de Sá atravessou-a e foi sentar-se perto da sogra do compadre, que chorava. Era uma preta retinta, de uma pele macia de veludo. Fiquei em pé, perto da porta de entrada. Havia um silêncio completo, de quando em quando um soluço da pobre mulher quebrava-o lugubremente. A gratidão devia ser grande. Aquele homem agora morto lhe dera as mais gratas satisfações de sua vida humilde. Casara com a filha, apoiara com o seu prestígio de homem a sua fraqueza de condição de menina, arrebatara-a ao ambiente que cerca as raparigas de cor, dignificara-a, ela, a quem quase todo o conjunto da sociedade, sem excetuar os seus iguais, admitem que o seu destino natural é a prostituição e a mancebia[75]. Do outro lado, lá estava o neto. A testa reta, ainda mal desenhada pela idade, as sobrancelhas arqueadas e unidas, o seu olhar perfurante – toda fisionomia da criança tinha uma expressão de inteligência, de curiosidade e de energia que a sua doçura nativa havia de diminuir. Que seria dele, por aí pela vida? Sob a ascendência do padrinho, estudaria muito, aplicar-se-ia aos livros. Durante anos no ambiente falso dos colégios e escolas, a sua situação na vida não se lhe representaria perfeitamente. Viriam os anos e a ânsia que o estudo dá; viria o mundo social, com a sua trama de conceitos e preconceitos, justos e injustos, bons e maus – trama unida e espinhenta, contra a qual a sua alma iria se chocar...[76] Era então a dor, as deliquescências[77], as loucas fugidas pela fantasia... Era doloroso peregrinar com o opróbrio[78] à mostra, à vista de todos, sujeitos à irrisão[79] do condutor do bonde e do ministro plenipotenciário...[80] Era sempre, nos cafés, nas ruas, nos teatros, andando vinte metros na frente, um batedor que avisava da sua presença e fazia que se preparassem as malícias, os olhares vesgos ou idiotas... Coitado! Nem o estudo lhe valeria, nem os livros, nem o valor, porque, quando o olhassem diriam lá para os infalíveis: aquilo lá pode saber nada!

Tive uma pena infinita, imensa, afetuosa por aquela pobre alma órfã tantas vezes; eu tive uma imensa tristeza que aquela inteligência não se pudesse expandir livremente, segundo o próprio caminho que ela própria traçasse... Olhei-o algum tempo assim, cheio de pena, de afeto e tristeza. De repente, ele se pôs a chorar muito e com força, sem explicação, sem causa, e correu, como se estivesse sendo perseguido, para onde estava o padrinho. Foram instantâneos, conexos, o choro e a corrida. Gonzaga de Sá levantou-se, ergueu-o no colo e beijou-o, animando-o:

– Que é meu filho? Que é meu Aleixo?

Uma vela estremeceu e, no rosto do cadáver, julguei lobrigar[81] um fraco gesto de padecimento.

X

O Enterro

No dia seguinte, diante do caixão já fechado, senti-me penetrado duma indiferença glacial. Repontava em mim, de onde em onde, uma pontinha de aborrecimento. O domingo estava maravilhoso, glorioso de luz, e os ares eram diáfanos[1] – estava sedutor e sorria abertamente, convidando a gozá-lo em passeios alegres...

O silêncio da sala, aquelas velas mortiças, os semblantes contrafeitos e estremunhados[2] das pessoas presentes, diante da soberba luz do sol, da cantante alegria da manhã, pareceram-me sem lógica.

Eu me aborrecia e fumava. Afinal, veio a hora do saimento. A aglomeração aumentou na porta. Algumas mulheres choravam. Gonzaga de Sá ia e vinha, tomando as últimas disposições. Fechou-se o caixão. Houve um pequeno ruído, seco, vulgar, exatamente igual ao de qualquer caixa que se fecha... E foi só![3]

Fomos levando o cadáver pela rua empedrouçada, trôpegos, revezando-nos, aborrecidos e tristes sob o claro e vitorioso olhar de um firme sol de março. Pelo caminho (era de manhã), os transeuntes mecanicamente se descobriam, olhavam as grinaldas, o aspecto do acompanhamento, medindo bem de quem era e de quem não era. Meninas de volta da missa e passeios consequentes, alegres, louçãs, passavam exúberas[4] de vida, contemplavam um pouco o séquito com rápido olhar piedoso e, depois, continuavam a andar o caminho interrompido um instante, indiferentes, descuidosas, casquinando, quase rindo às gargalhadas...[5] E o caixão nos foi pesando até que o descansamos nos bancos da estação. Em breve o trem correu conosco e o morto pelos *rails*[6] afora, velozmente atravessando as paragens suburbanas. O carro fúnebre era o primeiro e, quando havia uma curva, eu podia lobrigar pelas janelas abertas, nos carros de primeira classe, algumas plumas de chapéus femininos... Dentro do carro fazia um calor insuportável e os bancos duros nos torturavam. Saltamos enfim na Central. Tínhamos vindo oito e só quatro iriam ao cemitério. Gonzaga de Sá nada dissera até ali. Contraíra a fisionomia, a pele da testa se mantivera enrugada durante toda a viagem, parecendo que prendia grandes pensamentos fugidios. Colocamos o esquife[7] no coche e fomos tomar lugar na velha caleça de aluguel. Antes de embarcar, o meu amigo olhou a praça, os ares, as casas e o parque defronte e me disse, quando se sentou no banco do carro:

– Como está lindo o dia! Até alegre, não achas? Nem parece que levamos um morto... É que ele não gozava da vida. Antes assim!... Morrendo, em nada perturbou a vida das coisas e dos outros; entretanto, dizem, a sociedade é uma associação simpática de indivíduos e pouca coisa separa o homem do mundo.

Seguido por duas caleças de acompanhamento, o coche rolou pelos paralelepípedos, tomando a direção do cemitério do Caju. Recostamo-nos no fundo da carruagem e eu me pus a olhar ao longe, cismando, procurando ver nas coisas, e por detrás delas, um sinal, um ponto, uma indicação de mágoa, de desgosto por aquela morte que ferira algumas consciências. Rolávamos agora pela Rua de São Cristóvão, cruzávamo-nos com os bondes do bairro[8] e, ao passar um, o mestre refletiu alto:

– Já reparaste que, quando não há indiferença, a passagem de um féretro[9] desperta desgosto?

Calou-se um pouco e depois acrescentou:

– Creio que, se tivéssemos coragem das nossas opiniões, decretávamos um caminho especial para o cemitério – talvez subterrâneo... Só assim não teríamos na vida esse constante espetáculo que nos desgosta!

– Ainda não reparei – respondi.

Eu tinha uma grande atonia[10] mental. A noite passada quase em claro, e as suas emoções, tinham-me esgotado dando um forte torpor de corpo e uma imensa lassidão[11] cerebral. Respondi, somente compreendendo as palavras do meu amigo, sem atividade cerebral suficiente para que elas provocassem em mim um outro qualquer pensamento. Havia tanta resistência na minha percepção, que o espetáculo circundante parecia chegar por caminho diferente da minha sensibilidade. Retruquei, automaticamente, por mero hábito de polidez.

– E a morte tem sido útil, e será sempre – continuou Gonzaga de Sá. – Não é só a sabedoria que é uma meditação sobre ela; toda a civilização resultou da morte.

Suspendeu a palavra; e, de acordo com a marcha da caleça, pôs-se a vagar o olhar pelos lados. Com ele, seguia os ornatos das cimalhas, as grades das sacadas; adiante, demorava-se mais a ver um bando de moças em traje de passeio, postadas à porta de uma casa burguesa. Afastando-se dali o carro, o seu olhar lento e macio foi parar sobre os bondes que passavam, e os transeuntes na rua; deles resvalou, pela calçada, no ponto em que uma mulher andrajosa dormia ao relento, imóvel, enrodilhada, como uma trouxa esquecida e, por fim, durante segundos, fixamente, insistentemente, pousou a vista no coche fúnebre que rodava na nossa frente.

– Levamos a procurar as causas – falou-me ele em seguida àquele longo passeio visual –, levamos a procurar as causas da civilização para reverenciá-las como se fossem deuses... Engraçado! É como se a civilização tivesse sido boa e nos tivesse dado a felicidade!

E não me disse mais nada até chegarmos ao portão do cemitério, quando me avisou que ida tratar dos atos administrativos indispensáveis à finalização do enterro. Seguimos o caixão sobre a carreta mortuária, que os empregados do cemitério impeliam profissionalmente; em breve, Gonzaga de Sá se nos veio juntar. Íamos pelas alturas de meio-dia. O sol continuava claro e as alturas eram mais límpidas. O perfil das palmeiras ressaltava mais firme e os ciprestes não despertavam ao forte sol do dia. Chegamos em breve à beira da cova funda... O caixão desceu rapidamente pela sepultura abaixo. As correntes tilintaram aborrecidas daquela faina[12] que exerciam há tantos anos. Lancei a minha pá de cal, sem comoção quase, desajeitadamente. Até ali, eu não sentira nada de especial; não tivera nenhum pensamento nem sequer uma emoção piedosa. Vira a cerimônia sem tristeza, fora de sua significação e dos grandes sentimentos compassivos que ela pedia. Passavam pelo meu cérebro, há muito soerguido do abatimento que trazia ao entrar, ligeiras reflexões, fraca e remotamente associáveis ao fato presente. Lembrei-me da minha infância, da fisionomia dos colégios por onde passei, dos professores, dos meus condiscípulos, da escola superior em que vadiei, das alternativas dolorosas da minha vida...[13] E, assim, lembrando-me de coisas fora do lugar e do momento, vim com Gonzaga de Sá, andando vagarosamente até a porta do cemitério. Ele caminhava calado, de cabeça baixa, com o seu vasto crânio venerável exposto ao sol. Vinha distraído, esquecera-se de pôr o chapéu; e eu não quis perturbar o seu recolhimento, lembrando-o. Engolfado naturalmente na dor de perder aquele obscuro amigo, para cuja vida mediocremente feliz tanto ele concorrera generosamente, olhava a ponta dos pés, com a fisionomia endurecida e os olhos úmidos. Aquela amizade devia muito consolá-lo, a seu modo, do abandono e da solidão da sua velhice sem afeto. Gonzaga de Sá seria um apaixonado que não conseguira a tempo encaminhar o seu temperamento para um objeto qualquer, ficara de parte, guardando suas paixões, escondendo seus estos[14], tanto por timidez como por orgulho? Seria isso de modo que, ao lhe chegarem os anos, já por fadiga, já pelas exigências da sua compleição, tivera que encaminhar para aqui e para ali, para este ou para aquele objeto, os ímpetos do seu coração, indo ter eles à insignificância, à modéstia daquele contínuo, de forma que encontrara nessa afeição um derivativo para o seu grande sofrimento, nascido quando a idade lhe fez assomar na consciência a imagem da sua esterilidade sentimental? Quem sabe?

Com a sua mania introspectiva, analisando-se constantemente, conhecendo bem a fonte de suas dores e indo ao encontro delas, conforme já foi observado, ficara mais apto para compreender as dos outros, para justificá-las ao mesmo tempo, e, portanto, perfeitamente capaz de simpatizar com aqueles que as curtiam. Nele, eu queria adivinhar isso desde muito e não estranhei quando me disse ao portão do cemitério:

– Pobre Romualdo! De que lhe valeu viver, se estava pelo meio na sociedade em que surgiu! Além dos males inerentes à vida, curtir mais este que se desdobra em milhões? Enfim, ele não tinha noção disso, o que é importante pois sem ela não há sofrimento! Nele, era tudo isso confuso e o seu sofrimento só poderia ser criado pelos outros. Sou eu que o faço sofrer; ele, de fato, não sofreu... Hei de tratar dos meios de extirpação da consciência...

Descemos devagar a praia, seguindo o gradil do cemitério, a pé, pois despedíramos o carro que nos trouxera, pretendendo tomar um bonde. Era mais cômodo, não jogava no calçamento. Os mar estava calmo naquelas alturas e quem o olhasse, por cima, vê-lo-ia ligeiramente enrugado. As alturas apareciam cristalinas e sol caía em jorros de luz sobre a superfície da baía. Começara já a viração. Ao fundo e na frente, as montanhas saíam nitidamente do painel em que pareciam pintadas. Uma ilhota, com sua alta chaminé, não diminuía o largo campo de visão que o mar oferecia. Alonguei a vista por ele afora, deslizando pela superfície imensamente lisa. Surpreendi-o quando beijava os gelos do polo, quando afagava as praias da Europa, quando recordava as costas da Ásia e recebia os grandes rios da África. Vi a Índia religiosa, vi o Egito enigmático, vi a China hierática, as novas terras da Oceania e toda a Europa abracei num pensamento, com a sua civilização grandiosa e desgraçada, fascinadora, apesar de julgá-la hostil. E, depois de tão grande passeio, minha alma voltou a mim mesmo, certificando-me de que, aqui como naqueles lugares, era, ora a mais, ora a menos. E me pus a pensar que, sobre a convexidade livre do planeta que me fez, não tinha um lugar, um canto, uma ilha, onde pudesse viver plenamente, livremente. Olhei o mar de novo. Boiavam sargaços[15], balouçando-se nas ondas, indo de um para outro lado, indiferentes, à mercê dos movimentos caprichosos do abismo. Felizes!

Gonzaga de Sá interrompeu-me estas vagas cogitações:

– Por que razão se vive? Que tu vivas, vá! Tu vives das tuas angústias, das tuas dores, dos clarões de alegria que por vezes rebentam entre elas; mas este pobre diabo, cujo estoque de noções e conceitos era reduzidíssimo para forjar dores e, portanto, para obter alegrias, por que viveu? Sabes?

– Foi a inércia.

Dentro em pouco, tomamos o bonde e viajamos silenciosamente. O veículo encheu-se do curioso público de domingo. Gonzaga de Sá mantinha-se calado, de quando em quando olhava um pouco a rua, depois descansava as mãos na bengala, baixava a cabeça e se punha a ver o chão da rua, por entre as grades do assoalho do veículo. Quando saltamos, quis-me despedir dele. Não deixou.

– Janto na cidade... Fica!... Vamos andar pelas ruas. Por exemplo: vamos ao Passeio Público.

– Vamos.

Ele amava o velho jardim, onde nos sentamos pouco depois em um banco de pedra, num lugar retirado, ouvindo ao longe o estrondo da banda de música domingueira. A calma do lugar foi-nos aos poucos penetrando. De mim tinha fugido o desassossego que sucedera ao torpor da manhã; e o meu companheiro tinha a fisionomia mais composta, o olhar quieto. Estava calmo, embora triste. Levantara o chapéu no alto da cabeça e se pusera a traçar, com a ponta da bengala, na areia, uma figura grosseira... Parecia o esboço de um rosto... Do outro lado, pela alameda que corria defronte do botequim, víamos agitar-se, aos impulsos de energias acumuladas durante a semana, uma multidão policrômica; e, ali, separados dela, silenciosos e inertes às forças que a moviam, nós estávamos como fora da humanidade, como entes de outra estrutura, sem nada de comum com eles. O grande relvado circular que dividia as duas alamedas, com o seu repuxo ao centro, marcava o limite entre os dois meios fluidos, próprios à vida deles e à nossa. Víamo-los como o passageiro vê os peixes, da borda do navio, através das águas prateadas. Eu me demorava espreitando um casal que se abraçava um pouco longe de nós, quando Gonzaga de Sá me perguntou:

– Sabes por que o fiscal dos bondes fiscaliza o condutor?

A pergunta me pareceu pueril, a menos que não contivesse uma troça insignificante. Sem procurar resolver tão imbecil questão, respondi:

– É difícil de saber... Eu não atino.

Por um instante permaneceu calado, contemplando a multidão na alameda em frente.

Segui seus movimentos. Tinha deixado de traçar a figura na areia e descansara negligentemente a bengala sobre a perna. Esforçava-se por abranger o maior círculo possível de horizonte e, sem se fatigar, ia e vinha com os olhos, de um extremo dele a outro. Parecia um navegante perdido que procura tênues indícios de costa.

– Eu julgo – disse ele, depois de estar algum tempo naquela postura – que os desgraçados se deviam matar em massa a um só tempo. Schopenhauer[16], que propôs o suicídio da humanidade, foi longe; devem ser só os desgraçados, os felizes que fiquem com a sua felicidade.

– Propõe isso, para ver se eles aceitam.

– Decerto não. A burrice é firme e os leva a viver, apesar de tudo. Eu não compreendo – acrescentou depois de uma pausa – que um homem, um animal dotado de senso crítico, capaz de colher analogias, levante-se às quatro horas da madrugada para vir trabalhar no Arsenal de Marinha, enquanto o ministro dorme até as onze, e ainda por cima vem de carro ou automóvel. Eu não compreendo – continuou – que haja quem se resigne a viver desse modo e organizar famílias dentro de uma sociedade cujos dirigentes não admitem, para esses lares humildes, os mesmos princípios diretos com que mantêm os deles luxuosos, em Botafogo ou na Tijuca. Recordo-me que uma vez, por acaso, entrei numa pretoria[17] e assisti um casamento de duas pessoas pobres... Creio que até eram de cor... Em face de todas as teorias do Estado, era uma coisa justa e louvável; pois bem, juízes, escrivães, rábulas[18] enchiam de chacotas, de deboches, aquele pobre par que se fiara nas declamações governamentais. Não sei por que essa gente vive, ou antes, porque teima em viver! O melhor seria matarem-se, ao menos os princípios químicos dos seus corpos, logo às toneladas, iriam fertilizar as terras pobres. Não seria melhor?

– Na Europa, os camponeses sofrem...

– Oh! Lá é outra coisa! Há uma literatura, um pensamento, que vincula grandes ideias, que espalham o são espírito pela individualidade humana, fonte de simpatia pelos fracos, preocupada e angustiada com os destinos humanos. Aqui, o que há?

– Alguma coisa.

– Nada. A nossa emotividade literária só se interessa pelos populares do sertão, unicamente por que são pitorescos e talvez não se possa verificar a verdade de suas criações. No mais, é uma continuação do exame de português, uma retórica mais difícil a se desenvolver por este tema sempre o mesmo: dona Dulce, moça de Botafogo em Petrópolis, que se casa com o doutor Frederico. O comendador seu pai não quer, porque o tal doutor Frederico, apesar de doutor, não tem emprego. Dulce vai à superiora do colégio das irmãs. Esta escreve à mulher do ministro, antiga aluna do colégio, que arranja um emprego para o rapaz. Está acabada a história. É preciso não esquecer que Frederico é moço pobre, isto é, o pai tem dinheiro, fazenda ou engenho, mas não pode dar uma mesada grande. Está aí o grande drama de amor em nossas letras, e o tema de seu ciclo literário[19]. Quando tu verás, na tua terra, um Dostoiévski, uma George Eliot, um Tolstói[20]; gigantes destes, em que a força de visão, o ilimitado da criação, não cedem o passo à simpatia pelos humildes, pelos humilhados, pela dor daquelas gentes donde às vezes não vieram; quando?

– A nossa gente não sofre, é insensível.

– Diz a sério? – E logo acrescentou – Sofre. Sim. Sofre a sua própria humanidade.

O meu amigo falava calmo, mas com um travo de azedume na voz.

– Se eu pudesse – aduziu[21] –, se me fosse dado ter o dom completo de escritor, eu havia de ser assim um Rousseau, ao meu jeito, pregando à massa um ideal de vigor, de violência, de força, de coragem calculada, que lhes corrigisse a bondade e a doçura deprimente. Havia de saturá-la de um individualismo feroz, de um ideal de ser como aquelas trepadeiras de Java, amorosas de sol, que coleiam pelas grossas árvores da floresta e vão por ela acima, mais alto que os mais altos ramos, para dar afinal a sua glória em espetáculo Sabes de quem é?

– Não.

– É daquele que "aumenta a força vital"[22].

No curso do diálogo pusera-se de pé. O seu olhar tinha perdido a macieza e brilhava extraordinariamente nas órbitas de uma curvatura regular e suave. Falava com firmeza, com calor, sacudindo as palavras, uma a uma; as última porém, foram ditas com paixão redobrada. Antes de sentar-se, olhei-o um instante. Sorria com um sorriso parado e cheio de alma; parecia ouvir alguém invisível... O anjo Gabriel[23], talvez. Era como um Maomé[24] que se preparava para levar seu pobre povo, em cem anos, dos Pirineus[25] às Ilhas de Sonda![26] O sorriso se desfez em seus lábios, à proporção que se sentava. Sentado, disse a esmo:

– Não; a maior força do mundo é a doçura. Deixemo-nos de barulhos...

Despreocupadamente, sossegadamente, durante horas, estivemos a ver os patos no lago e a conversar sobre coisas de pequena importância. Os combustores[27] já estavam acesos, quando saímos a jantar. Tomamos a sopa num restaurante de uma rua central, e Gonzaga pôs-se a me dizer:

– Não repares naqueles palavrões de há pouco. Foram saudades do Romualdo, pesar pela sua morte... Eu o estimava deveras, e na minha vida só encontrei aquela, estranha ao meu círculo, para me amar e me sentir. Na minha idade, tu também deves saber, um golpe desses traz manifestações indiretas, mas violentas.

Tirou o lenço e passou um instante pelos olhos. Esgotou o prato e emendou:

– Como lhe devia ter sido dura a vida! Aos quatorze anos, é metido numa escola, que mais é uma prisão. De corpo em corpo militar, vaga sofrendo as durezas da disciplina e também a da hierarquia. Tudo isso lhe custa o viço da vida. Tira-lhe a iniciativa, a sensação do que pode por si... Um belo dia, fazem-no servente e ei-lo a receber humilhações de todo um corpo de funcionários pretenciosos, desde o ministro até o contínuo. Casei-o. Ele, valente, que nascera em lugar em que a bravura pessoal é exigida para a própria vida comum, tinha medo de sair com a mulher, porque... oh! nem é bom contar.

E continuou a comer os pratos seguintes, trocando uma reflexão ou outra, enquanto eu não atingia os limites da minha surpresa. Gonzaga de Sá nunca me aparecera com esse aspecto de sentimentalidade comum. Em começo eu o achei uma natureza fria; depois, um despeitado; em seguida, uma espécie de pura inteligência que via a vida e as suas instituições para lhes colher os aspectos contraditórios. Um dia em que muito eu pensava sobre ele, achei-o da raça daquele André Maltère[28], de Barrès, que nasceu para compreender e desorganizar. Como neste momento me surgia sentimental, quase lamuriento?[29]

É verdade que, em certas ocasiões, quase o sentia dessa maneira; mas, nestas, sempre se tratava dele, e não há quem o não seja a seu próprio respeito. Durante os quase dois dias em que o vi em presença da morte de um amigo, ele se transfigurava inopinadamente[30], num sentimental vulgar, exatamente igual a qualquer homem. Desesperava por compreendê-lo, fiz todas as hipóteses, combinei-as, sem que o tivesse perfeitamente compreendido, confesso; e até o presente, quando ligo os diferentes modos de ser com que ele se me apresentou hoje, ontem e amanhã, em vários momentos e horas, é tal a incoerência, é tal a falta de ligação dos seus atos, que o vejo na memória como o vi naquela tarde, em um café a circunvagar o olhar por tudo: enigmático!

* * *

Deixando o hotel, ao chegarmos à Avenida Central[31], havia um movimento por ela acima. Subimos até o pavilhão Monroe[32]. O público noturno de domingo, nas ruas, tem uma certa nota própria. Há mesmo os *flâneurs*, artistas, escritores e boêmios; os mesmos *camelots*, mendigos e *rôdeuses*, que dão o encanto do pitoresco à via pública[33]. No domingo, porém, como eles, vêm as moças dos arrabaldes distantes, com os seus pálidos semblantes e os vestidos característicos. Vêm as armênias das adjacências da Rua Lar-

Avenida Central, atual Avenida Rio Branco, na altura da Rua do Ouvidor com Rua Miguel Couto, 1906, Rio de Janeiro. [Crédito: Marc Ferrez / Coleção Gilberto Ferrez / Acervo Instituto Moreira Salles.]

ga[34], em cujos grandes olhos negros, guarnecidos de longos cílios, e com uns duros reflexos de turmalina, a gente vê por vezes passar alguma coisa de ferocidade asiática. Além destes, há operários em passeio, com as suas roupas amarfanhadas pela longa estadia nos baús. Há caixeiros com roupas eternamente novas e grandes pés violentamente calçados... Por entre essa gente, fomos indo até a balaustrada[35] que dá para o mar, junto à qual nos encostamos, olhando em todo o comprimento a avenida iluminada e movimentada[36]:

– Repara – disse-me Gonzaga de Sá – como esta gente se move satisfeita. Para que iremos perturbá-la com as nossas angústias e nossos desesperos? Não seria mal?

– É um caso de consciência.

– De que me vale esse testemunho? Quem tem certeza das suas revelações? Quem acreditará na sua consciência? Sou pela dúvida sistemática... Eu não sinto evidências. Não sofro daquilo que Renan chamava a horrível mania da certeza... Tudo para mim foge, escapa, não se colhe... O que há são crenças, criações do nosso espírito, feitas por ele para seu gasto, estranhas ao mundo externo, que talvez não tenha nenhuma ordem para se curvar à que criamos... Determinando a consciência, valeria a pena perturbar a paz desses panurgianos?[37]

Não lhe soube responder, ele também não me pediu resposta. Olhamos ainda as filas de luzes que se erguiam por todo comprimento da via pública. Descemos a rua pouco depois. Fomos tomar chopes e, abancados no botequim, conversamos outras banalidades. Quando nos despedimos ele me disse:

– Vou educar o Aleixo Manuel, o filho do Romualdo. Hei de fazê-lo um Tito Lívio de Castro[38].

Eu tive um pensamento aziago[39] e, de mim para mim, perguntei: viveria Gonzaga para tanto? Valeria a pena?

XI

Era Feriado Nacional...

Desci de minha casa aborrecido. Uma noite má, povoada de recordações amargas, pusera-me de mau humor, irritado, covardemente desejoso de fugir para lugares longínquos. Era festa nacional. Os poderes públicos tinham resolvido festejá-la com o ruído de uma parada, a que se seguia uma recepção em palácio e um espetáculo de gala, à noite, no barracão da Guarda Velha. Desci para me delir[1] na multidão, para me embriagar no espetáculo dos fardões e dos amarelos, para me fragmentar com o estrondo das salvas fugindo a mim mesmo, aos meus pensamentos e às minhas angústias. Saltei no Campo de Santana, esgueirei-me por entre o povo, entrei no jardim, deixando-me a ver os batalhões, ingenuamente, humildemente, como se fora um garoto. As tropas formavam, esperando a visita do general, para desfilarem, então, pelo Catete, em continência ao presidente[2]. Vi regimentos, vi batalhões, luzidos estados-maiores, pesadas carretas, bandeiras do Brasil, sem emoção, sem entusiasmo, placidamente a olhar tudo aquilo, como se fosse uma vista de cinematógrafo[3]. Não me provocava nem patriotismo nem revolta. Era um espetáculo, mais nada; brilhante, por certo, mas pouco empolgante e ininteligente. Junto a mim, dois populares discutiam, ao passar as forças formidáveis da pátria, os seus recursos de mar e terra. Tinham um almanaque na cabeça, sabiam o nome dos oficiais, a marca dos canhões, a tonelagem dos couraçados. Discutiam com evidente orgulho, satisfeitos, manifestando, aqui e ali, desgosto que fosse tão reduzido o número de regimentos de cavalaria e tão poucos os couraçados de alto-mar. Eu olhei. Olhei as suas botas, olhei os seus chapéus; em seguida, passei a olhar nos generais pimpões que galopavam ao lado dos dourados almirantes... Oh! A sociedade repousa sobre a resignação dos humildes! Grande verdade, pensei de mim para mim, recordando Lamennais[4].

Voltei a olhá-los. Continuavam a discutir acaloradamente; faziam comparações com a força de outros países vizinhos, e passava-lhes pelas faces uma irradiação de orgulho, quando o cotejo[5] nos era favorável. Por que aqueles homens maltratados pela vida, pela engrenagem social, cheios de necessidades, excomungados, falariam tão santamente entusiasmados pelas coisas de uma sociedade em que sofriam? Por que a queriam de pé, vitoriosa – eles que nada recebiam dela, eles que seriam espezinhados pela mais alta ou pela mais baixa das autoridades, se alguma vez caíssem na asneira de ter negócios a liquidar com alguma delas?[6] Não seria fundamental, estrutural, em todos nós, neles como em mim, esse espontâneo separar das nossas dores, a provável culpa do corpo social em que vivemos? Poderíamos viver sem ele, sem as leis e sem as regras que nos esmagam? Secretos ditames de nossa natureza não nos impunham essa subordinação resignada? Quem sabe lá? E, conforme tão bem dizia Gonzaga de Sá, que tinha eu, homem de imaginação e leitura; que tinha eu de levar desassossego às suas almas, às daquela pobre gente, de lhes comunicar o meu desequilíbrio nervoso? Olhei-os ainda uma vez. Um deles desconfiou e sorriu ao outro. Desviei o olhar, alvejando-o por sobre uma rua em frente, vista por mim em toda a extensão, graças a uma aberta na formatura. Olhando-a, pus-me a recordar que, ainda há dias, naquele longo sulco que se lhe abria pelo eixo em fora, homens sujos cavavam; e que, fizesse o sol mais ardente ou o aguaceiro mais temível, eles cavariam...[7]

E eu ascendi a todas as injustiças da nossa vida; eu colhi num momento todos os males com que nos cobriam os conceitos e preconceitos, as organizações e as disciplinas. Quis ali, em segundos, organizar a minha República, erguer a minha Utopia, e, por instantes, vi resplandecer sobre a terra dias de Bem, de Satisfação e Contentamento. Vi todas as faces humanas sem angústias, felizes, num baile! Tão depressa me veio tal sonho, tão depressa ele se desfez. Nao sei que diabólica lógica me dominava; não sei que inveterados hábitos de reflexão vieram derrubar meus sonhos: eu abanei a cabeça, desalentado. Tudo isto era sem remédio. Morto um preconceito ou uma superstição, nasciam outros. Tudo na terra concorre para criá-los: a Arte, a Ciência e a Religião são as suas fontes, são as matrizes de onde saem, e só a morte dessas ilusões, só o esquecimento dos seus cânones, dos seus delírios e dos seus preceitos trariam à humanidade o reino feliz da perfeita ausência de todas noções entibiadoras[8]. Seria assim? Não ficariam algumas? Não era mesmo da essência da natureza humana ter cada grupo o seu estoque para opor às do vizinho? Não tinham os tupis as suas contra os tapuias; não tinham os portugueses contra estes dois; e os ingleses contra todos eles? Que me importava hoje ter de sofrer com as noções de alguns universitários europeus e a burrice dos meus concidadãos, se amanhã, asselvajado, de azagaia[9] e bodoque, iria sofrer da mesma maneira com as da tribo minha vizinha ou mesmo com as da minha? Levei em tais pensamentos emaranhados minuto a fio. Para mim, afinal, ficou-me a certeza de que sábio era não agir. Que me propusesse apagar as atuais fontes de sofrimento, seria preparar o nascimento de outras, fosse o meu movimento no sentido de continuar a marcha que a humanidade vem fazendo até hoje, fosse no sentido de a fazer retroceder para os dias que já se foram. Tive um louco desejo de acabar com tudo; queria aquelas casas abaixo, aqueles jardins e aqueles veículos; queria a terra sem o homem, sem a humanidade, já que eu não era feliz e sentia que ninguém o era... Nada! Nada!

O clarim retiniu. Soou um ao longe, depois os outros, um a um, como se os sons de um fizessem o outro vibrar. As tropas dispunham-se a desfilar. Desfilaram. Passaram aos meus olhos lisas faces negras reluzentes, louros cabelos que saíam dos capacetes de cortiça; homens de cor de cobre, olhar duro e forte, raças, variedades e cruzamentos humanos se moviam a uma única ordem, a uma única voz. Tinham, os seus pais, vindo de paragens longínquas e das mais desencontradas regiões do globo. Que motivos ocultos, sob a grosseria dos fatos históricos, explicavam essa estranha impulsão e aquela mesma obediência a um mesmo ideal e a uma mesma ordem? Que bobagem, pensei por aí, estar eu a meditar sobre coisas tão imbecis, quando estavam próximos os armazéns de modas, o Pavilhão Mourisco[10], ou os *Pequenos Ecos*[11], tão pejados de coisas importantes e inteligentes, onde poderia com ganho e lucro empregar a minha atenção e o meu estudo... Que besta sou!...

As tropas continuavam a marchar em direção do Catete. Vi-as passar simplesmente, como as tinha visto formar. Depois que passaram, vim descendo as ruas ao sabor da multidão; nela, flutuei com prazer, gozando a volúpia da minha anulação... Vinha como uma gota d'água no caudal de um rio, e, quando me perdi no Largo do Rossio, foi para esbarrar com o doutor Xisto Beldroegas[12], bacharel em direito e colega de Gonzaga de Sá, na Secretaria dos Cultos. Caminhava devagar e preocupado, sombriamente preocupado. Conheci-o por intermédio do meu amigo, que me descrevera a sua curiosa atividade mental. Beldroegas era depositário das tradições contenciosas da Secretaria dos Cultos. Apaixonado pela legislação cultual do Brasil, vivia obsedado[13] com os avisos, portarias, leis, decretos e acórdãos. Certa vez, foi atacado de uma pequena crise de nervos, porque, por mais papéis que consultasse no arquivo, não havia meio de encontrar uma disposição que fixasse o número de setas que atravessam a imagem de São Sebastião. Gonzaga de Sá contava coisas bem engraçadas do seu colega bacharel. Notava muito a sua necessidade espiritual da fixação, da resolução em papel oficial de tudo e todas as coisas. Beldroegas não podia compreender que o número de dias em que chove no ano não pudesse ser fixado; e se ainda não o estava, em aviso ou portaria, era por que Congresso e os ministros não prestavam. Se fosse ele... Ah!... O movimento dos astros, o crescimento das plantas, as combinações químicas, toda a natureza, no seu entender, era governada por avisos, portarias e decretos, emanados de certos congressos, ministros e outras espécies de governantes que tinham existido há muito tempo. Não acreditava que outras vontades ou forças mais poderosas do que as dos membros ostensivos do poder político governassem. Eram eles, só eles, o voto... Tolice!...

Apesar de enfronhado na legislação, não tinha uma ideia das suas origens e dos seus fins, não a ligava à vida total da sociedade. Era uma coisa à parte; e a comunhão humana, um imenso rebanho cujos pastores se davam ao luxo de marcar, por escrito, o modo de aguilhoar as suas ovelhas. Para o doutor Xisto Beldroegas, a lei era ofensiva, inimiga da parte[14]. Ninguém tinha direito em presença dela; e todo pedido devia ser indeferido, não logo, mas depois de mil vezes informado por vinte e tantas repartições, para que a máquina governamental mais completamente esmagasse o atrevido. Demais, tinha uma noção curiosa da lei. Uma vez eu lhe falei na lei da hereditariedade.

– Lei! – exclamou. – Isso lá é lei!

– Como?

– Não é. Não passa de uma sentença de algum doutor por aí... Qual o parlamento que a aprovou?

Lei, no entender do colega de Gonzaga de Sá, eram duas ou três linhas impressas, numeradas ao lado, podendo ter parágrafos e devendo ser apresentadas por um deputado ou senador, às suas respectivas câmaras, aprovadas por elas e sancionadas pelo presidente da República. O que assim fosse era lei, o mais... bobagens!

* * *

Xisto vinha preocupado, sombriamente preocupado. Hesitei em lhe falar; não tive tempo, porém, de tomar uma decisão. Ele deu com os olhos em mim.

– Doutor! – disse eu, fingindo surpresa e contentamento.

Ele não me respondeu claramente; articulou unicamente um grunhido de suíno, como exigia a sua respeitabilidade burocrática[15]. Sou teimoso, quis obrigá-lo a falar; insisti amavelmente:

– Em que pensa doutor?

Xisto gostou da minha subalternidade, consertou o *pince-nez*[16], ajeitou o olhar nas órbitas e disse:

– Isto vai mal... Não sei onde vamos parar!...

– Por quê, doutor?

– Ora! É uma balbúrdia!

– Não há dúvida! – concordei.

– Nem dá gosto trabalhar! Imagine só o senhor que há mais de dez anos, nas minhas informações, lembro a necessidade de ser fixado o número de linhas dos avisos... É preciso regular isso perfeitamente... Ora, uns têm cinco linhas; ora, outros têm dez, quinze, trinta... É um inferno!... Veja só hoje *O País*![17] Chama mensagem o que é um simples aviso... É por causa dessa deficiência na doutrina! É verdade que serão sempre ignorantes; a cousa podia estar determinada e os jornalistas não saberiam... Qual! Nesta terra, fique certo, ninguém se entende! Os que prestam, estão por baixo...

Durante longos minutos, contou-me ainda outros grandes desgostos da sua alma de funcionário. Interrompi-o perguntando:

– E o Gonzaga, como vai?

– Parece-me que anda adoentado... Outro dia, teve um delíquio...[18]

– Passou?

– Sim, passou; mas, na idade dele, é mau... Dizem que vai ser aposentado.

– Que pena!

– Não perde nada... bom camarada, mas não entende do serviço... Até hoje, com perto de quarenta anos de casa, ainda não se tinha habituado a pôr o número de anos da República nos decretos. Imagine só!... Eu gosto dele, garanto; a respeito de serviço, porém, não era lá grande coisa... Sabia, é certo; mas negócio de romance, de filosofia, de revistas... Fico com pena... Ele tinha boas pilhérias... Muita gente há de dizer que gosto, porque a sua aposentadoria vai me aproveitar. Estou em primeiro lugar para a promoção... Mas, não. Tenho pena...

As últimas palavras foram ditas quase a meia voz. Calou-se um pouco e, em seguida, continuando a caminhar a meu lado, desandou a falar de sua repartição e dos colegas. O chefe não entendia; o diretor ainda menos; o ministro... A custo pude me afastar desse portentoso[19] senhor, cujas mãos graduavam a força da lei e sustinham a majestade do Estado. Deixando-o, tive ímpetos de ir ver o meu amigo. Era pouco mais de duas horas. Muito cedo; e temi incomodá-lo, com uma visita demorada. Deixei-me ficar pelas ruas até as quatro horas da tarde, quando me dirigi à sua casa, saudoso dele, a quem não via há mais de vinte dias. Foi o próprio Gonzaga de Sá quem me recebeu.

– Disseram-me que estavas doente – disse-lhe eu ao entrar.

– Qual! Uma ligeira infecção do ambiente. Quem foi que te disse?

– O Xisto Beldroegas.

– Logo vi! Eles é que me fazem doente... Não os posso suportar mais... Que cacetes! Imitam-me...[20] É incrível que só agora, aos sessenta e tantos anos, eu me venha sentir incompatível com "eles"...

– Não tiveste uma tontura?

– Tive; mas cousa insignificante... O que tenho, de fato, é aborrecimento, é tédio; sofro em me sentir só; sofro em me ver que organizei um pensamento que não se afina com nenhum... Os meus colegas me aborrecem... Os velhos estão ossificados; os moços, abacharelados... Pensei que os livros me bastassem, que eu me satisfizesse a mim próprio... Engano!... As noções que acumulei, não as soube empregar nem para a minha glória, nem para a minha fortuna... Não saíram de mim mesmo... Sou estéril e morro estéril... As palavras me faltam; as ideias não encontram expressões adequadas, para se manifestarem... Enfim, estou no fim da vida, e só agora sinto o vazio dela, noto a sua falta de objetivo e de utilidade... Meu coração foi sáfaro...[21] Gastei um capital precioso em coisas fúteis... A vida quer outras coisas... Passei quarenta e um anos a girar em torno de mim mesmo, e vivendo horas cercado de imbecis...[22] Calcula que o meu chefe, há dias, organizou um curioso sistema de nomeação para presidente da República; e muito a sério, podes crer.

– Como era?

– Entrava-se amanuense, e, de promoção em promoção, ia-se a presidente...

– Engenhoso!

– Sabes qual a vantagem apontada por ele?

– Não.

– Quando houvesse necessidade de se lavrar um decreto em palácio, o presidente estava perfeitamente apto a fazê-lo... Oh! Impossível! Nem a paciência de um santo!...

Nós conversávamos sentados naquele gabinete em que Gonzaga de Sá me recebeu pela primeira vez. Assombrava-me aquele seu desabafo; não estava nos seus hábitos; eu não o esperava. De há tempos para cá notava-o menos resignado, irritadiço, mais deprimido, sem energia para se conter. Perdera um pouco a sua ironia aguda, deixava-se facilmente encolerizar e lastimava-se desalentadoramente. Não o tentei consolar; ele não era dos que se consolam. Olhei um instante para fora da janela. As alturas estavam calmas; o céu muito azul e límpido; o sol brilhava sem violência, meigamente envolvendo a palmeira quieta. O flanco chanfrado[23] da pedreira, do outro lado, era visto ao longe, pela janela aberta, bruscamente claro, surgindo por entre a vegetação escura e a rocha, como uma chaga... Os cavouqueiros mexiam-se... O fermento humano na natureza indiferente...

Da rua vinha até nós o pregão[24] monótono dos vendedores ambulantes. Pelas janelas da frente, eu vi a ponta das palmeiras do palácio e as alturas do morro de Guaratiba, pairando sossegadamente sobre os nossos festins ruidosos...

Gonzaga de Sá levantou o olhar da folha de papel em que estivera rabiscando, passeou a vista pelas três faces da sala aberta para o exterior e permaneceu alguns minutos com o olhar perdido. Por fim, o meu velho camarada voltou-se e perguntou-me ainda uma vez:

– Quem te disse que eu estava doente?

– Já te disse... O Xisto Beldroegas.

– Que idiota! Com aquela voz de castrado, com aquele passo de jabuti... Tenho-lhe nojo, nojo da sua burrice... Imagina que, para me moer[25], ele se propôs um dia a discutir filosofia com o Baltar... Sabes o que discutiram?

– Não.

– Ouve, Beldroegas diz ao outro, olhando de esguelha[26] para mim, "Baltar, vamos discutir filosofia". Baltar empavesa-se, põe as mãos para trás, e diz com segurança: "vamos". Baltar tosse, Beldroegas faz um esforço para falar, cacareja e pergunta: "Como morreu Sócrates?" Felizmente, eu escapei de ser doutor...

Ri-me, enquanto Gonzaga de Sá acendia, a custo, um cigarro. Tremia; vários fósforos apagaram-se. Levantei-me, para deitar fora o meu que se extinguira, e, de soslaio, pude ver a folha que Gonzaga de Sá rabiscava. Eram indecisos traços de uma fisionomia humana... Sempre aquela obsessão. Sentei-me e ele continuou:

– Dantes, eu tinha pena. Hoje, sobe-me o ódio, dá-me vontade de lhes quebrar a cara... Eu quis fazer deles o meu ambiente, comuniquei-lhes as minhas leituras... Os burros maldizem-me... Eunucos, castrados! Apanharam umas opiniões, uns retalhos de pensamentos dos meus lábios e, com eles próprios, querem me ofender e irritam-me. A burrice humana é insondável! Tenho desgosto de mim, da minha covardia... Tenho desgosto de não ter procurado a luz, as alturas, de me ter deixado ficar covardemente entre tais patos, entre tais perus, burros e maus, agaloados ou não, ignorantes e sórdidos, incapazes de simpatia, de gratidão e de respeito pelo valor dos outros... Como me fui meter com esses idólatras de títulos e posições, patentes e salamaleques[27], abaixados diante da força e do dinheiro? Não sei. Os mais próximos, eu os quis melhorar; eu lhes levei autores, novidades, jeitos de pensar... E eles? Oh! Que bestas! Que bestas! O que mais me aborrece é ter chegado a esta idade vazio de tudo, vazio de glória, de amizade, só, e quase isolado dos meus e dos que me podiam entender. Estou abandonado, como um velho tronco desenraizado num areal... Vivi muito e espero ainda viver alguma coisa... Vi ladrões, vi assassinos, vi gatunos, vi prostitutas; tudo isso é gente boa, muito boa, à vista dos perus graduados no meio dos quais vivi... Fugi das posições, do amor, do casamento, para viver mais independente... Arrependo-me!...Vênus é uma deusa vingativa!

Gonzaga estava desvairado; nunca o vira com aquelas feições, com aquela violência de linguagem. Ele se tinha erguido da cadeira; os cabelos se desfizeram; e, na mão esquerda, erguia o cigarro como uma tocha de incendiário.

– Gonzaga, sê clemente! Perdoa!

Não me respondeu e sentou-se. Lá fora, começava a correr uma branda viração, a cujo impulso a palmeira inclinou-se para o nosso lado. Na parede, todas figuras da alegoria da *Primavera*, pareciam olhar o meu inolvidável amigo; a cegonha de bronze como que esticou um pouco mais a cabeça e, no alto do portal, o mocho juntou mais os olhos, como se se espantasse com aquela atitude de Gonzaga de Sá. Todos aqueles seus companheiros de tantos anos se admiravam da brusca revolta. Eles se haviam surpreendido como eu, apesar de tudo. Compreendi, então, que o temperamento de Gonzaga de Sá era de fortes paixões; que a ironia tinha disfarçado a mágoa de não achar onde aplicá-las e surdas efervescências de raiva deviam viver sepultadas no seu íntimo. Na forte compreensão da dignidade de sua pessoa, e no avassalador orgulho pela sua inteligência, atrozes feridas deviam se ter aberto nele pela vida toda; e agora, com a decadência de energia que a velhice acarreta, não mais podia suportar-lhes as dores cruéis e gemia. Era mais uma interpretação da alma do meu amigo... Conclui também que aquilo seria uma convulsão, uma inevitável perturbação provocada pela idade, na sua calma habitual e na triste ironia que perfumava o seu viver solitário, perturbação que mais se acentuou depois da morte do compadre. Vexado, durante uns instantes, esteve calado, dizendo-me afinal:

– Nunca me viste assim, não é?

– ?

– Hás de me desculpar... Nunca mais... Não terei motivo para o ser outra vez...

Teve um grande ofego e falou-me em seguida, com aquela sua voz de sempre, cheio de mansuetude e bondade:

– Fizeste bem em vir... Jantas comigo e iremos ao Lírico. Quero ver pela última vez aqueles lugares; quero ver o núcleo atual de tantas ilusões... Irás comigo. A tua mocidade me excitará a rever os meus vinte e cinco anos esperançosos...

Não queria ir porque aquela gente do teatro eu a sentia hostil; mas acedi[28] e jantei com ele, a tia e o afilhado.

O jantar foi triste; dona Escolástica, com indiferença do seu olhar verde, jantou sempre cerimoniosa, tendo sempre um sorriso de bondade fixado nos lábios. Não perdia nunca aquele seu ar de remanso, de placidez. Mas, com tanta passividade, que não lhe adivinhei qualquer contração, ter descoberto a crise por que vinha passando o sobrinho. Era como essas deliciosas paisagens para onde corremos quando a alma se nos tolda de desgosto. Contemplamo-las, horas e horas, esperando um consolo, um afago, e elas nada nos dizem. Continuam, como sempre, belas para toda a gente, mas sem compreensão simpática para um qualquer dentre os muitos que as procuram. Dona Escolástica continuava plácida e remansosa, mas parecia ser assim para todos, sem escolha nem eleição. Diante da recente agitação do sobrinho e, antes, em face da sua indiferença nirvanesca[29] por tudo, do seu niilismo[30] intelectual, ela sempre procedeu como a paisagem; ficou muda, ficou muda sem uma palavra para animá-lo e sem um conselho para sossegá-lo. Acabado o jantar, Gonzaga de Sá vestiu-se pacientemente, carinhosamente. Íamos em cadeira de segunda classe, eu, por causa do traje, não o podia acompanhar em primeira como ele queria; entretanto, abotou-se bem, fez com que as calças caíssem com justeza sobre as botinas, amarrou bem a gravata, perfumou-se e fomos com antecedência comprar os bilhetes. Quando saltamos na porta do teatro, já começavam os carros a chegar. Em geral, os *coupés*[31] traziam três pessoas e as vitórias[32] seis, sem contar o nhonhô na boleia, ao lado do cocheiro. Havia um único palafreneiro[33] para todos os carros. Logo que um apontava no canto da Rua Senador Dantas, o pobre homem corria e seguia emparelhado ao veículo até o ponto justo de abrir a portinhola. Se, por acaso, um chegava trazendo o número normal da lotação e com ajudante de cocheiro próprio, causava pasmo. Era como se fosse uma carruagem de príncipe. Dos "ceroulas"[34] é que saltava o grosso dos frequentadores. E, ainda uma vez, eu me admirei que gente, que pagava vestidos e trajes tão caros, não pudesse vir em carruagens condignas e menos abarrotadas. Em certo momento, Gonzaga de Sá me disse, sem quê nem porquê:

– Mete dó, não ofende, este luxo...

A sineta anunciou o espetáculo. Entramos. Poucas vezes fora eu ao antigo Pedro II[35] e as poucas em que fui, assisti ao espetáculo das torrinhas[36]; de modo que aquela sociedade brilhante que via formigar nas cadeiras e camarotes, de longe parecia revestida de uma grandeza que me intimidava. Debruçado na grade da galeria, as casacas corretas e os ricos vestuários das senhoras eram um deslumbramento para os meus pobres olhos; e, por não ser do meu gosto analisar os espetáculos que me agradam, aceitei aquela sociedade como deslumbrante, grandiosa e brilhante. Contudo, vulgarmente, e muito, na entrada, parecia-me que aquelas damas, envoltas em capotes e outros agasalhos, tinham o ar de quem ia para o banho; enquanto, na sala, de colos nus, sob o rebrilho das luzes, surgiam-me como mármores de museu.

No cassino, a ver pelos camarotes aquelas conhecidas grandes damas estrangeiras, os galeões do México, rutilantes de joias e de sedas, também recebi igual impressão de grandeza, beleza e majestade. Consenti, depois de anos de ausência, em pisar no Lírico. Ia agora ver tudo aquilo mais de perto, graças a Gonzaga de Sá, graças à animação, ao reforço que ele trazia à minha humildade nativa.

A representação ainda não começara. Damas conversavam com cavalheiros, à entrada dos camarotes. Eu ficava bem junto à fila direita. Vi algumas de perto e as cadeiras dos camarotes, que me pareceram bem inferiores às da sala de jantar da minha modesta casa. Notei-lhes o forro de reles papel pintado, o assoalho de tábuas de pinho barato; alonguei o olhar pelo corredor e, além de acanhados, julguei-os sujos, vulgares a guiar os passos para lugares escusos. O teto sempre me intrigou. Com os seus varões de ferro atravessados, supus que se destinassem a trapézios e outras coisas de acrobacia. Ópera, ou circo?[37] Entretanto, eu estava no ponto mais elegante do Brasil; no ponto para que converge tudo que há de mais fino na minha terra.

Era para brilhar ali que nós todos brigávamos, matávamos e roubávamos, por sobre os oito milhões de quilômetros quadrados do Brasil. Não se acredita! Os músicos tinham acabado de afinar os instrumentos; dentro em pouco, o maestro chegou. O Presidente apareceu no camarote e a orquestra atacou o hino nacional. Pusemo-nos de pé e, ao começar propriamente a ópera, sentamo-nos a ouvi-la.

– Bela casa! – disse eu ao ouvido de Gonzaga de Sá.

– Chique, rica! A metade não pagou entrada...

– Há muito que eu não via tanta gente poderosa reunida...

– E, em todo caso, curiosa e representativa – disse-me ele.

Estivemos alguns instantes a sorver o mel daquela música, mais realçada ainda pela doce voz dos cantores, que nos vinha aos ouvidos como uma carícia fora das cousas. Vi num camarote uma linda senhora, de busto alto, linhas rígidas, que se apresentava sozinha. Procurei ver-lhe o rosto; era a Pilar, uma espanhola que talvez muito influísse nos destinos da pátria.

Gonzaga de Sá ouvia e eu perturbei-o apresentando-lhe a espanhola:

– Conheces? – perguntei.

– Quem é?

– A Pilar! A ninfa da alta política, da alta finança, de toda a pirataria com patente.

– Ahn!

– É justo que as haja para todas as classes, tanto mais que é invejada. Olha como a vê a honesta madame Aldong, sétimo camarote, da primeira ordem, à direita... Viste?

– Vi – respondeu Gonzaga de Sá.

– Sabes quem é madame Aldong?

– Não. É uma senhora aí...

– Sabes bem quem é?[38]

– Bem não sei, nem ninguém; mas é das rodas finas; é viúva e, sem ser rica, gasta rios de dinheiro... Não há motivos para inveja...

– Moralizas?

– Absolutamente, não. Verifico fatos. Repara, à esquerda, aquelas três moças... Bonitas, hein?

– De fato.

– São filhas do moralista de *A Vanguarda*[39]. Ganhou ele ultimamente duzentos contos com a indenização que pleiteou para a Companhia das Obras do Porto de Tabatinga, por não ter nunca a companhia encetado[40] a construção dos seus utilíssimos cais. Foi no mês passado. Admira que tenha ainda dinheiro...

– Foi útil; elas nos vieram alegrar o olhar. E aquela senhora acolá?

– Que te parece ela?

– Esposa de um senador ou banqueiro.

– Exato, mas de jogo. Há trinta anos ele o é apesar de todos os códigos proibirem-no. A inutilidade das leis... Bom assunto!

– E aquele almirante que parece viu todos os mares da terra?

– Desde a viagem de instrução, que foi feita à vela, nunca mais embarcou, a não ser para Niterói.

– Prático.

– Em terra – disse-me rapidamente Gonzaga de Sá. – Bela casa!

– Bela casa!

O ato findava. Palmas entusiásticas partiram das galerias e alguns nas cadeiras também aplaudiram. Saímos. Pus-me a ver as feições daquela gente tão maldosamente catalogada por Gonzaga de Sá. Tinham não sei quê de inquietude, não sei quê de desassossego no olhar, que me penalizou. Quis interrogar o meu amigo... Parei um instante para ver a Pilar que passava. Roçou-me e pude ver-lhe bem as feições. Eram calmas e o olhar seguro e satisfeito. Em face daquela inquietude geral, o seu sossego pareceu-me superior, aristocrático, exercendo aquela fascinação especial da pessoa humana que pode, está segura de si e não tem tormentos. Observei tudo isto a Gonzaga de Sá, ele sorriu-se ligeiramente e retrucou:

– Pudera! Eles sabem como estão aqui; eles sabem que os que, com bulha[41] e matinada[42], frequentavam o Lírico ou o Provisório, há quarenta anos atrás, no meu tempo, não têm talvez um representante entre eles. Para onde foram? Não se sabe! Eles temem o futuro.

Perpassou um pouco a vista por sobre aqueles cavalheiros elegantes e aquelas damas jeitosas e disse-me:

– Vocês, os moços, fizeram mal em destronar os antigos. Apesar de tudo, nós nos entenderíamos afinal. Vínhamos sofrendo juntos, vínhamos combatendo juntos, às vezes até nos amamos; entenderíamo-nos por fim. Estes de agora...

– Nada impede que nos entendamos afinal com estes, também!

– Qual! São estrangeiros, novos no país, ferragistas[43] e agiotas enriquecidos, gente nova... Vocês estão separados deles por quase quatrocentos anos de história, que eles não conhecem nem a sentem nas suas células, o que, para eles, é de lastimar, pois esses anos passados dão força e direitos a vocês, que os devem reivindicar. Em breve vocês terão de empregar a força para eles respeitarem vocês. Esses quatrocentos anos...

Resumindo – continuou Gonzaga –, vocês arranjaram novos dominadores, com os quais vocês não se poderão entender nunca; e expulsaram os antigos com os quais, certamente, se viriam a entender um dia. Erraram, e profundamente.

A sineta tocou e fomos tomar lugares. A Pilar já estava no camarote; nos, outros, quando neles iam entrando as damas respectivas, o primeiro olhar era para ela. O presidente já estava sentado, bem à vista da sala. A Pilar olhou-o demoradamente, correu a vista pela sala e olhou-o ainda uma vez, com firmeza e sem inveja. Era como se dissesse: "aqui, eu e tu!" A orquestra atacou. O pano subiu e eu me preparei para ouvir as doçuras da música italiana. O espetáculo prolongou-se além da meia-noite, e nós assistimo-lo até ao fim. Saímos tristes. Era a primeira vez que eu assim saía do teatro. Nos meus tempos de estudante, deixava o espetáculo alegre.

Cercado senão de amigos, no mínimo de camaradas, passava a representação como assistindo uma aula, em cujos intervalos, de igual a igual, discutia e conversava familiarmente com os outros. Desta vez, sem aquele ambiente favorável de colegas, eu me choquei bruscamente com aquele mundo hostil. Não houve uma só palavra que me ferisse, nem sequer um olhar; entretanto, só em contemplar aquela grande gente, que me parecia tão rica e tão brutal, eu me senti inferior. Donde me vinha esse sentimento? Era a minha cultura? Não; eu recebi a mesma instrução dos mais instruídos da minha idade que lá estavam. Era do meu caráter, das falhas da minha moralidade? Não, também; eu sentia que as tinha; contudo, em comparação com o grosso daqueles cavalheiros tão limpos, eu era puro, imaculado. Nada mais me restava comparar, a não ser que o meu sangue me fizesse perfeitamente inferior, mas este mesmo eu cria correr em muitos daqueles a quem me julgava inferior[44]. Donde vinha, portanto, esse sentimento que me entristecia? Analisei na memória o espetáculo que me ferira, combinei-o com as palavras de Gonzaga de Sá. Lembrei-me que eles tinham vindo do Brasil todo, de todos os seus pontos, a brigar, a roubar os seus parentes, as suas mulheres e os governos, a furtar pobres e ricos; a matar também levas e levas de imigrantes nos árduos trabalhos agrícolas. Era aquele o seu prêmio!... Tinham saltado por cima de todas as conveniências, por cima de todos os preceitos morais; tiveram coragem, enquanto eu... Oh! Algumas vezes por aí, umas pândegas e muito álcool! Narcótico! Era isso[45].

Percebendo a verdade, revoltei-me contra a minha fraqueza, contra a minha alma bruxuleante e pulha[46], que me fazia deter diante de regras do decálogo, diante dos preceitos morais. Eu era um covarde, um escravo; eles, príncipes e reis. Não serei mais assim!... Era preciso brigar – briguemos! Escolheram a guerra – tê-la-ão!

Fomos tomar uma cerveja em um café de notívagos. Gonzaga de Sá vinha embrulhado num sobretudo com o rigor de *parvenu*[47] viajado. Em começo, bebemos calados; afinal Gonzaga de Sá quebrou o silêncio.

– Eu saio dessas coisas triste...

– Ora!

– Não, é certo. Tenho, pesar de mim, uns longes de patriotismo e, quando vejo aquilo, o Lírico, a condensação da fina flor[48] é a mesma coisa de há quarenta anos passados, fico abatido. São os mesmos fazendeiros sugadores de sangue humano; são os mesmos políticos sem ideias; são os mesmos sábios decoradores de compêndios estrangeiros e sem uma ideia própria; são os mesmos literatos à Otaviano[49], literatos de coisas de *cotillon*[50], os mesmos agiotas... Há quarenta anos era assim; não mudou. Serão sempre assim?

Sem querer respondi longo:

– Certamente.

Depois, refleti que havia uma certa contradição entre o que Gonzaga de Sá me dissera no teatro e o que observava agora. Entretanto, calei-me.

– Eu também sou do teu parecer, confirmou ele; mas, agora, me acode dizer-te que os outros eram mais nossos parentes.

E calmamente, sorvemos longos goles de cerveja, até espertar o corpo. Gonzaga de Sá pagou e, quando me quis despedir, perguntou-me:

– Para onde vais?

– Para casa.

– Sinceramente?

– Palavra!

– Vem dormir em minha casa; amanhã ficarás ajudando-me a arrumar os livros.

Juntos tomamos o bonde, para a sua residência, nos arredores da Rua Bento Lisboa, no Catete, e nas encostas de Santa Teresa.

No bonde, viajavam poucos passageiros. Havia uma rapariga, com um grande chapéu e um longo e belo capote, num banco da frente. Gonzaga de Sá esteve a observá-la muito tempo; e ali pela Rua da Lapa, bruscamente refletiu, olhando para a mulher:

– O que sinto é que essas senhoras não sejam diferentes das de sociedade. Se o fossem, eu talvez experimentasse...

E não mais disse coisa de valia, até a porta da casa, onde entramos já com os galos a cantar, recebidos pela saudação sonolenta do velho preto Inácio.

XII

Últimos Encontros

Dormi magnificamente, em um amplo quarto desses das velhas casas do Rio de Janeiro que dão bem a imagem da fartura e da liberdade da nossa burguesia nos meados do século passado[1]. Era maior do que as salas das nossas apelintradas casas de hoje[2]. Despertei manhã adiantada. O quarto em que dormi dava para a sala de jantar. Penetrando aí, dei com dona Escolástica, de plácidos olhos verdes, a vigiar atentamente o pequeno Aleixo Manuel, que tomava uma ligeira refeição matinal, antes de ir para o colégio. Gonzaga de Sá não estava.

Ao entrar, o menino levantou a cabeça da xícara e pousou por instantes os seus grandes olhos negros, enervados de prata, sobre mim, interrogativamente, como sempre.

Vendo aquela criança, não sei que longínquas lembranças da minha infância me vieram. Eram as esperanças da minha iniciação nas coisas obscuras do alfabeto. Eram os afagos e espantos da minha professora; eram também os dolorosos desenganos desta minha mocidade irrequieta e desigual... Não viu o que invocava em mim aquela criança, com a sua rígida fronte inteligente e a sua forte e redonda cabeça de homem de caráter! Ele me olhou, fiz a saudação matinal, respondeu-me e me sentei. A velha dona Escolástica informou-me, então, que o sobrinho[3] erguera-se cedo e trabalhava na sala. Demorei-me uns tempos a conversar e, de caminho, falei à criança:

– Estás muito adiantado?

O Aleixo Manuel relutou em responder; a velha senhora, porém, obrigou-o a fazê-lo com presteza.

– Responde, Aleixo, não estás ouvindo o que te perguntaram? Responde: está adiantado?

– Não estou, não senhor – respondeu ele afinal.

– Em que livro estás?

– Terceiro.

– Com nove anos, vai bem – fiz eu, animando-o. – Já dás a História do Brasil?

– Sim, senhor.

– Quem descobriu o Brasil?

– Pedro Álvares Cabral.

– E a América?

– Cristóvão Colombo.

– Qual foi a primeira descoberta, a da América ou a do Brasil?

– A da América.

– Por quê?

– Porque o Brasil faz parte da América, e quem descobriu a América, também o Brasil, porque ele está na América.

– Então foi Cristóvão Colombo quem descobriu o Brasil? Que respondes?

O rapaz calou-se, franziu um instante as sobrancelhas e, depois, disse com toda a firmeza:

– Não. Colombo foi quem viu pela primeira vez um lugar da América; por isso se diz que descobriu "ela" toda; mas Cabral viu depois, pela primeira vez, lugares do Brasil, por isso diz-se que descobriu o Brasil.

A custo, disfarcei a minha surpresa diante da clareza do raciocínio do pequeno. Não quis com um elogio caloroso aguçar-lhe a vaidade; desejava que a sua inteligência fosse crescendo sem consciência de si própria; e então quando fosse bem forte, ele tomasse conhecimento da sua capacidade, como uma revelação, como uma surpresa. Limitei-me a dizer-lhe que estava certo e passei a perguntar outras coisas.

Por fim, depois de ter respondido às minhas perguntas com uma prontidão que me maravilhou, passou a correia da mala pelo pescoço, apanhou a lousa[4] e despediu-se. Beijou e abraçou dona Escolástica, e ambos o fizeram de maneira a me deixar perceber que um queria mais alguma coisa no outro, e que ambos não sabiam por que não a tinham. Foi-se.

– É inteligente o rapaz – disse eu à velha senhora.

– Bastante. Que desejo de saber tem esse pequeno! O senhor nem imagina! Brinca, é verdade; mas, à noitinha, agarra os livros, os deveres e os vai estudando, sem que ninguém o obrigue. Quem me dera que fosse assim até ao fim!

– Por que não irá?

– Ora! Há tantos que como ele começam tão bem e...[5]

– É verdade! Mas, virá deles mesmos a perda da vontade, o enfraquecimento do amor, da dedicação aos estudos; ou tem tal fato raízes em motivos externos, estranhos a eles que, só numa idade mais avançada, acabam percebendo, quando a consciência lhes revela o justo e o injusto, fazendo que se lhes enfraqueça deploravelmente o ímpeto inicial?

Cri que dona Escolástica não me compreendera, e procurei dizer a mesma coisa por outras palavras.

– Quem sabe se, na primeira idade, eles estudam porque desconhecem certas coisas que, sabidas mais tarde, lhes fazem desanimar e sentir vão o estudo?

– Qual, doutor! – ela me tratava dessa maneira. – É assim mesmo!

E calou-se, depois de sua segura afirmação, como os grandes e infalíveis sábios do nosso Brasil.

Tomei café e fui ter com Gonzaga de Sá na sua vasta sala de trabalho. Ele, recostado na cadeira de balanço, lia atentamente um jornal. Saudamo-nos e logo lhe observei:

– Julgava-te na arrumação; mas vejo que estás embevecido na leitura das gazetas.

– Uns jornais franceses que acabo de receber. Adiei a arrumação.

– Qual é o jornal?

– O *Fígaro*[6]. Leio um por dia, como se fosse publicado aqui e entregue de manhã na minha porta. Ando sempre, por isso mesmo, atrasado com os acontecimentos mundiais. Em que ponto está a conferência de Haia?[7]

– Na classificação das nações...

– Não cheguei ainda aí... Estou atrasado...

– Onde estás?

– Na nomeação das comissões.

– De modo que sempre andas quinze dias atrasado com o mundo?

– Às vezes, muito mais... Ora! O tempo... Uma noção subjetiva, que só existe para nós... Uma fatalidade da nossa organização cerebral, independente da experiência. Um critério, uma categoria para a nossa interpretação humana dos fenômenos... De que vale?

Nada respondi, porque não tinha nada a responder. O meu velho amigo, após um pequeno silêncio, perguntou-me:

– Viste o Aleixo Manuel?

– Vi.

– Que te pareceu?

– Aplicado e inteligente.

– Graças a Deus.

E tornou de novo ao jornal francês que estava lendo. Apanhei os jornais do dia, em cima da mesa do centro; li-os e, assim pelas nove horas, despedi-me. Não aceitei o almoço; chegaria tarde à repartição.

Ao despedir-me, Gonzaga me pediu:

– Vem mais a miúdo[8], para conversar com o Aleixo. Ele vive tão só...

Depois da morte de seu compadre, a sua constante preocupação era o afilhado. Sem nenhum pretexto, sem causa nem motivo, em meio de uma palestra sobre assunto muito diverso; dava-lhe para falar no filho do Romualdo. Uma vez dizia: "preciso levá-lo ao museu"; outra, "talvez fosse bom pô-lo de interno, para ganhar convivência, desembaraço, hábitos de sociabilidade. Que achas?"

Eu possuía poucas aptidões pedagógicas, quase nenhuma; e respondia evasivamente. Notava, entretanto, que a presença constante da criança, a contemplação dela todo o dia, na intimidade familiar, tinha acelerado aquela alteração de humor no temperamento do meu amigo, que já observei; e trouxera mais uma carga de apreensões que não lhe eram habituais. Mudara... Gonzaga amava ternamente o rapaz; via-se bem que o queria como seu filho e assim o tratava nos menores atos, e nas mais simples palavras que lhe dirigia punha a meiguice e a doçura de pai. Depois desta visita, mais de uma vez, porém, eu o surpreendi a olhar o afilhado com olhar de sibila[9]. Havia não sei que grande esforço de penetração na sua mirada, que eu quis bem crer estar ele no propósito de decifrar o futuro do pequeno. Certa vez, depois de um olhar destes, disse-me:

– Esta vida é um conto do vigário...

Só a presença do afilhado não me bastava para explicar a mudança de humor de Gonzaga de Sá que, agora, via e visitava amiudamente, conforme ele me pedira.

É verdade que sempre o conheci triste; mas de uma tristeza, por assim dizer, filosófica, geral, essa tristeza de sentir profundamente a mesquinhez da nossa condição humana, em luta sempre com o imenso dos nossos desmarcados sonhos e desejos. Porém, agora, a sua tristeza era mais atual, mais terra a terra. Dir-se-ia que a presença do Aleixo Manuel, o afilhado, tinha levantado do fundo da pessoa do meu amigo lembranças dolorosas que sepultara para sempre; lembranças essas que eram seu segredo e das quais nunca me falou e não encontrei o mínimo indício para descobri-las nos papéis que ele me legou, por testamento, juntamente com umas centenas de livros. Lembro-me, ao escrever estas linhas, que um dia ele me dissera:

– Já tiveste algum amor?

– Nunca.

– Olha que falo de amor! Hein?

– Compreendo.

– É preciso tê-lo... Tenho te dito sempre que os antigos afirmavam que Vênus é uma deusa vingativa... Não perdoa e tu sofrerás se não lhe prestares culto...

– Não há Vênus – retorqui.

– Quem sabe lá?

Trocávamos essas palavras nos últimos dias da sua existência, quando a alteração do seu gênio já se refletia claramente na saúde; e eu via bem que Gonzaga de Sá fanava-se[10], dissolvia-se vagarosamente ao fogo lento de suas secretas recordações, e dos desgostos que o aparecimento delas lhe fizera assomar[11] na alma. As faces se encovavam; os olhos, seus doces olhos, perdiam o brilho, apareciam mortiços e ganhavam uma estranha auréola. Não andava com a mesma firmeza e o seu humor continuou a desequilibrar-se ainda mais. De uns tempos em diante, a sua palestra era frequentemente cortada por bruscas explosões de irritação, de queixumes indignos de sua altivez, em geral pueris e sem fundamento, passando espantosamente da mais intensa tristeza a mais ruidosa alegria.

Aleixo Manuel, o afilhado, trouxe-lhe – quem sabe? – para a vida alguma coisa que queria não viesse jamais, ou não reaparecesse nunca; e ele sofria com isso, entristecia-se, alquebrava-se[12] de corpo e alma, sem que fosse possível a mim atribuir diretamente tais modificações no meu amigo ao dócil, ao meigo, ao obediente Aleixo Manuel, que ele pusera em sua casa, a fim de ficar sendo seu filho.

– Hei de fazê-lo gente – dizia-me às vezes, cheio de esperança e de alegria.

Não pôde levá-lo até o fim. Ao encetar o pequeno no curso de preparatórios, logo por aí, foi quando ele "colheu a flor", e "caiu", e "morreu"...

A tia levou o menino até ao fim, com todo o carinho e abnegação.

Bênçãos a ambos, que, na sua missão educadora, souberam ser bons, sem interesse e sem cálculo de espécie alguma, apesar de todos os dois terem concorrido para ampliar, com o hábito de análise e reflexão que o estudo traz, a consciência da criança que devia ficar restrita aos dados elementares para o uso do viver comum, sem que viessem surgir nela uma mágoa constante e um fatal princípio permanente de inadaptação ao meio, criando-lhe um mal-estar irremediável e, consequentemente, um desgosto da Vida mais atroz do que o pensamento sempre presente da Morte!

Que importa isso, porém, se as tenções[13] dos velhos foram generosas; e, se o sofrimento do pequeno, exteriorizado algum dia em grandes atos ou em grandes obras, possa concorrer mais tarde para contentamento de muitos dos seus iguais que vierem depois!? Que importa!?

A felicidade final dos homens e o seu mútuo entendimento têm exigido até aqui maiores sacrifícios...

Anotações para o Romance[1]
1906

[Sem data]

Opiniões e ideias de J. Sá Bragança, primeiro oficial da Secretaria de Cultos.

É bacharel em letras pelo antigo Imperial Colégio Dom Pedro II, onde foi colega do doutor Joaquim Nabuco. Conhece a psicologia clássica e a metafísica de todos os tempos.

É de história sentimental limitada. Não é casado e só amou duas vezes: a primeira vez, a filha de um visconde, num baile de um marquês; a segunda, à sua cozinheira, não sabe em que ocasião. Seguindo o seu favorito método introspectivo, analisou as duas emoções e, ao cabo de análise detalhada, achou-as idênticas em si mesmas e nas aparências.

Nunca teve ambições. Filho de um general e titular do Império, podia ter sido "muita cousa"; não quis, era preci-

1. Esses apontamentos foram encontrados por Francisco de Assis Barbosa e publicados como parte do *Diário Íntimo*. A crônica localizada por Felipe Botelho Corrêa na *Revista Fon-Fon*, que virou o capítulo III do livro, com pequenas alterações, comprova que em 1907 Lima Barreto já possuía esboços desse romance no período em questão. O narrador-personagem, Augusto Machado, comenta o contexto da criação de *Vida e Morte de M. J. Gonzaga de Sá* na "Explicação Necessária", datada de 8.10.1906 e que serve de abertura da narrativa. Não resta dúvida, portanto, que essas anotações para o romance, só publicado em 1919, foram feitas entre 1906 e 1907.

so ser doutor, formar-se, o que lhe daria trabalho, amolações...

Fez-se praticante e foi indo.

Com tão grande saber, Sá Bragança podia ser oráculo de sua repartição, e não o é. As repartições são como a vida em geral – amam os medíocres.

Contudo, ele é bom empregado. A República veio encontrá-lo a postos, redigindo um decreto do Defensor Perpétuo; e, ao lhe avisarem:

– Seu Bragança, o Deodoro proclamou a República no Campo de Santana.

– Qual foi? – perguntou.

A suas reminiscências de história não lhe davam de pronto a ideia nítida do que fosse república. Sabia de tantas e tão diferentes, que o seu embaraço não foi afetado.

– República!... Homessa!... Governo de todos nós – respondeu o servente.

– E você ainda pretende governar?

– Eu, não; mas meus filhos...

– É de esperar, amigo. Agora, outra coisa: vão reestabelecer a escravatura?

– Isso não sei, "seu" Bragança.

Disse-me ele que, naquela manhã mesmo lera o seu Fustel de Coulanges[2], a respeito da significação aristocrática do tratamento – cidadão. Despido de ambições, acabado o seu curso, não abandonou os livros. Continuou a ler e a comprá-los mensalmente, procedendo a leitura com a ordem e o vagar de quem vai escrever uma tese.

2. *Numa Denis Fustel de Coulanges* (1830-1889): influente historiador e professor universitário francês, autor de *A Cidade Antiga* (1864), entre outras obras.

Das revistas estrangeiras, a *Revue des Deux Mondes* é a que mais quer e cita.

– É a única que não traz figura – disse-me ele.

Ama as letras pátrias e acompanha o seu movimento com interesse, mas sem paixão. Quando moço, admirou Fagundes Varela[3] e Laurindo Rabelo[4]; hoje, o seu ídolo literário é o senhor Barão do Rio Branco.

– Mas não tem livros?

– É por que não quer. Se os fizesse...

E a sua fisionomia se concentrou num olhar que parece estar vendo, ao longe, o triunfo de Tito[5].

Nos dias de bom humor, ele me distingue com as suas piadas críticas:

– Na Canaã de Milkau, do doutor Graça Aranha[6], entrarão o Felicíssimo e aquele simpático "camarada" que dança o miudinho?

Não lhe pude responder. A terra de promissão do ilustre romancista fica tão na névoa e no vago – é tão alemã! –, que não me atrevi a responder sim. Demais, quem é que precisa de terra de justiça e de amor? Os alemães, sem dúvida.

Para Felicíssimo e nós outros, o encorajamento.

Lentziano com a carabina do vagabundo da Tijuca, que vem a ser o mesmo.

3. *Luís Nicolau Fagundes Varela* (1841-1875): poeta brasileiro da segunda geração do romantismo.

4. *Laurindo José da Silva Rabelo* (1826-1864): poeta romântico brasileiro.

5. Referência ao arco do triunfo erigido em Roma, em homenagem ao imperador Tito Flávio Vespasiano Augusto (39-81).

6. *José Pereira da Graça Aranha* (1868-1931): diplomata e escritor brasileiro, autor de *Canaã* (1902), romance cuja ação transcorre no estado do Espírito Santo e tem como personagens principais os imigrantes alemães Milkau e Lentz. Graça Aranha proferiu a conferência de abertura da Semana de Arte Moderna, em fevereiro de 1922.

Sá Bragança parece que adivinhou o meu pensamento, quando me perguntou em seguida:

– Você já reparou que os nossos [.......]

* * *

[Sem data]

Aos camaradas do Esplendor do Amanuense comunica

Aff. H. De Lima Barreto

amanuense da Secretaria de Guerra, que vai arejar no Largo da Carioca, onde, durante dous meses, para exercícios variados de artilharia... verbal, continuando, embora com tão árduos trabalhos, a tomar notas para o seu *Pequeno Dicionário dos Super-Homens*, título esse que o Rivarol[7], lá do inferno onde está, há de gostar muito.

Mot de la fin[8]:

Rua do Ouvidor. Passa o batalhão naval.

– Que te parece?

– O quê? (para danar o Rui)[9]

– O batalhão naturalmente...

– Os oficiais são de um país e os soldados de outro.

– Um regimento de cipangos[10].

– Um batalhão de sudaneses[11].

7. *Antoine de Rivarol* (1753-1801): escritor e polemista francês, autor do *Petit Dictionnaire des Grands Hommes de la Révolution* ("Pequeno Dicionário dos Grandes Homens da Revolução"), publicado em 1790.

8. *Mot de la fin*: expressão francesa que significa "considerações finais", em tradução livre.

9. Provável alusão ao jurista, diplomata, político e escritor brasileiro Rui Barbosa (1849-1923).

10. *Cipangos*: japoneses.

11. *Sudaneses*: naturais do Sudão, país localizado no nordeste da África.

– Exato!

– Tal e qual!

* * *

Abril

O pai de Gonzaga de Sá devia ter nascido em 1813.

Gonzaga de Sá, em 1850, e entrou na Secretaria dos Cultos em 1872; quando nasceu, o pai tinha 37 anos, e a irmã deve ser mais velha do que ele doze anos.

O concerto de Gottschalk.

O benefício da Stoltz.

O pai de Gonzaga de Sá devia ter morrido em 1874, com, pelo menos 60 anos – 1814.

31

Fez a campanha do Rio Grande; em 1845 voltou e fez-se professor.

	pai	Gonzaga
N.	1810	1850
	1874	57

General	G. de Sá	1850 (40) – Mãe morreu em 12 (1866)
1810	Escolástica	1838 (26) – [Mãe morreu em] 24
		14
		2

Benefício da Stoltz – 1852 agosto – E. 14.

Gottschalk – novembro de 1869.

	Escolástica	Gonzaga de Sá	Pai	Mãe
Benefício da Stoltz	14 anos	2 anos	42	27
Gottschalk	31	19	69	Morta
Morte da mãe (1858)	20	8	58	0

* * *

[Sem data]

Opiniões e ideias de J. Gonzaga de Sá, oficial da Secretaria dos Cultos.

Encontrei Gonzaga de Sá na Avenida Beira-Mar, numa tarde tépida destes últimos dias. Vinha absorto, com as mãos atrás das costas, agarrando a bengala, de cabeça caída, sem ver as fantásticas mutações das nuvens altas. Falei-lhe:

– Passeando, hein?

– Exato.

– É uma bela avenida, esta!

O meu amigo olhou-me um pouco como que experimentando a minha lealdade.

– Não acho, meu caro. Notei as minhas sensações e creio poder resumir o meu exame introspectivo da seguinte maneira: É o cais da Lapa alargado. Os americanos têm como critério de beleza a altura; é possível que o nosso venha a ser a largura...

– Ainda não está acabada...

– Quando estiver, a mais só haverá os passeios, o que é insignificante.

– As paisagens? Os pontos de vista?

– Não são a avenida propriamente, e já o cais me oferecia o mesmo espetáculo.

– Contudo... – quis retorquir a minha mocidade entusiasta...

– Não se agaste... *Le beau pour le crapaud...*[12] você sabe, não é? Profunda verdade!... É possível que, se os homens não precisassem de dous sexos para se perpetuarem, não houvesse surgido entre [nós] uma tão curiosa noção. Já não sou um homem mais; a beleza para mim é uma fórmula algébrica, por isso...

Dizendo isto, tirou da algibeira do velho paletó algumas tiras que me deu:

– Leia-as. Amanhã me entregue.

Eu li, então, o seguinte:

"Nota-se que em geral as grandes cidades, especialmente as europeias, não têm um fundo de cordilheira como a nossa. Ora, se as grandes cidades não têm tal disposição natural e se o Rio quer ser das grandes à europeia, deve arrasar as montanhas. Não há prejuízo algum com isso. A desvantagem única ser a supressão do Corcovado, montanha internacional e muito procurada pelos estrangeiros. Em substituição, pode-se erguer uma torre semelhante à Eiffel, em Paris. Até será muito melhor, pois ficará o rio muito parecido com a capital da França. O aterro, proveniente do desmonte dos morros, servirá para alterar a baía, um incômodo, sepulcro de crimes e cuja beleza, no juízo dos políticos, é uma vazia banalidade de retórica.

"Para o comércio, ficará uma doca; e lá para as bandas de Mauá um lagozinho destinado a poetas.

"Nota-se também que as grandes metrópoles ficam sobre rios mais ou menos consideráveis (Paris, Berlim, Londres, New York, Viena etc.) – logo, se o Rio quer ser grande metrópole, deve ficar à margem de um rio respeitável.

"Poder-se-ia transformar o Maracanã em rio considerável. Com canalizações suplementares às nascentes, o au-

12. *Le beau pour le crapaud* (francês): "beleza para o sapo".

mento do seu volume d'água poderia ser obtido; mas seria falsificar. O melhor é um rio autêntico e bem catalogado nas geografias.

"Nenhum mais adequado do que o Paraíba, para preencher um fim tão civilizador."

Apesar de tudo, mesmo depois das linhas acima, ainda não tenho uma opinião segura sobre o Gonzaga de Sá: doido ou ajuizado, inteligente ou parvo? Não sei.

* * *

[Sem data]

XIII – O afilhado. Primeira conversa com o Aleixo Manuel, sua inteligência, sua vivacidade. Saída para o colégio, alegre, contente, cheio de vida. O Gonzaga de Sá, em seguida, ao ir me dando livros, vai expondo suas ideias sobre a ciência. Volta de Aleixo Manuel, mal põe o pé na soleira da casa, põe-se a chorar nervosamente, muito, muito. Gonzaga de Sá o interroga:

– Que é? Que foi?

– Dindinha, dindinho, me chamaram de macaco – diz ele.

Fim

XIV – Escritos de Gonzaga de Sá. Dia de chuva, fico em casa. Minha irmã toca. Leio e, folheando livros de Gonzaga de Sá, encontro notas e escritos dele. Miauança, minha gata.

Primeiro – Não há mulher, há sexo feminino.

1 – O general.

2 – A ressurreição de Barbarroxa.

3 – A aeronave e o construtor.

4 – Sapo e sapa.

E alguns apontamentos.

XV – Morte de Gonzaga de Sá. Vou visitá-lo. Está de camisolão, a rasgar papéis e notas. Muito magro, a cabeça muito grande etc. De repente, sai do quarto, vem à sala de visita, grita pela irmã, fá-la sentar ao piano, obrigando-a a tocar a *Bamboula* e morre num desfalecimento, recostado ao divã, dizendo:

– Que complicação... que peso... foi-se... afinal!

Estou eu, a irmã, o preto velho e Aleixo Manuel.

Lima Barreto: Nota Biográfica

Nascido em 13 de maio de 1881, data que seria marcada sete anos mais tarde pela promulgação da Lei Áurea, Afonso Henriques de Lima Barreto era filho de João Henriques de Lima Barreto – um "mulato, quase negro" – e de Amália Augusta, filha de uma escrava liberta (Barbosa, 2002). O pai era um renomado tipógrafo e chegou a cursar os primeiros períodos de medicina; a mãe era professora. Aos seis anos, Lima Barreto fica órfão de mãe. A condição econômica da família piora por conta das dívidas contraídas para o tratamento de Amália Augusta. O advento da República, em 1889, também foi muito negativo para família, pois João Henriques, que era monarquista e compadre do Visconde de Ouro Preto, viu-se obrigado a pedir exoneração de seu cargo na Imprensa Nacional no início de 1890. Nesse mesmo ano, assumiu o cargo de almoxarife da Colônia de Alienados na Ilha do Governador (cargo muito inferior ao anteriormente ocupado). Apesar dessas adversidades, Lima Barreto estudou em boas escolas e sempre teve o suporte do pai que se preocupava com a ilustração dos filhos[1]. Entre 1898 e 1903, Lima Barreto estuda na escola Politécnica do Rio de Janeiro, com o intuito de tornar-se engenheiro; no entanto, não consegue concluir

1. Maria Amália também dera à luz: Evangelina (1882), Carlindo (1884) e Eliézer (1886).

o curso por acumular repetidas reprovações na disciplina de Mecânica.

Também data do início do século XX suas primeiras contribuições para a imprensa e seu ingresso no funcionalismo público como amanuense da Secretaria de Guerra (1904). A partir daí, passa a frequentar as rodas literárias nos cafés e livrarias e a desenvolver seus primeiros projetos literários. Vale ressaltar que se trata de um período de grande efervescência literária no Rio de Janeiro – com autores consagrados como Olavo Bilac e João do Rio – e de reformas urbanísticas, técnicas, sociais e culturais. Na literatura brasileira, na chamada *Belle Époque carioca*, percebe-se uma importância muito grande dada pelos autores do período à crônica – gênero de fácil circulação em revistas e jornais. Lima Barreto também foi um grande cronista, mas, ao contrário de muitos de seus contemporâneos, dedicou especial atenção ao romance.

Em 1909, lança seu primeiro romance *Recordações do Escrivão Isaías Caminha*, que desagradou o campo literário do período por conta das duras críticas feitas aos principais nomes das letras brasileiras, caricaturados na obra. A obra também incomodou por denunciar de forma aberta o preconceito racial no Brasil – levando muitos críticos a avaliarem negativamente o romance por conta do tom extremamente confessional. Tudo isso que desagradou seus contemporâneos é o que torna essa uma das obras mais instigantes e atuais de Lima Barreto, que pôs o dedo em feridas ainda abertas da nossa história.

Com *Triste Fim de Policarpo Quaresma*, lançado primeiramente em folhetim em 1911[2], Lima Barreto conseguiu alcançar uma admiração duradoura entre críticos e escritores

2. Lançado em livro em 1915 em edição custeada pelo próprio autor.

de diferentes gerações. Seguiram-se outros livros importantes como *Os Bruzundangas* (1923) e *Clara dos Anjos* (1923-1924), obras que chegaram a ser preparadas pelo autor, mas de publicação póstuma. Já outros projetos, como o *Cemitério dos Vivos*, foram interrompidos por sua morte prematura, associada ao alcoolismo e às frequentes internações psiquiátricas, no simbólico ano de 1922.

Lima Barreto tinha conseguido, em pouco mais de quarenta anos de idade, articular uma profunda consciência estética – que o levou a optar por um registro linguístico mais próximo da norma culta brasileira – com uma coerência ideológica que o levou a ver a literatura como uma forma de participação nos debates de sua época. Segundo Osman Lins (1976, p. 13), o que marcou a obra de Lima Barreto foi o "desejo, que ele cumpriu de maneira tão dramática, de exercer com dignidade o ofício de escrever; na consciência de uma posição irredutível entre o escritor e o poder; na tentativa de construir obra pessoal e identificada com o seu tempo".

A republicação das obras completas do autor, na década de 1950, por iniciativa do pesquisador Francisco de Assis Barbosa e da Editora Brasiliense, redimensionou a obra de Lima Barreto, que desde aquele período tem despertado o interesse de leitores e críticos. Sua obra também é muito apreciada por historiadores e sociólogos que veem nela uma percepção crítica diferenciada dos primeiros anos de nossa vida republicana.

Notas

DEDICATÓRIA

1. Conforme Francisco de Assis Barbosa: "Pode-se mesmo dizer sem receio de contestação que foi ele [Antônio Noronha Santos] o maior e o mais constante de todos os amigos do romancista" (Barbosa, 1956a, pp. 59-60). Antônio Noronha Santos nasceu no Rio de Janeiro em 1883, era filho de um renomado médico, formou-se em Direito, trabalhou na imprensa e ocupou cargos públicos. Idealizou e publicou com Lima Barreto a revista *Floreal*, onde saíram os primeiros capítulos de *Recordações do Escrivão Isaías Caminhas*. Há extensa correspondência entre Noronha e Lima Barreto. Antônio Noronha faleceu em 1956, em Niterói. Reproduzimos como a dedicatória na edição de 1919 aparece, com grande destaque: o nome do amigo centralizado, em letras grandes e caixa-alta.

EPÍGRAFE

1. "Apenas o silêncio é grande: todo o resto é frágil." Verso do poema "A Morte do Lobo" (*La mort du loup*, 1864, pp. 95-101), do poeta francês Alfred de Vigny (1797-1863). No poema, uma matilha de lobos é surpreendida por caçadores. Um lobo para proteger a matilha ataca os caçadores e é cruelmente morto. O último olhar do lobo, carregado de sentimentos, revela para os caçado-

res a fragilidade da vida e a brutalidade do ser humano. Alfred de Vigny morreu de um câncer no estômago, após uma lenta agonia. Decorre daí uma associação da vida do poeta com seu famoso poema. Boa parte da obra de Vigny foi publicada postumamente, inclusive o poema citado.

2. "A chaga do coração é o silêncio." Provavelmente, Lima Barreto citou a frase de memória e por isso trocou algumas palavras. A frase extraída do romance *André Cornélis*, do francês Paul Bourget (1852-1935), é a seguinte: "Le grand poison du cœur, c'est le silence" (Bourget, 1887, p. 62) – "o grande veneno do coração é o silêncio". Lembrando que Lima Barreto terminara de corrigir *Vida e Morte de M. J. Gonzaga de Sá* durante uma internação no Hospital do Exército (Barbosa, 2002, p. 288), ele não deve ter consultado o livro de Paul Bourget, que tinha em sua biblioteca.

ADVERTÊNCIA

1. Em *Recordações do Escrivão Isaías Caminha,* Lima Barreto vale-se também da estratégia de figurar como personagem-editor do romance – isso a partir da segunda edição de 1917. Em ambos romances, as personagens que narram em primeira pessoa são negros com uma educação privilegiada. Lima Barreto costumava projetar em seus narradores e suas personagens dados de sua biografia.
2. Lima Barreto ingressara como amanuense na Secretaria de Guerra em 1903 – daí ele dizer que é colega de profissão do narrador-personagem Augusto Machado.

EXPLICAÇÃO NECESSÁRIA

1. *Pelino Joaquim da Costa Guedes* (1858-1919): funcionário da Secretaria dos Negócios do Interior e da Justiça, jornalista, advoga-

do e professor (fundador da Faculdade Livre de Direito do Rio de Janeiro). Alguns escritos de Pelino Guedes, como a biografia de Amaro Cavalcanti ou do Marechal Carlos Machado Bittencourt, podem ser encontrados na Casa Rui Barbosa. Valeu-se da escrita para prestar homenagens a pessoas influentes de seu tempo e assim conseguir cargos e favores na administração pública. Lima Barreto sempre criticou essa postura arrivista.

2. *Tentâmen ou tentame*: ensaio, tentativa.
3. *Asserto*: afirmação verdadeira ou considerada verdadeira por quem a emite.
4. *Opúsculo*: pequena obra.
5. Augusto Machado debocha da escrita de Pelino Guedes, apontando todos os problemas dela.
6. Cândido Lago assinou coluna no jornal *Correio da Manhã* em que resolvia dúvidas gramaticais dos leitores. Extremamente purista é lembrado por uma série de polêmicas que travou com Cândido Figueiredo, que mantinha coluna semelhante no *Jornal do Commercio* (Broca, 2005, pp. 290-291). Lago pregava o uso da sintaxe portuguesa e condenava a língua falada no Brasil. Cândido Lago foi caricaturado como o gramático Lobo no romance *Recordações do Escrivão Isaías Caminha* (1909).
7. *Licínio Atanásio Cardoso* (1852-1926) foi professor da Escola Politécnica do Rio de Janeiro, onde ministrava a disciplina de Mecânica Racional. Conforme Francisco de Assis Barbosa (2002, pp. 99-123), o professor era extremamente rigoroso e Lima Barreto não conseguira terminar essa disciplina, sendo esse um dos motivos de ter deixado a Politécnica. Licínio Cardoso fora também um dos introdutores da homeopatia no Brasil, decorrendo daí a ironia de Augusto Machado "estudou longos anos a alta matemática para curar pela homeopatia".
8. *Minos*, na mitologia grega, é um dos três juízes do inferno – junto com Radamanto e Éaco. No Canto V da *Divina Comédia*, de

Dante Alighieri, Minos é responsável pelo veredito final. Claramente, o narrador-personagem crítica os julgamentos de Licínio Cardoso, questionando a neutralidade deles.

9. *Aliteratado*: sem características literárias. Augusto Machado vale-se da mesma estratégia retórica adotada por Isaías Caminha, que também pede desculpas pela "falta de estilo e capacidade literária". Com isso, os dois narradores sugerem que suas escritas não estão ligadas àquela produzida pelos escritores aclamados da cena literária brasileira do início do século (Olavo Bilac, Coelho Neto, João do Rio etc.).
10. *Descalçadeiras*: descompostura ou repreensão, no sentido figurado.
11. *Plutarco*: ensaísta, filósofo e historiador grego, que viveu entre os anos 46 a 120 d.C. Naturalizado romano Plutarco é reconhecido por trabalhos de natureza biográfica como *A Vida dos Imperadores* e *Vidas Paralelas*. Nesse último trabalho, Plutarco comparava a vida de homens famosos da Grécia e de Roma em pares analisando suas virtudes e seus vícios.
12. *Específico*: medicamento contra determinada doença.
13. Essa data gera um anacronismo na obra, pois a morte de Gonzaga de Sá teria ocorrido em 1907. Mesmo que Gonzaga de Sá tivesse morrido em 1906, haveria o problema do distanciamento entre a morte do amigo e o tempo da escrita do romance. O anacronismo me parece propositai já que é um modo de leitura da história da cidade proposto no decorrer do romance pelo próprio Gonzaga de Sá.

I

1. *Gaiola*: espécie de embarcação utilizada nos rios do Norte do Brasil para transporte de passageiros.
2. *Basto cabedal*: grande quantidade.

3. *Presente*: apresentada.
4. *Investidura*: ato através do qual a autoridade pública competente dá posse a um funcionário público. Nessa ocasião, o funcionário é informado de seus direitos e deveres.
5. *Camarariamente*: de maneira camarada; amigavelmente.
6. *Salomonicamente*: como Salomão, rei dos hebreus entre 970 a.C.-931 a.C. Ele é conhecido pelo episódio bíblico em que duas mulheres se dizem mãe de um recém-nascido. Sem saber quem dizia a verdade, Salomão decreta que a criança deveria ser partida ao meio por uma espada cabendo metade da criança a cada uma das querelantes (Reis 3, 16-28). Uma das mulheres prefere que a rival fique com a criança viva. O rei decide que a primeira é a verdadeira mãe e que deve ficar com o filho, pois a outra aceitara a divisão da criança. Uma decisão salomônica é uma decisão justa e equilibrada. No texto de Lima Barreto, o advérbio (salomonicamente) é empregado em sentido irônico.
7. *Melindre*: predisposição para se incomodar com algo insignificante.
8. *Delonga*: adiamento; atraso; demora.
9. *Manipanso*: ídolo; imagem. A crítica se dirige à facilidade com que alguém no Brasil é considerado um herói nacional. Ao longo de sua obra, Lima Barreto criticou a glorificação de figuras públicas como Floriano Peixoto e o Barão do Rio Branco.
10. Segundo M. Cavalcanti Proença, no prefácio das *Impressões de Leitura* (1956), a "doçura" é uma palavra recorrentemente usada por Lima Barreto para definir as personagens boas.
11. *Pince-nez* (francês): óculos sem haste que é preso ao nariz.
12. O chamado "encilhamento" ocorreu no início da vida republicana do Brasil entre 1889 e 1892. Visando incentivar a atividade econômica brasileira, houve emissão de dinheiro sem lastro e concessão de empréstimos para atividades industriais e comerciais. No entanto, esses recursos foram em sua maioria utilizados como capital espe-

culativo. Lima Barreto procura marcar a antiguidade de Gonzaga e sua não vinculação com os grupos emergentes da República.

13. As características atribuídas a Gonzaga de Sá mostram alguém bastante complexo e contraditório. Por um lado seu criticismo (cético), por outro a defesa de privilégios pessoais (regalista) e por fim sua simpatia pelo pensamento de Voltaire (1694-1778), escritor francês que critica a manutenção de privilégios de toda ordem.
14. As posturas anticlericais se acentuaram no final do século XIX e início do XX. Outra contradição de Gonzaga é ele ser voltairiano, mas frequentar a Igreja. Voltaire foi um forte crítico da Igreja. Quanto ao fato de não ser maçom, deve-se lembrar da influência que a maçonaria teve na monarquia e continuou tendo ao longo de nossa vida republicana. O narrador-personagem quer destacar a peculiaridade das ideias de Gonzaga de Sá.
15. *Lorde Francis Bacon* (1561-1626): renomado ensaísta, filósofo, político e cientista do Renascimento inglês. Quanto à vida abjeta de Bacon, o narrador deve se referir principalmente aos subornos de que o escritor foi acusado e ao conturbado casamento com Alice Barnham.
16. *Passeio Público*: um dos lugares do Rio de Janeiro mais amados por Lima Barreto, constantemente citado em sua ficção. O Passeio Público fora construído entre 1779 e 1783 a mando do vice-rei Luís de Vasconcelos. A obra fora encomendada a mestre Valentim. No lugar onde fora construído o Passeio, havia a Lagoa do Boqueirão da Ajuda, que era tida como um local "inútil e pestífero" (Azevedo, 1969, p. 547). Na época em que fora construído, o passeio tinha um terraço à beira-mar e o acesso para uma prainha. Era um ponto muito frequentado pela sociedade carioca.
17. *Por miúdo*: detalhadamente.
18. *Jurujuba*: praia de Niterói que possui um conjunto de montanhas que pode ser avistado do Rio de Janeiro. Essas montanhas ficam

na entrada da Baía de Guanabara. Há nelas uma série de fortalezas do tempo do Brasil colônia abertas à visitação pública. As fortalezas também são avistáveis de vários pontos da cidade do Rio de Janeiro. No entanto, hoje não se consegue mais avistar as montanhas e as fortalezas do Passeio Público por conta do Aterro do Flamengo e da urbanização da cidade.

19. *Dúbia*: vaga, indefinível (talvez se referindo à possibilidade de chuva).
20. Augusto Machado destaca sua relação íntima com a cidade, como ocorre em outras passagens do romance.
21. *Avenida Beira-Mar*: inaugurada em 1906, dava continuidade a Avenida Central indo em direção à Zona Sul. Destacavam-se suas calçadas com pedras portuguesas.
22. *Villegagnon*: ilha localizada na Baía de Guanabara. Recebeu esse nome em homenagem ao francês Nicolas Durand de Villegagnon, que ergueu nela o Forte Coligny em meados do século XVI. Ela passou a ser ocupada pela Marinha a partir de 1843. É sede da Escola Naval desde 1938.
23. *Pão de Açúcar*: formação rochosa localizada no bairro da Urca. Naquela época ainda não possuía o bondinho, inaugurado em 1912. É uma das maiores belezas naturais da cidade do Rio de Janeiro e um dos mais famosos cartões-postais do Brasil.
24. *Boa Viagem*: praia localizada em Niterói, que podia ser avistada daquele ponto do Rio de Janeiro.
25. *Outeiro*: pequena elevação; colina; monte. No outeiro da Glória, está localizada a igreja de Nossa Senhora da Glória, construída entre 1714 e 1730, e considerada uma das joias da arquitetura colonial. Lima Barreto fora batizado nessa igreja e era, assim como seu pai João Henriques, devoto da santa. É mais uma passagem em que o narrador-personagem e o autor se confundem.
26. *Serra dos Órgãos*: cadeia montanhosa localizada na região serrana do estado e avistável de vários pontos da cidade do Rio de Janei-

ro. O nome se deve às montanhas se assemelharem a tubos de um órgão de igreja. A montanha mais conhecida desta serra é o Dedo de Deus.

27. *Fofa*: no sentido de vaidosa ou arrogante. Também pode significar, ironicamente, graciosa.

28. *Auguste-Maurice Barrès* (1862-1923): escritor do simbolismo francês, conhecido pela trilogia romanesca *Le Culte du Moi* (*O Culto do Eu*), publicada entre 1888 e 1891. Barrès faz nesses livros uma apologia ao prazer dos sentidos.

29. Evidente crítica às referências mitológicas greco-romanas da poesia parnasiana brasileira e também ao germanismo difundido pelo crítico Sílvio Romero (1851-1914).

30. *Fugace* (fugaz): veloz; transitório; passageiro.

31. *Guias*: livros de turismo que indicam os pontos a serem visitados, gerando uma padronização do que deve ser visto por um turista.

32. *Jequitibá*: uma das mais imponentes árvores brasileiras. Há exemplares milenares e com mais de quarenta metros de altura no país.

33. O narrador-personagem valoriza sua origem negra, que lhe teria impingido uma relação mais próxima com a terra, o clima, a realidade dos trópicos – contrapondo-se aos estrangeiros que não tiveram essa vivência.

34. *Maurice Barrès*: v. nota 28 deste capítulo; *Hippolyte Taine* (1828-1893): crítico literário francês, célebre pelo determinismo, método que se propõe a analisar e entender o homem e a sociedade como resultantes de três fatores – o meio, a raça e o momento; *Anatole France* (1844-1924): escritor francês premiado com o Nobel de literatura em 1921; *Jonathan Swift* (1667-1745): escritor irlandês, autor do romance *As Viagens de Gulliver*, entre outras obras; *Gustave Flaubert* (1821-1880): autor de célebres romances do realismo francês, como *Madame Bovary*. Sobre Renan, ver

nota 43, p. 229. Todos os autores citados por Augusto Machado como referências de leitura foram decisivos na formação do próprio Lima Barreto, mostrando mais uma vez como o narrador-personagem se confunde com o próprio autor.

35. *Azinhagas*: caminhos estreitos.
36. *Convento de Santa Teresa*: começou a ser construído em 1750. Em 1757, apesar de ainda não estar concluído, recebeu as primeiras freiras. As freiras vivem isoladas do mundo – seguindo a regra monástica de Santa Tereza de Ávila. O projeto da obra é do engenheiro-militar José Fernandes Pinto Alpoim – responsável também pela construção do Aqueduto da Carioca.
37. *Armação*: o cais do porto.
38. *No fito de*: com o propósito de.
39. *Canson*: tipo de papel produzido por uma indústria francesa com esse nome.
40. *Rebarbativas*: difíceis; complexas (referindo-se ao desenho complicado das letras do alfabeto grego para quem faz pouco uso delas).
41. *Perscrutar*: investigar; indagar; esquadrinhar.
42. *Alígero*: ligeiro; rápido.

II

1. *Sá*: sobrenome diretamente ligado à fundação da cidade do Rio de Janeiro e à resistência ao invasor francês (Boxer, 1973). O autor parece querer marcar a distinção entre Gonzaga de Sá e os novos setores republicanos emergentes.
2. *Imperial Colégio Dom Pedro II*: fundado em 1837, tinha como objetivo preparar os alunos para o comércio, a indústria e a administração pública. Os alunos formados no Pedro II saíam com o diploma de bacharel em Letras. No período em que se passa o romance, início do século XX, o colégio teve seu nome muda-

do para Instituto Nacional de Instrução Secundária – visando o apagamento de sua ligação com a monarquia. O nome original foi retomado em 1911. Atualmente, o Colégio Pedro II é uma escola federal de ensino básico e possui oito *campi*.

3. *Boas luzes*: boa formação; inteligência.
4. *Raimundo Teixeira Mendes* (1855-1927): principal divulgador do positivismo no Brasil. Quando jovem, Lima Barreto chegou a frequentar reuniões do Círculo Positivista, mas logo percebeu que as ideias positivistas tomam ares de religião e servem para divulgação de uma suposta superioridade das raças. Teixeira Mendes e os seguidores do positivismo brasileiro são alvos de críticas recorrentes na obra de Lima Barreto. Já o título de Visconde de Araguaia foi conferido ao poeta Gonçalves de Magalhães (1811-1882), precursor do romantismo no Brasil. Como se percebe, os conhecimentos de Gonzaga de Sá eram bastante ecléticos.
5. *Estoica*: atitude resignada, imperturbável.
6. *Praticante*: durante a monarquia, trabalho sem remuneração até que houvesse uma vaga disponível em determinada autarquia pública, obedecendo à fila dos demais praticantes que também aguardavam pela vaga. Era o caminho seguido normalmente por aqueles que vinham de famílias humildes e que não dispunham de contatos influentes para ingressar no serviço público. Note-se que esse não era o caso de Gonzaga de Sá, que simplesmente não quis se valer de seus contatos para alçar uma posição mais elevada.
7. *Campo de Santana*: também conhecido como Campo da Aclamação (por ter sido o local das comemorações de nossa Independência em 1822), e Praça da República (por ser o local onde Deodoro da Fonseca proclamara a República em 1889). Fica localizado próximo à estação ferroviária Central do Brasil.
8. *Fustel de Coulanges* (1830-1889): renomado historiador francês. O livro que provavelmente Gonzaga consultou foi *A História das Instituições Políticas da Antiga França*, publicado entre 1874

e 1892. Sua obra mais importante é *A Cidade Antiga* (1864), trabalho que é reconhecido pela engenhosidade das ideias, como a relação do culto aos mortos e o desenvolvimento político e social das cidades, e pelo estilo criativo de escrita.

9. *Ter comércio com*: ter contato; ter conhecimento.
10. *Massa legente*: maioria do leitorado.
11. *Botafogano doutorado*: a formação acadêmica apenas como símbolo de saber e o modo de vida "botafogano" (aburguesado e de aparências) foram criticados ao longo da ficção de Lima Barreto em contos, crônicas e romances.
12. *A coberto*: protegido.
13. *Crestando o viço*: tirando a juventude; perdendo o vigor.
14. *Zende*: língua persa antiga em que foi escrito o *Avesta*, conjunto de livros sagrados cuja autoria é atribuída a Zoroastro (século VII a.C.), também conhecido como Zaratustra.
15. *Não dava para o rodapé*: incapaz de escrever artigos posicionados na parte inferior das páginas dos jornais.
16. A ironia aqui fica por conta dos colegas de repartição lamentarem a morte do amanuense não pelos conhecimentos que tinha, mas pela caligrafia.
17. *Obstava*: impedia.
18. *Remediado*: nem pobre, nem rico, mas com meios para sobreviver.
19. *Cevar*: no sentido figurado de se enganar.
20. Augusto Machado destaca que Gonzaga sempre procurava coisas novas, ou seja, não ficava repetindo ("ruminando") os mesmos pensamentos e ideias.
21. *Tenção*: objetivo.
22. Gonzaga de Sá preferiu não entrar nas disputas por cargos e posições de maneira deliberada – ocupando uma posição inferior à que poderia pleitear tendo em vista sua formação e seu histórico familiar.

23. *Prosper Mérimée* (1803-1870): escritor romântico francês conhecido pela novela *Carmem* (1845), que foi transformada em ópera pelo compositor francês Georges Bizet (1838-1875).
24. *Félix Alcan* (1841-1925): editor francês de livros de ciências e de filosofia. No texto, o nome do editor é metonímia dos livros editados por ele, ao custo de "sete francos e cinquenta" cada.
25. Crítica bastante atual já que os currículos de nossas universidades ainda não permitem, em sua grande maioria, percursos diferenciados para os alunos.
26. *Mercure*; *Revue Philosophique*; *Revue des Deux Mondes*: conceituadas revistas francesas que circulavam no século XIX. A *Mercure* foi fundada em 1672, a *Revue Philosophique*, em 1876, e a *Revue des Deux Mondes*, em 1829. Esses periódicos eram referências para a intelectualidade do século XIX e início do XX em vários países. Lima Barreto era leitor dessas revistas.
27. Gonzaga de Sá deveria se referir às revistas *Renascença* e *Kosmos*. Esta última circulou entre 1904 e 1909. Contribuíram para *Kosmos* importantes nomes das letras brasileiras como Olavo Bilac e Coelho Neto. Segundo Antônio Dimas (1983): "A revista era feita para os olhos e não para o cérebro". Isso porque a revista era ricamente ilustrada e impressa em papel de alta qualidade. Ela era comparada pela imprensa brasileira às publicações europeias "inteligentes" e "civilizadas". Como se vê, Gonzaga de Sá não partilhava dessa opinião da imprensa brasileira.
28. *Le Figaro*: jornal francês fundando em 1826, que ainda se encontra em circulação.
29. *Masque de Fer* ("O homem da máscara de ferro"): capítulo do romance *O Visconde de Bragelonne*, de 1847, que faz parte das aventuras de *Os Três Mosqueteiros* (1844), de Alexandre Dumas.
30. *Croqui*: esboço de pintura ou desenho feito à mão.
31. *Boutade* (em francês): dito espirituoso, engraçado.

III

1. *Almanaque Garnier*: publicado entre 1903 e 1914. Publicação voltada especialmente para o público urbano, tendo entre seus leitores funcionários públicos, profissionais liberais, comerciantes e estudantes. O almanaque trazia dados estatísticos, literatura, variedades, informações sobre serviços públicos etc. No site da Biblioteca Nacional – www.bn.br – estão digitalizados exemplares do *Almanaque Garnier*.
2. *Estrambótico*: esquisito, extravagante.
3. *Inépcia*: incapacidade.
4. *Largo do Paço*: no século XIX, chamava-se Praça Dom Pedro II ou Largo do Passo – tendo seu nome mudado com o advento da República para Praça XV de Novembro em homenagem ao dia da Proclamação da República.
5. *Mestre Valentim* (nascido entre 1740 e 1750 e falecido em 1812): mestiço, filho de fidalgos, legou para o Rio de Janeiro vários chafarizes – como o das Saracuras – e outros monumentos. Os projetos urbanísticos do início do século XX, como destaca Gonzaga, tiraram esses monumentos de seus lugares originais ou os desfiguraram, com a perda de peças importantes que os caracterizavam (Cruls, 1965, pp. 211-213).
6. *Repoussoir* (francês): técnica utilizada principalmente na pintura e na fotografia. Trata-se de um objeto, localizado à direita ou à esquerda da obra (pintura, foto), que direciona o olhar do expectador para um objeto central. Gonzaga propõe que o chafariz de Mestre Valentim direcionava o olhar do espectador para as belezas da Baía da Guanabara.
7. *Algibeiras*: bolsos.
8. *Legítima*: parte da herança reservada por lei aos herdeiros necessários (ascendentes ou descendentes).
9. Fora Pedro Álvares Cabral (1467-1520), comandante da primeira esquadra portuguesa a chegar ao Brasil, os demais selos

homenageavam republicanos históricos como Aristides Lobo (1838-1896), Benjamin Constant (1833-1891), Deodoro da Fonseca (1827-1892), Prudente de Morais (1841-1902) e Eduardo Wadenkolk (1838-1902). Dois deles foram presidentes da República: Prudente e Deodoro. Os demais ocuparam posições de destaque na República. Benjamin Constant também se destacou pela propaganda positivista, que fundamentou os primeiros anos de nossa República. A fala de Gonzaga parece questionar a importância atribuída a algumas dessas personagens ao comentar o valor das estampas e ao propor que suas biografias pudessem ser escritas no espaço diminuto dos selos.

10. O pesquisador Felipe Botelho Corrêa descobriu várias crônicas satíricas de Lima Barreto publicadas em revistas e jornais com pseudônimos. Esse diálogo entre Gonzaga de Sá e Augusto Machado nos correios foi publicado como crônica na *Revista Fon-Fon*, em abril de 1907, assinada com o pseudônimo de Pingente e com o título sugestivo de "Conversas" (Barreto, 2016, pp. 225-227).

IV

1. *Estulta*: estúpida, néscia.
2. *Lorpa*: idiota, imbecil, palerma.
3. *Bonecos*: fotos de pessoas. O termo aparece também em *Recordações do Escrivão Isaías Caminha*: "Julgando que a prosperidade do outro era devida aos bonecos, Loberant punha na sua folha bonecos." (Barreto, 2010, p. 207).
4. *Clichês*: estampas (foto, ilustração) impressas no jornal. Por falta de qualidade da impressão dos jornais brasileiros, as imagens pareciam ser de pessoas negras, vindo daí a observação de Gonzaga de Sá.
5. *Arrivistas*: pessoas que querem vencer a qualquer preço, conquistando cargos e posições de destaque. A disputa por cargos

e posições no funcionalismo público foi muito intensificada nos primeiros anos da República e alvo das críticas de Lima Barreto.

6. *Rabiça*: cabo do arado.
7. *Gleba*: terreno para plantação.
8. *Unto*: banha de porco.
9. *Forais*: normas e regulamentos que deveriam ser seguidos pela nobreza.
10. *Rua do Ouvidor*: uma das ruas mais movimentadas e famosas do centro do Rio de Janeiro àquela época.
11. Gonzaga é descendente dos fundadores da cidade. A partir de 1560, Mem de Sá, então Governador da Bahia, participou ativamente das campanhas de expulsão dos franceses da Baía de Guanabara. Também tomou papel decisivo nesses episódios seu sobrinho Estácio de Sá – fundador do núcleo que dera origem à cidade de São Sebastião. Já Salvador Correia de Sá, irmão de Estácio e sobrinho de Mem de Sá, assumiu o governo da cidade em 1568, quando seu tio retornara à Bahia. Um de seus filhos, Martim de Sá, foi governador do Rio de Janeiro em dois períodos (Boxer, 1973). Como se percebe, a família de Gonzaga de Sá está diretamente ligada ao estabelecimento e governo da cidade do Rio de Janeiro. Nos primeiros esboços do romance, datados de 1906, a personagem se chamaria J. Sá Bragança. A ligação com a ilustre casa real portuguesa (Bragança) foi retirada por Lima Barreto na versão final do romance.
12. *Prosápia*: linhagem; origem. Em sentido figurado: orgulho; jactância; vaidade.
13. *Jean-Baptiste Colbert* (1619-1683): poderoso ministro de Estado e da economia do rei francês Luís XIV (1638-1715). Os Colbert se diziam descendentes da nobreza escocesa – origem que é bastante questionada. Augusto Machado sugere que os descendentes de Colbert teriam renunciado à condição de nobres.
14. O morro do Pedregulho está localizado no bairro de São Cristóvão.

15. Não se trata aqui do Jóquei Club (próximo ao Jardim Botânico), que só foi construído em 1932 numa área aterrada da Lagoa Rodrigo de Freitas. Provavelmente, os dois amigos passavam próximos ao Derby Club, que se situava ao lado da Quinta da Boa Vista. Havia ainda na cidade o Hipódromo Nacional, o Prado do Turf Club e o Prado do Fluminense Jockey Club – todos na zona norte da cidade.
16. Não se trata da Estação da Leopoldina, que só foi inaugurada na década de 1920. As duas personagens estão na Zona Norte da cidade e a estrada de ferro mencionada no texto chamava-se "The Leopoldina Railway", que ligava a Estação de São Francisco Xavier a Petrópolis passando por várias estações suburbanas.
17. O próprio Gonzaga de Sá explica mais abaixo a localização deste Engenho da Penha. Gonzaga condena o fato dos moradores do Rio de Janeiro não conhecerem os diferentes locais da cidade, principalmente os subúrbios e as regiões mais afastadas, ficando apenas nas regiões nobres (Botafogo e Tijuca).
18. A serra dos Órgãos, ver nota 26, p. 211.
19. *Singrado*: particípio do verbo singrar (navegar).
20. *Perus*: espécie de barco rústico.
21. *Falua*: tipo de embarcação a vela.
22. O nome Galeão se deve ao fato de ter sido construído nessa praia o primeiro galeão (navio) em solo brasileiro. Isso foi em 1663 (Santos, 1965, p. 70).
23. *Dom João VI* (1767-1826): rei que, ainda como príncipe regente, determinou a transferência da família real e da corte portuguesa para a cidade do Rio de Janeiro em 1808. Esse fato foi motivado pela então iminente invasão de Lisboa pelas tropas napoleônicas. Com a vinda da família real para o Brasil, a cidade do Rio de Janeiro passa por uma série de melhorias, como a criação da Imprensa Régia e do Jardim Botânico. Lima Barreto também conhecera de perto as mangueiras plantadas a mando do rei,

quando seu pai trabalhara na Colônia de Alienados na Ilha do Governador, localizada no Galeão.

24. *Bonsucesso*: bairro da Zona Norte do Rio de Janeiro.
25. *Jean de La Fontaine* (1621-1695): poeta francês, célebre autor de fábulas.
26. *Tradução do francês*: "Nenhum flóreo caminho leva à glória". Trata-se do primeiro verso da fábula "Os Dois Aventureiros e o Talismã" (La Fontaine, 1989, p. 261). Nessa fábula, dois aventureiros encontram uma placa que propunha um desafio àquele que quisesse encontrar a glória. Um dos aventureiros acha o desafio muito perigoso e desiste. O outro aventureiro aceita o desafio, cumpre as etapas e se torna rei.
27. *Cediço*: desagradável; fora de moda; ultrapassado.
28. *Savoir-vivre* (francês): boas maneiras; polidez; civilidade.
29. *Alcobaça*: espécie de lenço grande, tecido de algodão.
30. *Vetustas*: antigas; velhas.
31. *Cambambe*: localidade da Ilha do Governador.
32. Com a descoberta de ouro no sertão brasileiro (nos atuais Estados de Minas, Goiás e Mato Grosso), no final do século XVI, a cidade do Rio de Janeiro ocupou papel decisivo na partida de exploradores para o sertão e no escoamento do ouro para a metrópole. O Cais dos Mineiros estava localizado nas proximidades da atual igreja da Candelária. Desse ponto, navegava-se pela Baía da Guanabara até o Porto de Estrela. Esse porto era localizado na Ilha do Governador, possibilitando acesso ao Rio Iguaçu, de onde os exploradores rumavam em direção às jazidas de ouro. O Porto de Estrela perdeu sua importância com o final do ciclo do ouro e com o advento das ferrovias no século XIX.
33. Gonzaga de Sá afirma que Estácio de Sá teria sido flechado na Ilha do Governador. Essa informação é relativamente imprecisa. Estácio de Sá tomou parte da expulsão dos tamoios dos redutos de Uruçumirim e Paranapucu. O primeiro reduto era localizado

provavelmente no Morro da Glória. Já Paranapucu localizava-se em Paranapuã, atual Ilha do Governador. Estácio de Sá fora flechado no rosto em Uruçumirim e morreu um mês depois em decorrência desse ferimento (Cruls, 1965, pp. 39-40). A imagem de Estácio de Sá, que se projeta para Augusto Machado, unindo as pontas da história da cidade, é uma das mais belas do livro. Aí um exemplo da chamada imaginação criadora de Gonzaga.

V

1. Esse hábito de caminhar e de investigar a cidade lembra a figura do *flâneur*, aquele que caminha por vários lugares, sem rumo certo, por puro prazer. Muito popular na literatura do século XIX e início do XX, esse tipo surge com o desenvolvimento das grandes cidades que propiciam o contato com as multidões, com tumultuo das ruas, com velozes transformações urbanísticas. A figura do *flâneur* foi divulgada no Brasil, principalmente, pelo escritor João do Rio (1881-1921), notável cronista carioca. No entanto, as referências de Lima Barreto parecem apontar para o conto "O Homem das Multidões", do autor norte-americano Edgar Allan Poe (1809-1849). O próprio Lima Barreto era dado a longas caminhadas pela cidade e a passeios de bonde e de trem, como se pode ver nas anotações do *Diário Íntimo* e em suas crônicas.
2. Além dos locais da cidade do Rio de Janeiro, há referências constantes a Niterói. Lima Barreto ia com frequência para lá, onde vários amigos moravam. O deslocamento entre Rio e Niterói foi muito facilitado a partir da implantação de barcas a vapor, em 1835, com um tempo de travessia de trinta minutos. Antes, a travessia era feita em pequenas embarcações.
3. *Do pé para a mão*: de uma hora para outra; repentinamente.
4. *Gárrula*: tagarela; loquaz.

5. O Morro do Castelo, onde Gonzaga encontrara a casa demolida, constituiu-se num ponto estratégico para o estabelecimento da cidade no século XVI, como assinala Gastão Cruls: "foi ao se fixarem no seu cimo que os colonizadores se enraizaram definitivamente no solo carioca" (1965, p. 14). Nesse morro, em 1567, a cidade inicialmente fundada por Estácio de Sá na entrada da baía da Guanabara, no sopé do morro Cara de Cão (1565), conseguia "descanso vitorioso após meses e mais meses de permanente estado de desassossego e sobressalto, de defesa e luta, contra o francês aventureiro e o tamoio ardiloso" (Cruls, 1965, p. 14). Apesar de ser um marco da fundação da cidade, o morro passou a ser considerado prejudicial à saúde dos cariocas porque dificultava a circulação dos ventos e por impedir o livre escoamento das águas. Somado a isso, constituía-se num obstáculo para os projetos urbanísticos da cidade.
6. *Fazer gazeta*: faltar às aulas ou ao trabalho para vadiar.
7. *Estrambótico*: excêntrico; estranho.
8. *Antípoda*: pessoa que vive em lugar diametralmente oposto, em relação a outra. Aqui, no sentido de locais que se opõem totalmente.
9. *City* (inglês): o núcleo central da cidade.
10. *Vicissitudes*: mudanças; transformações.
11. *Escolho*: pequena ilha rochosa no mar; abrolho. Aqui, em sentido figurado, a imagem poética sugere que o Morro do Castelo surgiu como um abrigo, um local possível para edificação da cidade.
12. *Polícia*: vigilância.
13. São Sebastião do Rio de Janeiro foi o primeiro nome dado à cidade do Rio de Janeiro. Olavo Bilac, para criticar os traços coloniais da cidade, costumava chamá-la de Sebastianópolis.
14. *Estuque*: espécie de argamassa usada para cobrir paredes ou para fazer ornamentos.
15. O cais do Valongo foi criado pelo Marquês do Lavradio (1729-1790) para evitar que o tráfico de escravos ocorresse em regiões

centrais da cidade, como a Rua da Alfândega. Os morros da Saúde ficam próximos ao Valongo.

16. *Aringa*: campo fortificado dos sobas (tribo africana).
17. *C'est le triste retour* (francês): "Este é o triste retorno".
18. *Plutônico*: infernal; relativo a Plutão, deus do inferno, na mitologia romana
19. A longa explicação de Gonzaga de Sá defende a manutenção da história da cidade marcada por diferentes ciclos do desenvolvimento econômico do Brasil Colônia. Vários projetos urbanísticos do início do século XX previam a derrubada de prédios e de marcos históricos, como o Morro do Castelo. O discurso de conservação e preservação da cidade, que hoje nos parece comum, era bastante inusitado à época. Escritores como Olavo Bilac propunham uma remodelação completa da cidade, pondo abaixo as marcas da antiga cidade colonial.

VI

1. Por essa cena, Gonzaga de Sá teria contato com o Barão do Rio Branco (única forma de ter ouvido o diálogo). Assim, Lima Barreto promove uma sátira ao Ministério das Relações Exteriores – chefiado pelo Barão do Rio Branco entre 1902 e 1912.
2. *Supimpa*: notável; considerável; extraordinária.
3. O narrador enfatiza a ideia de que a fama de Rio Branco foi construída pelos jornais que exageraram seus feitos. Importante lembrar que Rio Branco era uma unanimidade em sua época. Ainda hoje é pouco contestado e empresta seu nome para ruas, praças, avenidas e escolas pelo Brasil inteiro.
4. *Repimpado*: que está de barriga cheia. A ênfase dada a um traço físico – a obesidade burguesa da personagem – é bastante comum na ficção de Lima Barreto, que se vale dos traços ligeiros da caricatura para efetuar suas críticas.

5. Os automóveis eram uma novidade nas ruas do Rio de Janeiro naquele período. O carro usado pelo Barão do Rio Branco – um modelo alemão, chamado Protos – foi reformado e está exposto no Museu Histórico Nacional, no Rio de Janeiro. Na ficção de Lima Barreto, o carro aparece de maneira central no conto "Um e Outro" e é visto como um símbolo de poder e ostentação.
6. *Robert Walpole* (1676-1745): conde de Oxford, considerado como o primeiro e mais longevo primeiro ministro da Inglaterra. Governou o país, interruptamente, por vinte anos. Para se defender de acusações de corrupção, subsidiou escritores para escrever a seu favor. Um dos argumentos de sua defesa foi que a corrupção era uma condição humana universal.
7. *Bonifrates*: fantoches; títeres; pessoas manipuláveis.
8. *José Maria da Silva Paranhos Júnior*, o Barão do Rio Branco (1845-1912), angariou sua fama como diplomata ao ganhar disputas em tribunais internacionais que resultaram no aumento do território brasileiro (Acre, Amapá e Palmas). Era uma figura pública de grande prestígio e teve seu nome cogitado inclusive para concorrer à presidência da República. Ocupou o Ministério das Relações Internacionais de 1902 até o ano de sua morte. Lima Barreto não partilhava da opinião da maioria e achava que Rio Branco não merecia toda a fama que lhe atribuíam. Em crônica publicada no jornal *Correio da Noite*, em 23 de janeiro de 1915, Lima Barreto afirmava que Rio Branco tinha "transformado um edifício público em sua residência, nomeava para os lugares de seu ministério quem entendia, sem obedecer os artigos da lei" (Barreto, 2004, vol. 1, p. 164).
9. *Atilamento*: sagacidade; esperteza.
10. *Charles-Maurice de Talleyrand-Périgord* (1754-1838): diplomata em diferentes governos franceses. Sua capacidade de se adaptar às mais diferentes orientações ideológicas tornou seu nome sinônimo de uma diplomacia cínica e desonesta.

11. Referência a *Otto Eduard Leopold von Bismarck-Schönhausen* (1815-1898): nobre, diplomata e político alemão. Ficou conhecido como "o chanceler de ferro". Sua política foi pautada no nacionalismo e no militarismo. As comparações do Barão de Rio Branco com Walpole, Talleyrand e Bismarck procuram ressaltar os traços negativos dessas personalidades históricas, defeitos que, na opinião de Gonzaga, também podiam ser encontrados no diplomata brasileiro.
12. *Quediva*: título equivalente a vice-rei, conferido ao paxá do Egito pelos turcos. Lima Barreto denuncia as ostentações e desmandos do Barão do Rio Branco em plena República.
13. *Joaquim Caetano* (1810-1873); médico formado na França. Lecionou no Colégio Pedro II. Foi membro do Instituto Histórico e Geográfico Brasileiro. Também foi diplomata e deu início às discussões sobre as fronteiras do Brasil com a Guiana, resultando daí seu estudo *L'Oyapock et l'Amazone*, de 1861. *José Alexandre Teixeira de Melo* (1833-1907): formado em medicina, chefiou a seção de manuscritos da Biblioteca Nacional e desenvolveu pesquisas meticulosas que serviram de subsídio para definir as questões das fronteiras do Brasil. Ao lembrar os dois pesquisadores, Gonzaga de Sá quer mostrar o quanto a fama de Rio Branco se devia ao desconhecimento de trabalhos pioneiros que serviram de apoio à argumentação nas cortes internacionais, ou seja, o trabalho mais difícil fora realizado por outras pessoas, e o Barão do Rio Branco levara a fama.
14. *Filigrana*: ornamento. Em sentido figurado: coisa insignificante; ninharia.
15. Referência irônica aos comportamentos presunçosos, fúteis e tolos, como os da aristocracia que frequentava o palácio de Versalhes, residência oficial dos reis franceses desde Luís XIV.
16. *Luís XIV* (1638-1715): rei absolutista francês. Ficou conhecido pela frase "o Estado sou eu".

17. *Dom João* v (1689-1750): reinou em Portugal por 43 anos, período em que se dá a descoberta do ouro no Brasil. Assim como Luís XIV, Dom João V ficou conhecido pela ostentação da riqueza – traço que também era característico do Barão do Rio Branco, na opinião de Gonzaga de Sá e de Lima Barreto.
18. *Odivelas*: referência ao mosteiro localizado na cidade de mesmo nome, situada a cerca de dez quilômetros de Lisboa. Lá, o rei Dom João V manteve relações amorosas com várias freiras, principalmente com madre Paula, sua favorita. Segundo Gonzaga de Sá, o Barão do Rio Branco seria comparável a Dom João V, mas, "talvez", não quanto à manutenção de amantes.
19. Trata-se de um símbolo de ostentação e poder. De acordo com o *site* Palácio de Mafra: "a mando d'El Rei, o Marquês de Abrantes procurou informar-se do preço de um carrilhão tendo-lhe sido indicado o valor de 400.000$00 réis, quantia tida como demasiado elevada para um país tão pequeno. Ao que D. João V, ofendido – era o monarca mais rico do seu tempo – terá respondido: 'Não supunha que fosse tão barato; quero dois!' Assim, foi executado em Liége, nas oficinas de Nicolau Levache, o carrilhão da torre norte e, em Antuérpia, na fundição de Willem Witlockx, o da torre sul." Disponível em: www.palaciomafra.pt, consultado em 8.4.2017.
20. O Teatro Provisório, também conhecido como Lírico Fluminense, em decorrência da natureza dos espetáculos lá apresentados, funcionou próximo ao Campo de Santana, entre 1851 e 1875, quando foi derrubado.
21. O local devia ser frequentado por prostitutas, por isso a moça não era uma das frequentadoras habituais.
22. Este "Bar" estava localizado no Pavilhão de Regatas, oferecendo um salão de chá, música de orquestra e embarcações para passear na enseada. Funcionava à noite, até a uma hora, nos dias de regatas.

23 *Inerrável* (neologismo): sem erro.

24. *Retumbante*: estrondoso.

25. *Iníqua*: injusta.

26. *Cassa*: tecido muito fino, de linho ou algodão.

27. *Infinitesimal*: relativo a quantidades infinitamente pequenas.

28. *Upper ten thousand*: expressão inglesa para referir-se a pessoas que pertencem às altas rodas sociais.

29. *Ajambradas*: arrumadas; ajeitadas.

30. *Beleza obumbrante*: uma beleza que obscurece as demais.

31. *Irrespeito*: desrespeito.

32. *Atavios*: enfeites, adornos.

33. *Charles Darwin* (1809-1882): naturalista inglês, autor da teoria da evolução biológica pelo processo de seleção natural, formulada em sua obra *A Origem das Espécies* (1859).

34. *Notre Dame* (francês): havia uma casa de modas localizada à Rua do Ouvidor (Macedo, 1988, p. 129) que homenageava uma casa de modas com igual nome em Paris. A referência pode ser a qualquer uma das casas. Não se trata, aqui, da famosa catedral de Paris.

35. *Tumultuária*: desordenada; confusa.

36. *Platão* (*c.* 428 a.C.-*c.* 348 a.C.): filósofo grego; um dos mais célebres pensadores da história da filosofia; autor de diálogos como *Fédon*, *Crátilo*, *Fedro*, *O Banquete* e *A República*, entre outros livros.

37. O narrador brinca com o desconhecimento que Gonzaga de Sá ("Platão") demonstra sobre a moda apreciada pelas mulheres elegantes ("damas") do Rio de Janeiro ("Atenas").

38. *Fazenda*: tecido.

39. *Mademoiselle* (francês): senhorita.

40. O narrador faz uso humorístico do *nonsense* (disparate) ao estabelecer relação absurda entre a nomeação de um delegado a um improvável congresso na Itália e o tecido do vestido usado por uma moça num baile elegante.

41. *Cavador* (gíria brasileira): pessoa oportunista que procura vantagens pessoais por todos os meios, inclusive os ilegais.

42. *Voile*; *nanzouk*; *"escocês"*; *soutache*: tipos de tecido.

43. *Joseph Ernest Renan* (1823-1892): importante filósofo e historiador francês. Seu ensaio "O que É Uma Nação?" demonstra como a ideia de nacionalidade não passa de uma construção histórica. Esse ensaio influenciou sobremaneira Lima Barreto. A nocividade do nacionalismo exagerado aparece no romance *Triste Fim de Policarpo Quaresma* e em várias crônicas de Lima Barreto, principalmente as publicadas após a Primeira Guerra Mundial. Ainda sobre *Triste Fim de Policarpo Quaresma*, o romance tem como epígrafe uma frase do livro *Marco Aurélio*, de Renan. Para Silviano Santiago (1982, pp. 163-181), essa epígrafe é uma espécie de microleitura do romance.

44. *Jean-Jacques Rousseau* (1712-1778): escritor e filósofo franco-suíço; autor de *Discurso sobre a Origem e os Fundamentos da Desigualdade entre os Homens* (1755), entre outras obras que exerceram significativa influência no ideário da Revolução Francesa (1789).

45. *Joanete*: deformação da articulação do pé na parte externa do grande artelho.

46. *Mortona*: equipamento utilizado em estaleiros para movimentar embarcações da água para a oficina onde devem receber reparos e reformas.

47. *Acabrunhada*: triste; chateada.

48. *Realistas e nominalistas*: adeptos de correntes do pensamento filosófico da Idade Média. O "nominalismo" considerava que os universais (as ideias e conceitos gerais) não têm existência real e não são mais do que nomes. Para o "realismo", os universais são realidades objetivas, que residem em si mesmas ou são inerentes às coisas.

49. *Pierre Abélard* (1079-1142): teólogo, filósofo escolástico francês e defensor do "conceitualismo", doutrina que se afasta do "no-

minalismo", bem como do "realismo", e considera os universais como representações da mente, que derivam das coisas e guardam com elas uma certa relação de semelhança.

50. *Bambolinas*: equipamento de teatro que prende telões suspensos para simulação cenográfica do teto, do céu, de paisagem etc.
51. *Caleça*: carruagem para dois assentos, provida de quatro rodas e puxada por uma parelha de cavalos.
52. *Pachorrentamente*: sem pressa; excessivamente devagar.
53. *Charrete*: carruagem descoberta, puxada por um cavalo e provida de assentos para o condutor e mais duas pessoas.
54. *Largo do Rossio* ("Rocio", na ortografia antiga): logradouro do Rio de Janeiro cuja origem remonta ao século XVII quando se chamava Rossio Grande. Também foi conhecido como Campo do Polé – devido à existência de um pelourinho – e Campo dos Ciganos, pela presença de tendas de ciganos. Com o advento da República, passou a se chamar Praça Tiradentes. Em seu centro, há uma estátua de Dom Pedro I montado em seu cavalo – instalada em 1862 – e quatro estátuas representando a Justiça, a Liberdade, a União e a Fidelidade – instaladas em 1865. Apesar dessa mudança, a denominação Largo do Rossio continuou a ser utilizada pela população durante muito tempo.
55. Alusão à Livraria Garnier que se localizava à Rua do Ouvidor, n. 71. Era também uma das principais casas editoriais do Brasil naquele período, tendo publicado, por exemplo, *Canaã*, de Graça Aranha, em 1902.
56. *La Science et l'Hypothèse* (em tradução do francês: *A Ciência e a Hipótese*): obra de Henri Poincaré (1854-1912) – renomado matemático, físico, filósofo e professor da Sorbonne –, publicada em 1902. A citação desse livro demonstra o campo de interesses amplos de Gonzaga de Sá.

VII

1. Durante o Segundo Império brasileiro, vários títulos nobiliárquicos foram "concedidos" a quem pudesse pagar por eles. Foi uma forma encontrada para arrecadar dinheiro e para incorporar setores emergentes (comerciantes, capitalistas) à base do império. Como assinala Raimundo Faoro (2001, p. 45), o título de barão era o mais comum – havendo 316 deles em 1889. Houve um Barão de Inhangá, que inclusive nomeia uma rua do Rio de Janeiro, porém, a personagem aqui é ficcional, assim como o Barão de Jacuecanga do conto "O Homem que Sabia Javanês" (Barreto, 2001, pp. 49-58).
2. Um dos critérios de promoção no serviço público, ainda vigente em muitas carreiras, é o de maior tempo no órgão.
3. *Repimpar-se*: sentar-se; acomodar-se.
4. A escrita caldaica é uma das mais antigas e foi criada pelos sumérios por volta de 3.500 a.C. A letra do chefe de seção deveria ser rebuscada, cheia de floreados, fazendo lembrar os pictogramas da escrita antiga. Assim, Lima Barreto faz uma crítica aos ritos burocráticos e às suas formalidades.
5. *Papagaio*: utensílio utilizado para dependurar as penas dos escrivães.
6. *Arras*: provas; garantias.
7. *Ressaibo*: desagrado; ressentimento.
8. *Não afianço*: não garanto.
9. *Mossa*: agitação; abalo; perturbação emocional.
10. *Dorida*: dolorosa; sofrida.
11. *Anelo*: desejo intenso; aspiração.
12. *Edgar Allan Poe* (1809-1849): escritor norte-americano. Mestre das narrativas de horror, mistério e de investigação detetivesca, como, entre muitas outras famosas, o conto "A Carta Roubada", a que parece referir-se o narrador. Nesse conto, o chefe de polícia

pede ao detetive Auguste Dupin que investigue o roubo de um documento confidencial por um ministro. O detetive vasculha a casa do ministro e procura a carta nos lugares mais secretos. Por meio de uma série de raciocínios lógicos, Dupin conclui que a carta estaria no lugar mais visível possível – hipótese que é confirmada.

13. *Auguste Comte* (1798-1857): filósofo fundador do Positivismo, corrente de pensamento que foi muito difundida durante os primeiros anos da República no Brasil.
14. *Água-forte*: tipo de gravura feita por meio de uma matriz de metal gravada com um desenho ou impressão fotográfica. O desenho é feito na chapa pela corrosão com ácido nítrico e o uso de um buril. A técnica confere um ar de desenho para imagem impressa. Esse processo de impressão desenvolveu-se a partir do século XV e foi utilizado por pintores renomados como Rembrandt e Goya.
15. Essa descrição é bastante parecida com a de outro empregado negro feita no conto “O Homem que Sabia Javanês”: “Veio, por fim, um antigo preto africano, cujas barbas e cabelos de algodão davam à sua fisionomia uma aguda impressão de velhice, doçura, sofrimento” (Barreto, 2001, p. 52).
16. *Nhonhô ou ioiô (de sinhô < senhor)*: tratamento utilizado normalmente pelos escravos para se dirigirem aos seus patrões.
17. *Consolo (ou console)*: espécie de mesa usada para servir de base a vasos ou outros adornos.
18. *Sandro Botticelli* (1445-1510): pintor renascentista italiano. Seu famoso quadro “A Primavera” é considerado uma alegoria da fertilidade, trazendo várias personagens da mitologia (como Vênus e Cupido). A pintura parece destacar, por oposição, a infertilidade da vida de Gonzaga de Sá.
19. *Claude Joseph Rouget de Lisle* (1760-1836): compositor de “A Marselhesa”, canção que se tornou o hino nacional da França. O

quadro a que se refere Augusto Machado é o de Isidore Pils, *Rouget de Lisle Chantant la Marseillaise*, datado de 1849.

20. *Caio Júlio César* (100 a.C.-44 a.C.): excepcional estrategista militar, conquistador da Gália, governou Roma como ditador, de 49 a.C. até ser assassinado. Sua morte desencadeou uma guerra civil que terminaria com a república e daria início ao império romano.
21. *Dante Alighieri* (1265-1321): considerado o maior poeta da língua italiana e um dos maiores da literatura universal, é autor de *A Divina Comédia*, longo poema narrativo e alegórico, constituído de três partes: "Inferno", "Purgatório" e "Paraíso".
22. *Amor, che a nullo amato amar perdona* (italiano): verso que se refere aos amores trágicos de Paulo e sua cunhada Francesca. O poeta os encontra no segundo círculo do Inferno, onde são castigados pelo pecado da luxúria. Na tradução brasileira de Ítalo Eugênio Mauro: "Amor, que a amado algum amar perdoa" (1998, Inferno, Canto V, p. 53).
23. *Mocho*: espécie de coruja, ave que simboliza a sabedoria.
24. *Bandeira*: caixilho, normalmente envidraçado, colocado no alto das portas e janelas para melhorar a iluminação.
25. *Avenca*: espécie de samambaia.
26. *Jacques Offenbach* (1819-1880): músico e compositor nascido na Alemanha, mas que desenvolveu sua carreira na França. Autor de operetas que alcançaram grande repercussão nos teatros europeus. *A Grande Duquesa de Gerolstein* é uma ópera bufa, em três atos e quatro quadros, representada pela primeira vez em 1867, em Paris. O sucesso de Offenbach logo repercutiu no Brasil. Em 1868, o ator e dramaturgo brasileiro Francisco Correa Vasques (1839-1892), citado por Gonzaga de Sá, trouxe para os palcos fluminenses a ópera *Orfeu na Roça* parodiando o *Orfeu no Inferno* do compositor alemão.
27. Alusão ao famoso artigo "*J'accuse*", de Émile Zola, publicado em 13 de janeiro de 1898 no jornal *L'Aurore*. O texto tem a forma de

uma carta, dirigida ao presidente francês, denunciando a falsidade das acusações contra o oficial Alfred Dreyfus. O título do artigo se deve ao fato de que, na sua conclusão, todas as frases se iniciam pela expressão "eu acuso".

28. *Vênus*: deusa da beleza e do amor, na mitologia romana.
29. Essa frase é repetida por Gonzaga de Sá quatro vezes ao longo do romance.
30. *Sandro Botticelli*: ver nota 18, p. 232 neste capítulo.
31. *Limpa-trilhos*: peça da parte frontal das locomotivas, que serve para retirar obstáculos dos trilhos. A vítima do acidente sobrevivera por conseguir se agarrar a essa peça.
32. *Aparvalhado*: desnorteado; atrapalhado.
33. *Bandós*: forma de pentear o cabelo, dividindo-o em duas metades presas por pentes ou um tecido.
34. *Irisado:* que tem as cores do arco-íris. No caso dos pombos, é um detalhe que pode ser percebido com a incidência da luz em sua plumagem.
35. *Bucelas*: vinho branco produzido há séculos nos arredores de Lisboa.
36. Quer dizer que Inácio foi alforriado quando de seu nascimento.
37. Gonzaga de Sá fora amamentado pela mãe desse menino que fora libertado "na pia" e continuara a servi-lo como se ainda fosse um escravo. Gonzaga de Sá manifesta uma visão "paternalista" e idealizada da escravidão, deixando de ver a brutalidade por trás dessa aparente cordialidade dos antigos senhores. Essa herança brutal da escravidão será problematizada por Augusto Machado.
38. *Domingos Ribeiro Filho* (1875-1942): colega de serviço e vizinho de Lima Barreto por certo tempo. Era defensor do anarquismo e publicou alguns romances engajados. Apesar desses pontos em comum, houve certa incompatibilidade de pensamento entre os dois, como assinala Francisco de Assis Barbosa (*In*: Lima Barreto, *Correspondência Ativa e Passiva*, tomo I, 1956, pp. 211-212). O

fato de Augusto Machado citar Domingos Ribeiro como seu conhecido mostra como o narrador-personagem era mais um *alter ego* de Lima Barreto, como Isaías Caminha, Leonardo Flores e tantas outras personagens.

39. Os textos e os autores citados são todos fictícios e querem dar ideia de que boas ideias são pensadas no Brasil por pessoas às margens. É interessante notar que Lima Barreto, coerente com essa ideia, sempre deu muita atenção às pequenas publicações e aos livros dos autores iniciantes que chegavam às suas mãos.
40. *Catita*: bonito; atraente; bem-vestido. Gonzaga de Sá critica a preocupação das revistas brasileiras apenas com seu aspecto visual, descuidando do conteúdo.
41. *Potentados*: pessoas poderosas, ricas, influentes. Mais uma crítica à relação entre a imprensa e o poder. Lima Barreto não se cansava de bater nesta tecla.
42. *Ramerrão*: rotina.
43. *Sofrear*: reprimir; conter.
44. Gonzaga de Sá estabelece um vínculo entre a grande imprensa, a corrupção e a falta de autonomia de pensamento. Por outro lado, via nas pequenas publicações a possibilidade da divulgação de formas de pensar alternativas. Lima Barreto foi severo crítico dos grandes jornais – como o *Correio da Manhã*, de Edmundo Bittencourt – e simpatizante das pequenas publicações (jornais e revistas), chegando a colaborar para muitas delas.
45. *Questiúnculas*: questões menores, pequenas.
46. *Homessa*: interjeição equivalente a "ora essa!"
47. *Cumeadas*: cumes; partes mais altas.
48. *Retábulo*: peça de madeira, de mármore, ou de outro material, que fica na parte traseira superior de um altar e que, normalmente, encerra um ou mais painéis pintados ou em baixo-relevo.

1. *Agaloados*: com galões, ou seja, com tiras douradas nos uniformes que vestiam.
2. *Veneras*: condecorações. Os antepassados de Gonzaga de Sá tiveram patentes no exército.
3. Bacalhau era denominação dada ao azorrague utilizado pelos feitores para torturar os escravos. Tratava-se de um chicote com um cabo curto de madeira que prendia uma tira de couro finalizada em pontas com esferas de ferro. Nessa cena, Augusto Machado denuncia a brutalidade do tempo da escravidão que permanece como uma memória dolorosa para os descendentes de negros. Essa visão entra em choque com a visão amenizada apresentada por Gonzaga de Sá anteriormente ao se referir ao seu serviçal libertado na pia.
4. *Pentes:* prendedores de cabelo em formato de pente.
5. Dona Escolástica se refere à Revolução Francesa (1789-1799).
6. *Minerva*: deusa da sabedoria, na mitologia romana.
7. *Homem do prego*: homem da casa de penhor, onde as joias são "penduradas".
8. *Onzenário*: agiota. Gonzaga de Sá afirma que ele se parecerá com um agiota, pois sua época foi marcada pela exploração financeira. Já seus parentes se pareciam com "carrascos", pois viveram durante a escravidão. Nesse ponto, Gonzaga de Sá também oferece uma visão negativa do período da escravidão no Brasil.
9. *Reencetou*: reiniciou.
10. *Untuoso* (em sentido figurado): brando; agradável; meigo.
11. *Juan Manuel Rosas* (1793-1877): ditador argentino, ligado ao partido Blanco, que ficou conhecido pela chamada Guerra do Prata, que se estendeu entre 1851 e 1852. Ao final desse conflito, que envolveu Brasil, Argentina e Uruguai, o Brasil retomou a hegemo-

nia na região do Rio da Prata. Isso trouxe estabilidade política para o Império Brasileiro.

12. *Alquebrado*: abatido; cansado; doente.
13. *Francisco Solano López* (1827-1870): presidente do Paraguai no período da Guerra do Paraguai, entre 1864 e 1870.
14. *Estridular*: emitir som estridente.
15. *Louis Moreau Gottschalk* (1829-1869): famoso pianista e compositor norte-americano, descendente de *criollos* haitianos e de um negociante judeu de Londres. Viajou por muitos países latino-americanos e morreu no Rio de Janeiro em 1869, alguns dias após passar mal durante uma apresentação no Teatro Lírico Fluminense, quando executava uma peça romântica intitulada "Morte". O pianista *criollo* fora reverenciado pela sociedade escravocrata brasileira do Segundo Reinado. As músicas, citadas por Gonzaga de Sá e por sua tia Escolástica, podem ser ouvidas na internet.
16. Nesse concerto, Gottschalk foi acompanhado por mais de trinta pianos e por uma orquestra de cerca de quatrocentos músicos. Daí ser chamado de concerto-monstro, ou seja, um enorme concerto.
17. *Rosine Stoltz* (1815-1903): uma das mais celebradas cantoras de ópera do cenário internacional a se apresentar nos palcos do Brasil. Como assinala Machado de Assis (2009, p. 63), em crônica publicada na *Ilustração Brasileira*, em 1 de julho de 1876, sobre os artistas famosos que se apresentaram em nossos palcos: "Ele [o público fluminense] ouviu Stoltz, Lagrange, Tamberlick, Charton, Bouché e quase todas as celebridades de há anos." Como se vê, a capital do Império brasileiro era um destino certo das companhias internacionais de ópera.
18. O Teatro Provisório foi construído pelo português Vicente Rodrigues e ficava localizado no Campo de Santana. Sua construção foi motivada pelos incêndios que destruíram a maior parte

do teatro São Pedro de Alcântara (antigo teatro São João) – o último desses incêndios em 1851. O Teatro Provisório, inaugurado em 1852, com capacidade para mil espectadores, deveria durar apenas três anos, mas acabou ficando 23 anos em atividade.

19. Referência à ópera *A Favorita* de Gaetano Donizetti (1797-1848), encenada pela primeira vez na Europa em 1842, tendo no papel da protagonista Leonora de Guzman, justamente, a cantora Rosine Stoltz.

20. *Perlenga*: falatório, palavreado (mesmo que parlenda).

21. *Francisco Otaviano de Almeida Rosa* (1825-1889): político e poeta brasileiro; patrono da cadeira n. 13 da Academia Brasileira de Letras.

22. 1852.

23. *Ilações*: inferências; suposições.

24. *Elétrico*: bonde movido a eletricidade. O primeiro bonde elétrico da América Latina circulou na cidade do Rio de Janeiro em 8 de outubro de 1892.

25. *Largo da Glória*: logradouro carioca onde se encontra a igreja de Nossa Senhora da Glória do Outeiro, construção em estilo rococó que vem a ser um dos patrimônios da arquitetura colonial mais apreciados da cidade. Em 1857, o Largo e o bairro foram remodelados a partir de proposta do vereador Haddok Lobo. No início do século XX, é instalada uma praça que recebe o nome de Pedro Álvares Cabral e uma estátua do descobridor (Gerson, 1965, pp. 320-321).

IX

1. No início do século XX, os cafés tornaram-se ponto de encontro de escritores, intelectuais, jornalistas, funcionários públicos. Nesses espaços, discutia-se tudo: o dia a dia na repartição, as questões políticas, os projetos literários, as últimas modas vin-

das da Europa. O Café Papagaio – citado por Augusto Machado – era o mais frequentado por Lima Barreto e seus amigos (Broca, 2005, p. 73). Ele estava situado à Rua Gonçalves Dias, entre as ruas do Ouvidor e Sete de Setembro (Edmundo, 2003, p. 329).

2. *Espaventoso*: espalhafatoso; espantoso.
3. *Roçagante*: que se arrasta, que toca levemente o chão.
4. *Comme un vol de gerfauts* (francês): "como uma revoada de gaviões", em tradução livre. A citação pertence ao primeiro verso do poema *Lés Conquerants*, do poeta francês José Maria Heredia (1842-1905), nascido em Cuba e descendente de conquistadores espanhóis. Tal citação, no contexto da reflexão de Augusto Machado, sugere que aquelas mulheres saíram da França (Bordeaux; Havre) para enriquecer com a prostituição ("a dama fácil") no Rio de Janeiro, como se fossem aves de rapina. O vocábulo francês *vol* pode significar "voo" ou "roubo". O poema de Heredia, traduzido por Raimundo Correia como "Os Argonautas", enfatiza os valores comerciais das grandes navegações, como se pode observar na segunda estrofe: "Vão conquistar além, das minas do metal, / Que Cipango entesoura, os veios fabulosos; / Sonham, boiando em luz, países misteriosos, / Praias, climas, regiões do mundo ocidental" (Correia, 1887, pp. 131-132).
5. *Mica*: mineral sem grande valor, utilizado antigamente na construção de prédios no Rio de Janeiro.
6. *Vetusto*: velho; antigo.
7. *Gamenho*: janota; bem-arrumado.
8. *Montras*: vitrines.
9. *Concussão*: roubo; corrupção.
10. *Nédio*: de aspecto lustroso, devido à gordura.
11. *Virente*: verdejante; florescente; próspero; vigoroso.
12. *Tavolagens* (o mesmo que tabulagem): casa de jogos de tabuleiros.
13. *Lasso*: fatigado; cansado. Em sentido figurado: gasto; devasso.

14. *Potosí*: cidade localizada na Bolívia, hoje pobre, mas riquíssima nos tempos coloniais, devido à extração de prata.
15. *Evolver*: evoluir; transformar.
16. *Colombo*: alusão à famosa Confeitaria Colombo, inaugurada em 1894 na Rua Gonçalves Dias, onde funciona até hoje. Situa-se, portanto, nas proximidades da Rua do Ouvidor, na região central do Rio de Janeiro. Na primeira edição do romance (1919), lê-se "no Colombo", provável erro tipográfico repetido nas edições posteriores.
17. *Boulevard* (francês): rua larga de uma cidade, frequentemente ajardinada, com árvores, amplo comércio e muito movimentada. Segundo o escritor Théo-Filho (1895-1973) "a população de Paris vive nos *boulevards*, come nos restaurantes, dá enfim à grande metrópole um movimento de grande capital." (Filho, 1920, p. 183). Esse aspecto cosmopolita – típico de grandes cidades como Paris – era um objeto de desejo dos setores médios de nossa sociedade naquele início de século.
18. *Dernier cri* (francês): "último grito", em tradução literal. Em sentido figurado, significa: o último lançamento; a moda mais recente.
19. *Pendeloque* (francês): pingente; joia; enfeite.
20. *Chatinagem*: substantivo derivado do verbo chatinar, negociar desonestamente.
21. *Veniaga*: tráfico; em sentido figurado: negócio em que há trapaça.
22. *Sainete*: gosto; graça.
23. *Bibelot* (francês): pequeno objeto de decoração; bibelô, em português.
24. *Flibusteiro*: pirata ou, em sentido figurado, pessoa desonesta, trapaceira. Notar nesse parágrafo o campo semântico negativo quanto ao comércio de escravos e a ironia quanto aos costumes "civilizatórios" trazidos ao Brasil por cortesãs vindas da Europa.
25. As reticências sugerem suspensão da frase, para não explicitar algo desagradável, provavelmente uma menção às doenças se-

xualmente transmissíveis que seriam espalhadas no Brasil pelas cortesãs europeias.

26. *Rolo*: em sentido figurado, confusão; briga; tumulto. Os cassinos foram fechados no Brasil em 1917, voltaram a funcionar em 1934, mas foram novamente proibidos em 1946.

27. Mais um momento em que o narrador Augusto Machado e seu autor Lima Barreto se misturam, mostrando o caráter autobiográfico de muitas personagens do autor fluminense. "Esplendor dos Amanuenses" era o nome da roda de amigos, a maioria funcionários públicos e candidatos a escritor, que se reuniam no Café Papagaio. Além de Lima Barreto, frequentavam essa roda Amorim Júnior, Domingos Ribeiro Filho, João Rangel (os três citados por Augusto Machado), Carlos Lenoir, Calixto, Gil, Rafael Pinheiro, Bastos Tigre (Broca, 2005, p. 73).

28. *Jucundo*: feliz; jovial; vivo.

29. Conforme Luís Edmundo (2003, pp. 99-101) o *Zé dos Bifes* era uma casa de petiscos localizada na Rua da Carioca. Seu restaurante era muito conhecido nas rodas boêmias do início do século xx.

30. *Luculesco*: que esbanja luxo, originalidade.

31. *Superempíreas*: superiormente elevadas.

32. *Graduated*: referência ao livro *Graduated English Reader*, de James E. Hewitt. A obra foi publicada pela primeira vez no Brasil em 1873, recebendo sucessivas edições. Era composta por uma antologia de textos (contos, piadas, fábulas, poemas, biografias, uma miscelânea de literatura) e servia para o aprendizado de inglês. No Brasil, ela era conhecida como "Caminho Suave". No início do século xx, a obra foi publicada pela Livraria Francisco Alves, que tinha em seu catálogo outros títulos dedicados ao ensino e aprendizagem da língua inglesa.

33. *Impa*: exclamação de alegria.

34. Alusão ao livro *Além do Bem e do Mal* (1886), do filósofo alemão Friedrich Nietzsche (1844-1900).

35. *Lúcio Aneu* Sêneca (4 a.C.-65 d.C.): prestigiado escritor e filósofo estoico. Nascido na Espanha, viveu em Roma, onde foi senador e preceptor do imperador Nero (37-68 d.C.), que o obrigou a cometer suicídio.
36. *Preambulares*: estados introdutórios, preliminares.
37. *Misantropia*: ausência de sociabilidade.
38. *Coche*: carruagem fechada; carro fúnebre.
39. *Largo de São Francisco*: logradouro do Rio de Janeiro em que está localizada a igreja de São Francisco de Paula.
40. *Vis à vis*: expressão francesa que significa frente a frente, defronte.
41. *A Notícia*: jornal vespertino surgido em 1894 no Rio de Janeiro. Foi o primeiro jornal a utilizar, em 1895, o serviço telegráfico para escrita de notícias (Sodré, 1999, pp. 265-267).
42. *Gazeteiro*: vendedores de gazetas (jornais).
43. *Hastilhas*: pequenas hastes ou mastros.
44. *H. G. Wells* (1866-1946): escritor britânico; autor de obras de ficção científica como *A Guerra dos Mundos* (1898), à qual Augusto Machado se refere. Esse livro é comumente interpretado como um comentário crítico às teorias raciais e suas consequências.
45. *Encomia*: do verbo encomiar (elogiar, louvar).
46. *Estação do Rocha*: estação de trem localizada na freguesia do Engenho Novo, zona norte da cidade.
47. Era costume no Brasil as pessoas usarem um anel de conclusão de curso superior. A cor da pedra do anel indicava que curso a pessoa tinha feito.
48. *Engenho Novo*: Gonzaga e Augusto Machado ainda seguem no trem. Após esta estação, restavam apenas mais duas: Méier e Todos os Santos. A casa de Romualdo devia estar localizada num desses bairros, provavelmente em Todos os Santos – onde Lima Barreto residiu.
49. Ironia de Augusto Machado, perante a manifesta ignorância do passageiro.

50. *Sobraçando*: segurando debaixo do braço.
51. *Teorias*: no texto, tem o sentido de grupos de pessoas.
52. *Óbice*: empecilho; estorvo; obstáculo.
53. *Esteio*: sustentáculo.
54. *Quiçá*: talvez.
55. *Aguilhão*: vara com ponta de ferro afiada, usada para atiçar os bois. Em sentido figurado, significa incentivo.
56. O desenvolvimento dos meios de transportes fez com que partes distantes da cidade passassem a ser habitadas por setores médios da população. Os subúrbios surgem, assim, como espaços que trazem marcas do universo urbano misturadas com marcas do universo rural. Ou seja: nem cidade, nem roça. Essa peculiaridade dos subúrbios tornou-se um centro de interesse da ficção de Lima Barreto.
57. *Acaçapada*: que tem pouca altura; baixa.
58. *Compoteira*: elemento decorativo feito de barro ou gesso, em formato de uma compoteira, que podia ser colocado no alto da fachada do prédio, nos portões das casas etc.
59. O local foi uma antiga parada ("pouso") de tropeiros.
60. Lima Barreto achava de mau gosto os chalés pela arquitetura tipicamente europeia e nada condizente com o clima brasileiro.
61. *Platibanda*: mureta ornamental erguida no alto das fachadas de uma construção.
62. *Lambrequim*: rendilhado de madeira para decoração das extremidades dos beirais de uma casa.
63. *Quedê*: forma reduzida da expressão "que é feito de?" Mesmo que "cadê" ou "onde está?".
64. *Circunstante*: aquele que está presente.
65. *Espevitava*: atiçava; avivava (a chama).
66. *Ressumar*: revelar; mostrar.
67. Notar na fala de Alcmena que ela não considera o subúrbio como fazendo parte da cidade. Até hoje é comum na fala dos

moradores suburbanos dizer que está indo para a "cidade" quando se dirige para o centro.

68. Ver nota 22 do capítulo VI, p. 227 desta edição.

69. Esse fascínio da personagem Alcmena pela riqueza e pela técnica, simbolizadas pelo carro, remetem a outra personagem de Lima Barreto: a prostituta espanhola Lola, do conto "Um e Outro" (Barreto, 2001, pp. 59-68). Lima Barreto, ao longo de sua obra, critica o fetiche pelo universo técnico – traço recorrente a muitos autores daquele início de século XX – e a adesão aos modismos europeus. A fala revolucionária de Augusto Machado está muita afinada com os ideais anarquistas e socialistas que começavam a circular no Brasil.

70. *Capitoso*: inebriante, como bebida de alto teor alcoólico. Nesse caso, o perfume de Alcmena.

71. Esse aperto de mão mais demorado sugere certo interesse mútuo de Alcmena e Augusto Machado.

72. *Canhestro*: atrapalhado; sem jeito.

73. *Ex abrupto* (expressão latina): de repente; subitamente.

74. *Peroram*: defendem uma opinião; afirmam.

75. A questão do preconceito contra a mulher negra e mulata – tratada como um mero objeto sexual – sempre preocupou Lima Barreto. Prova disso é *Clara dos Anjos* que teve versões em conto e em romance. O conto "Um Especialista" também trata dessa questão.

76. A reflexão de Augusto Machado sobre a proteção que Aleixo Manuel receberia do padrinho também está relacionada à biografia de Lima Barreto. O autor tivera como seu padrinho o Visconde de Ouro Preto – o que lhe propiciou frequentar boas escolas e ter uma educação privilegiada.

77. *Deliquescência*: degradação; degeneração; decadência.

78. *Opróbrio*: vergonha; humilhação; vexame. Augusto Machado

prevê que Aleixo Manuel também sofrerá com o preconceito racial, apesar de toda a sua inteligência.

79. *Irrisão*: zombaria; escárnio.
80. *Plenipotenciário*: dotado de plenos poderes.
81. *Lobrigar*: entrever; ver ou perceber com dificuldade.

X

1. *Diáfanos*: transparentes; límpidos.
2. *Estremunhados*: sonolentos.
3. A morte de Romualdo faz com que Augusto Machado procure consolo na contemplação do mar que lhe sugere países distantes. O narrador se dá conta de sua inadequação em qualquer lugar do mundo. Esse sentimento de inadequação também marcou Lima Barreto que, tendo recebido uma educação privilegiada, viu todos os caminhos se fecharem por conta do preconceito racial. Alfredo Bosi discute essa figuração da solidão e do isolamento no ensaio "Figurações do Eu em *Recordações do Escrivão Isaías Caminha*" (Bosi, 2002, pp. 186-202).
4. *Exúberas*: exuberantes; que mostram grande vivacidade. Os dicionários não registram o vocábulo "exúbera" ou "exúbero". Trata-se de um adjetivo inventado (neologismo), que não deve ser confundido com a palavra "exúbere" (adjetivo que significa "desmamado" e que seria inadequado ao texto).
5. Todos os verbos que se referem às meninas que passeiam indiferentes à morte têm uma conotação positiva: louçãs (frescas, vigorosas), exúberas (cheias de animação) e casquinando (rindo).
6. *Rails* (inglês): trilhos.
7. *Esquife*: caixão; féretro.
8. Os bondes começaram a ser instalados no Rio de Janeiro em meados do século XIX. Os primeiros bondes eram puxados a burro. No final do século XIX, passaram a circular os primei-

ros bondes elétricos. Essa nova tecnologia reconfigurou a cidade – possibilitando o contato de regiões afastadas e dinamizando as locomoções – e colocou lado a lado diferentes setores sociais (Dunlop, 1972). É interessante observar como o bonde se une com a perspectiva de flanar pela cidade e observar o espetáculo das ruas na obra de Lima Barreto.

9. *Féretro*: caixão; esquife.
10. *Atonia*: abatimento moral; inércia.
11. *Lassidão*: fadiga; esgotamento.
12. *Faina*: trabalho; dever; obrigação.
13. Mais uma vez aparece um dado biográfico do autor. As "alternativas dolorosas" talvez se refiram ao alcoolismo.
14. *Estos*: paixões, ardores.
15. *Sargaços*: algas marinhas.
16. *Arthur Schopenhauer* (1788-1860): pensador alemão da escola do pessimismo filosófico. Seu livro mais famoso – *O Mundo como Vontade e Representação* (1818) – trata da questão do suicídio, entre outros temas.
17. *Pretoria*: juizado; vara de justiça. A cidade do Rio de Janeiro tinha 21 pretorias naquela época. Segundo o *Almanaque Laemmert*, de 1907: "os pretores exercem as mesmas funções que competiam aos juízes do civil, crime, do comércio, órfãs, casamentos".
18. *Rábula*: conhecedor de leis, mas sem formação universitária.
19. As críticas feitas nessa passagem coincidem com as ideias expostas na conhecida crônica "Histrião ou Literatura?" (Barreto, 1956b, pp. 188-191), publicada na *Revista Contemporânea* em 1918. A crônica faz uma dura avaliação da atuação de Coelho Neto (1864-1934) como escritor. A despeito do grande sucesso editorial de suas obras, a mencionada crônica o vê como "o sujeito mais nefasto que tem aparecido no nosso meio intelectual".

20. Os autores citados por Gonzaga de Sá – George Eliot, pseudônimo da escritora britânica Mary Ann Evans (1819-1880), os russos Fiódor Dostoiévski (1821-1881) e Liev Tolstói (1828-1910), bem como o franco-suíço Jean-Jacques Rousseau (1712-1778) – eram muito admirados por Lima Barreto. Deve-se observar que não eram referências comuns aos autores brasileiros do início do século, que citavam principalmente o irlandês Oscar Wilde (1854-1900), o francês Anatole France (1844-1924) e os poetas parnasianos e simbolistas franceses. Dentre os citados, foi Dostoiévski, com o seu *Recordação da Casa dos Mortos*, que mais impressionou Lima Barreto, tendo influenciado o projeto de escrita do livro *Cemitério dos Vivos* – romance de cunho autobiográfico em que o autor fluminense pretendia discutir a questão da loucura a partir de suas passagens pelo hospício.
21. *Aduziu*: argumentou.
22. Alusão a uma passagem do livro *Além do Bem e do Mal ou Prelúdio de uma Filosofia do Futuro*, do filósofo alemão Friedrich Wilhelm Nietzsche, publicada em 1886. Trata-se do nono capítulo do livro intitulado "O que É Aristocrático?" Na fala de Gonzaga, Lima Barreto usa a citação num sentido inverso, pois no texto de Nietzsche ela serve para mostrar justamente como uma pequena parcela da sociedade se eleva à custa do sofrimento de uma grande massa anônima, enquanto Gonzaga prega que os pobres e humildes também deveriam agir pautados no individualismo para também se elevarem (como as "trepadeiras de Java").
23. *Gabriel*: anjo ou arcanjo considerado o mensageiro de Deus.
24. *Maomé* (*c.* 571-632): profeta do Islamismo.
25. *Pirineus*: cordilheira que separa a Espanha da França.
26. *Ilhas de Sonda*: arquipélago situado no sudeste da Ásia.
27. *Combustores*: bicos de gás usados para a iluminação pública.
28. Personagem do livro *O Inimigo das Leis* (1893), do escritor francês Maurice Barrès (1862-1923). André Maltère é um jovem jor-

nalista que é preso por suas ações anarquistas violentas. Lima Barreto manifesta simpatia pela concepção da escrita enquanto forma de ação, de intervenção social. Importante lembrar que nesse período o autor fluminense publicara em periódicos de orientação anarquista.

29. *Lamuriento*: aquele que se lamuria, que se lastima.
30. *Inopinadamente*: subitamente.
31. *Avenida Central (atual Rio Branco)*: um dos maiores símbolos do processo de modernização e reurbanização da cidade. Para sua construção foi necessário derrubar uma série de casarões e prédios antigos. Fato celebrado pela maioria de nossos intelectuais, que defendiam a modernização da cidade. Vários prédios em estilo eclético e monumental foram construídos na avenida, como o Teatro Municipal, a Escola Nacional de Belas Artes e a Biblioteca Nacional.
32. *Pavilhão Monroe*: erguido na Avenida Central serviu como sede de vários órgãos públicos. O prédio tinha sido projetado pelo engenheiro militar Francisco Marcelino de Souza e montado pela primeira vez (sua estrutura permitia isso) na Feira Internacional de Saint Louis, onde ganhou o primeiro prêmio pela beleza de sua concepção. Durante o dia, destacava-se a beleza dos seus jardins e, à noite, a sua iluminação, que punha em destaque suas cúpulas, colunas e ornatos. Décadas mais tarde, em outro surto de modernização da cidade, o prédio foi demolido por conta da construção de uma estação do metrô.
33. A cena toda do passeio de domingo mostra a grande capacidade de observação de Lima Barreto. Deve-se notar o uso de palavras de origem francesa ligadas às figuras típicas das grandes cidades: *flâneurs*, *camelots* e *rôdeuses*. A primeira já foi explicada (v. nota 1 na p. 222); a segunda foi incorporada à língua portuguesa (camelô); a última significa "vagabundas".
34. *Rua Larga* (atual Marechal Floriano Peixoto): antes das reformas urbanísticas, eram duas ruas: a Estreita e a Larga. É nesta que se

localiza o prédio do Colégio Pedro II, onde Gonzaga de Sá se formara bacharel em letras. Para realização dessa obra de "ampliação" e conexão com a Avenida Central, foi preciso derrubar casarões antigos e a igreja de São Joaquim (Gerson, 1965, pp. 187-191).

35. *Balaustrada*: fileira de pequenas colunas (balaústres) que forma um parapeito ou corrimão.

36. No Rio de Janeiro, a energia elétrica para iluminação só foi implantada durante o processo de reforma da cidade realizado pelo prefeito Pereira Passos, no início do século XX. A introdução do novo sistema ocorreu durante a abertura da Avenida Central (atual Rio Branco), e foi inaugurado em 1905. A avenida contou com iluminação elétrica apenas no canteiro central. Nas calçadas laterais, a prefeitura preferiu manter os postes a gás.

37. *Panurgianos*: palavra derivada de Panúrgio, personagem de *Gargântua e Pantagruel*, romance do escritor francês François Rabelais (1483-1494). A expressão francesa *mouton de panurge* (ovelha de Panúrgio) designa uma pessoa que se deixa levar pelos outros. A crítica de Gonzaga de Sá é dirigida provavelmente aos setores médios de nossa sociedade, que copiavam as modas vindas do exterior.

38. *Tito Lívio de Castro* (1864-1890): abandonado com poucos meses de vida na porta da casa de um comerciante português do Rio de Janeiro, recebeu uma educação privilegiada e se formou em medicina. Escreveu inúmeros ensaios sobre a realidade brasileira, tematizando questões como raça, mestiçagem, literatura e educação. Sílvio Romero afirma que Castro teria sofrido com "injustiças, grosserias, perseguições" em decorrência de sua origem mestiça (Romero, 1980, p. 1713). Gonzaga de Sá pretende dar uma educação esmerada para Aleixo Manuel, como a recebida por Tito Lívio de Castro, mas Augusto Machado vislumbra que Aleixo sempre sofrerá com um deslocamento, por estar em um meio hostil. Evidentemente, o próprio Lima Barreto relata uma

experiência que vivenciara: o acesso a uma excelente educação – gerando a expectativa de um futuro promissor – e a decepção por ver seus caminhos barrados pelo preconceito. Outro detalhe importante é que Tito Lívio de Castro, assim como Gonzaga de Sá, também era bacharel em letras pelo Colégio Pedro II.

39. *Aziago*: azarento; de mau agouro.

XI

1. *Delir*: desaparecer; sumir; apagar-se.
2. O presidente no período era Rodrigues Alves (1902-1906). Em conjunto com Pereira Passos, prefeito do Rio de Janeiro, foi responsável pelas grandes reformas que se operaram na cidade. Lima Barreto foi muito crítico em relação a boa parte dessas obras, classificadas por ele como reformas de fachada.
3. *Cinematógrafo*: é interessante que o romance apresente uma técnica cinematográfica (os cortes, os quadros, as tomadas), apesar do autor não ser adepto do cinema, que era uma grande novidade e uma verdadeira mania na época.
4. *Hugues-Félicité Robert de Lamennais* (1782-1854): filósofo, escritor e padre francês, procurou conciliar os ideais liberais com o cristianismo, sendo considerado percursor do catolicismo liberal e da democracia cristã. Seus ideais de cunho progressista não foram bem aceitos pela Igreja católica da época.
5. *Cotejo*: comparação.
6. A partir de *Triste Fim de Policarpo Quaresma* (1911-1915), Lima Barreto começa a questionar a noção de pátria como uma construção teórica. Esse argumento aparece em várias de suas crônicas e aparece também em *Vida e Morte de M. J. Gonzaga de Sá* (1919). Como já foi citado em outra nota, Lima Barreto conhecia e admirava a obra de Ernest Renan, autor do ensaio *O que É uma Nação?*

7. Vendo uma nova rua, o narrador lembra que por trás de todas as obras de modernização da cidade havia o trabalho de pessoas humildes que sequer eram mencionadas.
8. *Entibiadora*: enfraquecedora.
9. *Azagaia*: pequena lança.
10. *Pavilhão Mourisco*: imponente prédio de arquitetura neoislâmica que ficava no bairro de Botafogo. Foi demolido em 1951.
11. *Pequenos Ecos*: provável referência a uma seção da *Revista Ilustrada*, periódico de grande sucesso que circulou semanalmente entre 1876 e 1898.
12. Beldroegas significa zé-ninguém ou alguém tolo. Já a palavra "xisto" parece remeter a "chiste" (facécia, piada) e não ao seu sentido original (espécie de rocha). O nome e o sobrenome dão um aspecto grotesco à personagem.
13. *Obsedado*: com uma ideia fixa; obcecado.
14. Lima Barreto sempre combateu o excesso de burocracia – visto por ele como uma forma de humilhar o cidadão diante do Estado. Ao longo de sua ficção, as personagens que amam os ritos burocráticos são sempre alvos de chacota e escárnio.
15. É comum na ficção de Lima Barreto que as críticas mais duras a certas personagens se dê pelo uso da despersonificação, associando a personagem criticada a traços animalescos como o grunhido suíno de Xisto Beldroegas. Essa técnica, muito comum na literatura naturalista, pode ser percebida, por exemplo, na descrição de Cassi Jones – antagonista do romance *Clara dos Anjos* – que é comparado aos terríveis galos de rinha que ele criava.
16. *Pince-nez* (francês): óculos sem hastes, que são fixados só no nariz.
17. *O País*: jornal carioca fundado em 1884; circulou até 1934.
18. *Delíquio*: perda dos sentidos; desmaio; tontura.
19. *Portentoso*: culto; inteligente; capaz. Augusto Machado está sendo irônico. Para ele, Xisto Beldroegas não tem nada de "portentoso".

20. Mais uma semelhança entre Gonzaga e Policarpo Quaresma. O major Quaresma também se incomoda ao flagrar os colegas de trabalho a imitá-lo, ironizando-o.
21. *Sáfaro*: improdutivo; infecundo.
22. Gonzaga de Sá e Policarpo Quaresma se assemelham nesse traço de serem estéreis, de seus projetos de vida terem falhado. A maior diferença entre os dois é o fato de Quaresma ter posto em ação seus projetos e Gonzaga de Sá ter escolhido não agir, preferindo a obscuridade de seu cargo público. Ao final de suas trajetórias, Gonzaga se arrepende por sua falta de ação, enquanto Quaresma se arrepende por ter agido demais. Na verdade, ambos não conseguiram se adaptar a uma sociedade marcada pelo arrivismo e por um sistema político balizado pela troca de favores. A erudição das duas personagens e a honestidade de seus propósitos é motivo de chacota para seus colegas de trabalho.
23. *Chanfrado*: cortado.
24. *Pregão*: anúncio de mercadoria, feito em voz alta.
25. *Moer*: chatear; irritar.
26. *De esguelha*: obliquamente; de viés; de soslaio.
27. *Salamaleque*: em sentido figurado, bajulação; rapapé.
28. *Acedi*: concordei; anuí.
29. *Nirvanesca*: que se assemelha ao nirvana, ou seja, o estado de sabedoria e beatitude conquistado por meio da meditação e do autocontrole corporal e espiritual.
30. *Niilismo*: no contexto em que se encontra, o vocábulo significa "nulidade".
31. *Coupé* (francês): carruagem fechada de duas portas com o cocheiro num banco à frente. Era geralmente destinada a duas pessoas.
32. *Vitórias*: carruagem com capota dobrável para dois passageiros. É interessante observar que os veículos vinham superlotados, o que provoca um efeito humorístico.

33. *Palafreneiro*: pessoa encarregada de cuidar dos cavalos, de fazê-los parar para os passageiros desembarcarem com segurança.
34. *Ceroulas*: bondes mais sofisticados, que tinham seus bancos "forrados com capas brancas amarradas nos balaústres por meio de cadarços para as temporadas líricas" (Dunlop, 1972, p. 42).
35. *Pedro II*: antigo nome do Teatro Lírico Fluminense. Era localizado próximo do Largo da Carioca, na Rua da Guarda Velha (atual 13 de maio).
36. *Torrinhas*: setores mais baratos dos teatros, por estarem mais distantes do palco. Normalmente, os estudantes frequentavam esse setor pelos preços e pela possibilidade de fazer algazarras. A falta de educação do público que frequentava os teatros brasileiros foi tema de crônicas de Artur Azevedo e Machado de Assis.
37. Esse aspecto improvisado do Teatro Lírico, que chamava tanto a atenção das companhias estrangeiras vindas ao Brasil, foi comentado por Lima Barreto na crônica "Ópera ou Circo?" – publicada em 23.7.1903, na revista *Tagarela* (Barreto, 2004, vol. 1, p. 66). É interessante observar como as ideias contidas nessa crônica são reaproveitadas no romance, comprovando como o autor estabelecia relações entre os gêneros que praticou ao longo de sua vida.
38. O presente diálogo apresentava um problema na marcação das falas de Augusto Machado e de Gonzaga de Sá. Esse erro, aqui corrigido, ocorreu na primeira edição de 1919 e foi repetido nas demais edições.
39. *A Vanguarda*: possível alusão a um jornal carioca fundado em 1885 e que circulou por pouco tempo.
40. *Encetado*: começado.
41. *Bulha*: ruído; barulho; algazarra.
42. *Matinada*: barulho de vozes; algazarra.
43. *Ferragistas*: aqui, com o sentido de comerciantes desonestos.
44. Augusto Machado destaca o aspecto mestiçado da sociedade brasileira.

45. O alcoolismo confessado por Augusto Machado denuncia o quanto de biográfico há nessa personagem. Nos últimos anos de sua vida, Lima Barreto cedera ao vício e por conta disso fora internado no hospício. O alcoolismo conduzira o autor a uma morte precoce aos 41 anos de idade, em 1 de novembro de 1922.
46. *Pulha*: sem brio, sem caráter.
47. *Parvenu* (francês): pessoa que enriquece rapidamente, passa a frequentar as rodas sociais mais altas, mas cujo comportamento denuncia modos incompatíveis com os ambientes refinados; arrivista social; novo-rico.
48. *Fina flor*: elite.
49. Alusão a *Francisco Otaviano de Almeida Rosa* (1825-1889), patrono da cadeira n. 13 da Academia Brasileira de Letras. Segundo Antonio Candido, Francisco Otaviano está no grupo "de amáveis poetas-estadistas, que tratam do verso com superficialidade e elegância, chegando-se ao gosto médio com uma felicidade que tornou proverbiais algumas de suas peças" (Candido, 1969, vol. 1, p. 196). Gonzaga de Sá critica essa literatura de salão praticada no Segundo Reinado.
50. *De cotillon*: de coisas de baile, de salão, ou seja, de uma literatura "de diversão".

XII

1. Entenda-se por "século passado" o século XIX.
2. Essa admiração pelas casas antigas (coloniais) pode ser percebida no famoso conto "O Homem que Sabia Javanês" – quando o narrador descreve a casa do Barão de Jacuecanga. Por outro lado, Lima Barreto achava as novas casas do início do século XX pouco confortáveis, pequenas, mas com pretensão de parecerem refinadas. Daí o uso da expressão "apelintradas", ou seja, "malvestidas, mas querendo se aparecer".

3. Na primeira edição, o autor cometeu um equívoco e colocou Gonzaga e Escolástica como irmãos. Esse erro foi mantido em sucessivas edições. Corrigimos, pois se trata de um claro problema de revisão, uma vez que Escolástica é tratada como tia em todo romance.
4. Na época, as crianças levavam um pequeno quadro (lousa) para fazerem atividades em sala de aula.
5. Essa fala preconceituosa de Escolástica – duvidando da capacidade de Aleixo seguir interessado pelos estudos devido à sua origem negra – é um dos argumentos combatidos em *Recordações do Escrivão Isaías Caminha.*
6. *Le Figaro*: jornal francês de tendência conservadora. Fundado em 1826, esse diário continua a circular atualmente.
7. A Segunda Conferência de Paz de Haia (Holanda) – onde Rui Barbosa foi aclamado como a "Águia de Haia" – ocorreu entre 15 de junho e 18 de outubro de 1907. Essa informação acaba gerando um problema cronológico no romance, pois a data da "Explicação Necessária" é de 1906. Para ter lido esses jornais, Gonzaga de Sá deveria ter morrido em 1907. Lima Barreto não deve ter atentado para esse fato e manteve a data em que deu início aos esboços do romance, ou seja, 1906.
8. *A miúdo*: com frequência.
9. *Sibila*: profetisa; bruxa; feiticeira que pode adivinhar o futuro.
10. *Fanar-se*: perder o frescor, o viço; murchar.
11. *Assomar*: aparecer; surgir.
12. *Alquebrar-se*: cansar-se; curvar-se; prostrar-se.
13. *Tenções*: propósitos; intenções.

Referências Bibliográficas

Livros de Lima Barreto Consultados Para Esta Edição

Vida e Morte de M. J. Gonzaga de Sá. São Paulo: Edição da Revista do Brasil, 1919. Capa com desenho de W. R. Disponível em: www.brasiliana.usp.br.

Vida e Morte de M. J. Gonzaga de Sá. Prefácio de Paulo Rónai. Rio de Janeiro, Mérito, 1949.

Vida e Morte de M. J. Gonzaga de Sá. Prefácio de Alceu Amoroso Lima [Tristão de Ataíde]. São Paulo, Brasiliense, 1956.

Triste Fim de Policarpo Quaresma. Prefácio de M. Oliveira Lima. São Paulo, Brasilense, 1956.

Diário Íntimo. Prefácio de Sérgio Buarque de Holanda. São Paulo, Brasilense, 1956.

Correspondência – Ativa e Passiva. Prefácio de Antônio Noronha dos Santos. São Paulo, Brasilense, 1956. 2 vols.

Impressões de Leitura. Prefácio de M. Cavalcanti Proença. São Paulo, Brasilense, 1956, tomo I.

Os Melhores Contos de Lima Barreto. Seleção de Francisco de Assis Barbosa. 6ª ed. São Paulo, Global, 2001.

Toda Crônica: Lima Barreto. Organização de Beatriz Resende e Rachel Valença. Rio de Janeiro, Agir, 2004. 2 vols.

Recordações do Escrivão Isaías Caminha. Introdução de Alfredo Bosi; prefácio de Francisco de Assis Barbosa; notas de Isabel Lustosa. São Paulo, Penguin Classics; Companhia das Letras, 2010.

Clara dos Anjos. São Paulo, Companhia das Letras, 2012.
Sátiras e Outras Subversões. Organização de Felipe Botelho Corrêa. São Paulo, Penguin Classics; Companhia das Letras, 2016.

Sobre Lima Barreto

Bosi, Alfredo. *História Concisa da Literatura Brasileira*. São Paulo, Editora Cultrix, 1994, pp. 306-324.
______. "Figurações do Eu nas *Recordações do Escrivão Isaías Caminha*". *Literatura e Resistência*. São Paulo, Companhia das Letras, 2002.
Candido, Antonio. "Os Olhos, a Barca, o Espelho". *A Educação pela Noite e Outros Ensaios*. 5ª ed. Rio de Janeiro, Ouro sobre Azul, 2006, pp. 47-60.
Coutinho, Carlos Nelson. "O Significado de Lima Barreto na Literatura Brasileira". *Realismo e Antirrealismo na Literatura Brasileira*. Rio de Janeiro, Paz e Terra, 1974.
Dias, André. *Lima Barreto e Dostoiévski: Vozes Dissonantes*. Niterói (RJ), Editora da UFF, 2012.
Dossiê lima barreto. *Belle Époque: Crítica, Arte e Cultura*. Carmem Negreiros, Fátima Oliveira e Rosa Gens (orgs.). São Paulo, Editora Intermeios, 2016.
Figueiredo, Carmem Lúcia. *Trincheiras de Sonhos: Ficção e Cultura em Lima Barreto*. Rio de Janeiro, Tempo Brasileiro, 1998.
Lins, Osman. *Lima Barreto e o Espaço Romanesco*. São Paulo, Ática, 1976.
Oakley, Robert John. *Lima Barreto e o Destino da Literatura*. São Paulo, Editora da Unesp, 2011.
Pereira, Lúcia Miguel. "Lima Barreto". *Escritos da Maturidade: Seleta de Textos Publicados em Periódicos (1944-1959)*. Rio de Janeiro, Graphia Editorial, 1994, pp. 216-240.
Prado, Antonio Arnoni. *Lima Barreto: O Crítico e a Crise*. Rio de Janeiro, Cátedra; MEC, 1976.

______. *Trincheira, Palco e Letras: Crítica, Literatura e Utopia no Brasil*. São Paulo,Cosac & Naif, 2004.

RESENDE, Beatriz. *Lima Barreto e o Rio de Janeiro em Fragmentos*. 2ª ed. Belo Horizonte, Autêntica, 2016.

SANTIAGO, Silviano. "Uma Ferroada no Peito do Pé – Dupla Leitura de *Triste Fim de Policarpo Quaresma*". *Vale Quanto Pesa: Ensaios sobre Questões Político-culturais*. Rio de Janeiro, Paz e Terra, 1982, pp. 163-181.

SCHEFFEL, Marcos Vinícius. *Estações de Passagem da Ficção de Lima Barreto*. São Paulo, Annablume, 2012.

Referências das Notas

ALIGHIERI, Dante. *A Divina Comédia*. Tradução e notas de Italo Eugênio Mauro. São Paulo, Editora 34, 1998.

ANJOS, Cyro. *O Amanuense Belmiro*. 12ª ed. Rio de Janeiro, José Olympio, 1989.

ASSIS, Machado de. *História de Quinze Dias*. Organização, introdução e notas de Leonardo de Affonso de Miranda Pereira. Campinas (SP), Editora da Unicamp, 2009.

BANDEIRA, Manuel. *Libertinagem*. Rio de Janeiro, Nova Fronteira, 1995.

BARBOSA, Francisco de Assis. *A Vida de Lima Barreto*. 8ª ed. Rio de Janeiro, José Olympio, 2002.

BILAC, Olavo. *As Melhores Crônicas de Olavo Bilac*. São Paulo, Global, 2005; pp. 225-229.

BOURGET, Paul. *André Cornélis*. Paris, Arthème Fayard, Éditeur, 1887, p. 62.

BOXER, Charles Ralph. *Salvador de Sá e a Luta pelo Brasil e Angola – 1602-1666*. Tradução de Olivério de Oliveira Pinto. São Paulo, Nacional/Ed. da Universidade de São Paulo, 1973.

BROCA, Brito. *A Vida Literária no Brasil: 1900*. 4ª ed. Rio de Janeiro, José Olympio; Academia Brasileira de Letras, 2005.

CANDIDO, Antonio. *Formação da Literatura Brasileira*. São Paulo, Livraria Martins Editora, 1969.

COARACY, Vivaldo. *O Rio de Janeiro do Século XVII*. 3ª ed. Rio de Janeiro, Documenta Histórica Editora, 2009.

CORREIA, Raimundo. *Versos e Versões*. Rio de Janeiro, Thip. e Lith. Moreira Maximino & C., 1887. Disponível em: <www.brasiliana.usp.br>.

CRULS, Gastão. *A Aparência do Rio de Janeiro*. Rio de Janeiro, José Olympio, 1965.

DIMAS, Antonio. *Tempos Eufóricos: Análise da Revista* Kosmos, *1904-1909*. São Paulo, Ática, 1983.

DUNLOP, Charles. *Os Meios de Transportes do Rio Antigo*. Rio de Janeiro, Ministério dos Transportes, Serviço de Documentação, 1972.

EDMUNDO, Luís. *O Rio de Janeiro do Meu Tempo*. Brasília, Senado Federal, Conselho Editorial, 2003.

GERSON, Brasil. *História das Ruas do Rio*. Rio de Janeiro, Livraria Brasiliana, 1965.

LA FONTAINE, Jean de. *Fábulas de La Fontaine*. Tradução de Milton Amado e Eugênio Amado. Belo Horizonte, Itatiaia, 1989.

MACHADO, Dyonélio. *Os Ratos*. 21ª ed. São Paulo, Ática, 1998.

ROMERO, Sílvio. *História da Literatura Brasileira*. 7ª ed. Rio de Janeiro/Brasília, J. Olympio/INL, 1980, pp. 1711-1747, vol. 5.

SANTOS, Francisco Agenor de Noronha. *As Freguesias do Rio Antigo*. Rio de Janeiro, Editora Cruzeiro, 1965.

SEVCENKO, Nicolau. *Literatura como Missão: Tensões Sociais e Criação Cultural na 1ª República*. São Paulo, Brasiliense, 1999.

SODRÉ, Nelson Werneck. *História da Imprensa no Brasil*. 4ª ed. Rio de Janeiro, Mauad, 1999.

VIGNY, Alfred de. *Les Destinées: Poemes Philosophiques*. Paris: Michel Lévy Frères, Libraires Éditeurs, 1864, pp. 95-101. Disponível em: <https://archive.org/details/lesdestinespomeo1vigngoog>.

Coleção Clássicos Ateliê

A Carne, Júlio Ribeiro
Apresentação e Notas: Marcelo Bulhões

A Cidade e as Serras, Eça de Queirós
Apresentação: Paulo Franchetti
Notas e Comentários: Leila Guenther

A Ilustre Casa de Ramires, Eça de Queirós
Apresentação e Notas: Marise Hansen

A Relíquia, Eça de Queirós
Apresentação e Notas: Fernando Marcílio L. Couto

Auto da Barca do Inferno, Gil Vicente
Apresentação e Notas: Ivan Teixeira

Bom Crioulo, Adolfo Caminha
Apresentação e Notas: Salete de Almeida Cara

Casa de Pensão, Aluísio de Azevedo
Apresentação e Notas: Marcelo Bulhões

Clepsidra, Camilo Pessanha
Organização, Apresentação e Notas: Paulo Franchetti

Dom Casmurro, Machado de Assis
Apresentação: Paulo Frenchetti
Notas e Comentários: Leila Guenther

Espumas Flutuantes, Castro Alves
Apresentação e Notas: José de Paula Ramos Jr.

Farsa de Inês Pereira, Gil Vicente
Apresentação e Notas: Izeti Fragata e
Carlos Cortez Minchillo

Gil Vicente (O Velho da Horta, Auto da Barca do Inferno e Farsa de Inês Pereira), Gil Vicente
Apresentação e Notas: Segismundo Spina

Iracema, José de Alencar
Apresentação: Paulo Frenchetti
Notas e Comentários: Leila Guenther

Lira dos Vinte Anos, Álvares de Azevedo
Apresentação e Notas: José Emílio Major Neto

Memórias de um Sargento de Milícias, Manuel Antônio de Almeida
Apresentação e Notas: Mamede Mustafa Jarouche

Memórias Póstumas de Brás Cubas, Machado de Assis
Apresentação e Notas: Antônio Medina Rodrigues

Mensagem, Fernando Pessoa
Apresentação e Notas: António Apolinário Lourenço

O Ateneu, Raul Pompeia
Apresentação e Notas: Emilia Amaral

O Cortiço, Aluísio Azevedo
Apresentação: Paulo Franchetti. Notas: Leila Guenther

O Guarani, José de Alencar
Apresentação e Notas: Eduardo Vieira Martins

O Noviço, Martins Pena
Apresentação e Notas: José de Paula Ramos Jr.

O Primo Basílio, Eça de Queirós
Apresentação e Notas: Paulo Franchetti

Os Lusíadas, Luís de Camões
Apresentação e Notas: Ivan Teixeira

Poemas Reunidos, Cesário Verde
Introdução e Notas: Mario Higa

Quincas Borba, Machado de Assis
Apresentação: Jean Pierre Chauvin
Notas: Jean Pierre Chauvin e José de Paula Ramos Jr.

Só, Antônio Nobre
Apresentação e Notas: Annie Gisele Fernandes e Helder Garmes

Sonetos de Camões, Luís de Camões
Apresentação e Notas: Izeti Fragata Torralvo e Carlos Cortez Minchillo

Til, José de Alencar
Apresentação e Notas: Ivan Teixeira

Triste Fim de Policarpo Quaresma, Lima Barreto
Apresentação: Ivan Teixeira. Notas: Ivan Teixeira e Gustavo Martins

Várias Histórias, Machado de Assis
Apresentação e Notas: José de Paula Ramos Jr.

Viagens na minha Terra, Almeida Garrett
Apresentação e Notas: Ivan Teixeira

Título	*Vida e Morte de M. J. Gonzaga de Sá*
Autor	Lima Barreto
Apresentação e Notas	Marcos Scheffel
Estabelecimento de Texto	Marcos Scheffel e José de Paula Ramos Jr.
Ilustrações da Capa e Miolo	Kaio Romero
Editor	Plinio Martins Filho
Produção Editorial	Millena Machado
Projeto Gráfico e Capa	Tomás B. Martins
Revisão	Ateliê Editorial
Editoração Eletrônica	Camyle Cosentino
Formato	12 x 18 cm
Tipologia	Minion Pro
Papel	Chambril Avena 80 g/m^2 (miolo) Cartão Supremo 250 g/m^2 (capa)
Número de Páginas	264
Impressão e Acabamento	Graphium